鹽的代價

The Price Of Salt

派翠西亞．海史密斯——著
Patricia Highsmith
李延輝——譯

目錄

第一部

第一章

法蘭根堡員工餐廳的午餐時間，已經到了最熱鬧的時刻。餐廳裡的長桌上已經沒有任何空間，但抵達餐廳的人卻愈來愈多，等在收銀機旁的木頭柵欄後方。點好餐的人，端著盤裡的食物在桌子間來回遊走，想找一個可以塞進去的空間，或是有人要離開的位置，但每個座位上都有人坐著。餐盤聲、椅子聲、人聲、穿梭的腳步聲，以及牆上毫無裝飾的餐廳裡十字轉門嘩啦嘩啦的聲響，彷彿是一台大機器發出的嘈雜聲。

特芮絲緊張地吃著午餐，眼前有本印著「歡迎來到法蘭根堡」的小冊子，正靠在糖罐子上。上禮拜員工訓練的第一天，她就已經讀完這本厚厚的冊子。但現在身旁沒有其他東西可以讀，而在員工餐廳中，她又覺得有必要專注於某個事情上頭。因此，她又讀了一遍假期福利：凡是在法蘭根堡工作滿十五年的人，就有三週的假期。她吃著她那盤熱騰騰的每日特餐，一片灰色的烤牛肉，配著一球上頭淋著褐色肉汁的馬鈴薯泥，一堆豌豆，還有一個小紙杯裝的辣根醬。她試著想像在法蘭根堡百貨公司工作十五年之後會是什麼景象，但就是想不出來。小冊子上寫著「工作二十五年的員工可獲得四週假期」。法蘭根堡也有營地供夏季和冬季的度假者使用。她想，他們也應該設座教堂，或是接生小寶寶的醫院。這家公司實在太井然有序了，就像監獄一樣。她偶爾會驚覺，自己已經是其中一份子了。

她很快翻著書頁，瞥見跨頁的粗黑字體：「你是不是法蘭根堡的好員工？」

她的目光橫越餐廳，望向窗子，腦裡想著其他東西。她想著在薩克斯百貨公司看到的那件紅黑相間挪威式毛衣，樣式很美，如果找不到比先前看到的二十元皮夾更好看的產品，那麼聖誕節的時候她就要把這件毛衣買下來，當成禮物送給理查。她想到下週日有可能和凱利一家開車到西點去看曲棍球賽。餐廳那頭的方形大窗子看起來像誰的畫呢？像蒙德里安[1]的畫。窗角的小方形部分開著，迎向白色的天空，沒有鳥兒飛進飛出。發生在百貨公司裡的一場戲應該搭配什麼樣的場景？她又回到那個問題了。

理查曾經告訴她：「小芮，妳跟別人都不一樣。妳相信妳在那裡做不了多久就會離開，但其他人卻沒這麼想。」理查說她隔年夏天人就會在法國，有可能吧，因為理查希望她跟他一起去，其實也沒有什麼事會阻止她跟他一起去。理查的朋友菲爾·麥克艾洛伊也寫信告訴他，下個月他就可以幫特芮絲找到劇團的工作。特芮絲還沒見過菲爾，但她不太相信他能幫她找到工作。她從九月開始就找遍了紐約，後來又重新找了好幾次，但什麼也沒找到。誰會在冬天過了一半的時候，雇用一個剛開始實習的舞台設計者？不論是和理查一起去歐洲，陪他坐在露天咖啡廳；和他在亞爾散步，尋找尋梵谷畫過的地方；和理查在各個城鎮逗留、作畫……，都不大可能成真。這幾天她開始在百貨公司上班之後，一切看來又更加不可能了。

她知道店裡到底是什麼事讓她心煩，就是那種她根本不想告訴理查的事；從一開始，就是這家百貨公司使得長期困擾她的事更加惡化；就是那些沒有意義的活動、沒有意義的瑣事，阻攔她做想做的事，或是早該可以完成的事；就是那些現金袋、外套寄放、打卡鐘這類的繁複程序，讓員工無法發揮工作效率。那種感覺就是人與人之間彼此無法接觸，而且生活在不一樣的平面上，使得每個人的生活內涵，無論是意義、訊息還是關愛，都無法傳達出來。因此她想起了在桌上、在沙發上的交談，彼此的話語似乎都圍繞著宛若一池死水的事物打轉，從未觸及真正動人心弦的事。就算有人想要撥弄那條心弦，但只要看著一張張躲藏在面具底下的臉孔，發表連自己也不相信的陳腔濫調，到最後甚至無人懷疑這些話是假的了。還有寂寞，在同一家店日復一日看著同樣的臉孔，更增添了寂寞。她應該可以對這幾張臉孔說話，但她從來沒有這樣做，也可能永遠無法這樣做。那些臉孔不像經過的巴士上似乎要傾訴些什麼的臉孔，至少巴士上那些臉孔看過一次後就無緣再見。

每天早晨站在地下樓層等待打卡的隊伍中，她會下意識地區分正職員工和臨時員工，並納悶為何自己恰巧落腳此地（當然，她回覆了一則應徵廣告，但這並沒有解釋命運的安排），

1 蒙德里安（Piet Mondrian，一八七二——九四四），荷蘭畫家。

以及如果沒有了舞台設計工作，她的下一步又會是什麼。她的人生之路始終乖舛，已經十九歲的她，感到焦慮不安。

「妳一定要學著信任別人，特芮絲，要記住這一點。」艾莉西亞修女常這樣告訴她，而她也盡量照著去做。

「艾莉西亞修女。」特芮絲小心地低聲唸出這個名字，「嘶——嘶——」的音節讓她感到安心。特芮絲再次坐挺，拿起叉子，因為清潔小弟正朝她的方向走來。

她彷彿可以看到艾莉西亞修女那張當陽光照射，會顯得削瘦而略帶紅色的臉孔，以及漿過的藍色衣服上起伏的胸部。艾莉西亞修女巨大的削瘦身影出現在大廳的一角、出現在食堂裡的白色琺瑯桌之間。艾莉西亞修女無所不在，她細小的藍色眼睛總能在一大堆女孩中把她認出來。特芮絲知道，修女對她另眼看待，認為她與眾不同，即使修女的粉紅色薄唇總是抿成一直線。她回想自己八歲生日那天，艾莉西亞修女不發一語，交給她一副包在薄紙裡的線織綠手套。修女面無表情，直接把手套交給她。她也回想起艾莉西亞修女同樣抿成一條線的嘴巴，告訴她要多加油才能通過算術課。她的算術合不合格，其他人又有誰在意？後來艾莉西亞修女遠赴加州，多年來特芮絲還一直把那雙綠手套放在學校裡的置物櫃最底下。白色的薄紙已經皺成一團，花紋也早就磨平了，就像陳舊的布料一樣。但她依舊沒有戴過那雙手套。

到最後，手套就小到戴不下了。

有人移動了糖罐子，本來立著的小冊子倒了下來。

特芮絲看著那雙橫過來的手，是一雙臃腫、上了年紀的女人的手。那雙手一面攪拌著咖啡，一面顫抖而急切地要切開捲餅，貪婪地將盤裡的褐色肉汁厚厚塗上捲餅，而那盤子就和特芮絲的一模一樣。女人手上的皮膚皸裂，指關節的皺紋裡面夾藏著污漬，但右手戴個顯眼的銀底座戒指，上面鑲著澄澈的綠寶石，左手則戴了金色婚戒，指甲邊還留有紅色指甲油的痕跡。特芮絲看著那隻手舀起一匙豌豆，她連看都不用看就猜得出那張臉會是什麼樣子。那張臉就和所有法蘭根堡五十歲女性員工的臉一樣，受到無止無盡的疲憊和恐懼所摧殘，鏡片背後的眼睛形狀已經扭曲了，或者變大，或者縮小。雙頰塗著腮紅，但腮紅擦不亮膚色的灰暗。特芮絲甚至無法定睛去看這張臉。

「妳是新來的，對吧？」那聲音在一片嘈雜聲中顯得尖銳而清晰，幾乎可以說是甜美的聲音。

「對。」特芮絲邊說邊抬起頭。她記得這張臉。就是那張臉的疲憊讓她看到所有其他同樣疲憊的臉孔。特芮絲看過這個女人，有天傍晚六點半從夾層樓面走下大理石階梯，當時店裡已經空了。女人用手扶著大理石的欄杆，想要減輕腫脹雙腳的負擔。當時特芮絲想：這個女性沒生病，也不是乞丐，她只是在這裡上班。

「適應得還好吧？」

然後那女人對著特芮絲笑，眼睛下方和嘴邊都有可怕的皺紋。其實她的眼神充滿生氣，而且頗為溫柔。

「適應得還不錯吧？」她們周圍夾雜著哇啦哇啦的說話聲和噹啷噹啷的碗盤聲，所以女人重複問了一次。

特芮絲潤了潤嘴唇，「還好，謝謝妳。」

「喜歡這裡嗎？」

特芮絲點頭。

「吃完了嗎？」有個圍著白圍裙的年輕人，蠻橫地想用拇指夾起那女人的碟子拿走。

女人顫抖地作個手勢把他打發走。她把碟子拉近一點，碟子裡裝著罐裝的切片桃子。切片桃子就像黏滑的小橙魚，每次湯匙拿起來時，一片片桃子都滑到湯匙的邊邊掉回去，除了女人吃下去的那口之外。

「我在三樓的毛衣部。如果妳有事要問我，」那女人的聲音有點緊張和遲疑，彷彿她想要在兩人被迫分開之前，趕快把訊息傳遞出去，「找時間上來跟我聊聊天。我是羅比樹克太太，露比．羅比榭克太太，五四四號。」

「很謝謝妳。」特芮絲說。突然間那女人的醜陋消失無蹤，因為她眼鏡後面的紅褐色眼睛溫柔可親，而且對特芮絲展現了關切。特芮絲可以感到自己的心在跳，好像這顆心突然活過來一樣。她看著女人起身，然後看著她矮胖的身軀移動，消失在柵欄後等待的人群裡。

特芮絲沒有去找羅比榭克太太，但每天早晨八點四十五分左右，員工三五成群走進大樓時，她總會找尋她的身影，也會在電梯中、在餐廳裡尋覓她的蹤跡。特芮絲從來沒有看到她，但在店裡有個目標可以找尋，還是一件令人愉悅的事。整個世界好像也因此大為改觀。

每天早晨到七樓上班時，特芮絲都會稍停片刻，看著一列玩具火車孤伶伶地放在電梯旁的桌子上。這列火車並不像玩具部後面地板上奔馳的火車那般又大又精巧，但小火車迷你的部件當中自有一股憤怒氣焰，是大火車望塵莫及的。小火車繞行在封閉的橢圓軌道中，展現出憤怒和挫折讓特芮絲為之著迷。

「嗚！嗚！」火車呼嘯而過，莽撞地鑽入混凝紙漿製成的隧道，出隧道時又發出同樣的嗚嗚聲。

她早上踏出電梯，還有晚上下班時，那列小火車總是在奔馳著。她覺得它在咒罵那隻每天啟動它的手，無論是在彎道時火車頭的抖動搖晃，還是在直行時的橫衝直撞，她都可以看到一個暴君狂亂而漫無目的的奔馳。火車頭牽引著三節臥車車廂，車窗裡面還可見到小小的人形身影。後面是一節開頂的貨車，載著真實的小木頭，另一節車廂載著假煤炭，最後是一節守車，緊抓著奔馳的列車快速甩過彎道，就像小孩拉住母親的裙子。火車好像因監禁而發了瘋，又像早已沒了生命、永遠不會疲憊的東西，如同中央動物園裡腳步優雅輕快的狐狸，用繁複的步伐，不斷環繞著籠子打轉。

今天早上，特芮絲很快就從玩具火車那裡離開，朝著她工作的洋娃娃部門走去。

九點五分，偌大的玩具部有了生命。長桌子上罩著的綠布幔拉開了，電動玩具開始朝空中丟球，然後接球；射擊場發出爆裂聲響，靶子開始旋轉。穀倉動物的那張桌子上充斥著嘎嘎、咯咯、驢鳴的聲音。在特芮絲背後，大錫兵無趣的「啦搭搭搭」鼓聲已經開始，錫兵的臉上充滿鬥志，整天面對著電梯打鼓。美術品及手工藝品的那張桌子散發出一股黏土的清新味道，令她想起小時候學校的美術教室，也想起校園內地窖的味道。據說那地窖真的曾是某人的墓穴，特芮絲以前還曾把鼻子湊近鐵欄杆嗅聞。

洋娃娃部門的負責人是韓卓森太太，她正把洋娃娃從貨架裡拉出來，把它們一一張開雙腿，擺在玻璃櫃檯上。

特芮絲跟馬杜契小姐打了聲招呼。馬杜契小姐站在櫃檯後，專心數著錢袋裡的鈔票和硬幣，所以她只能在有節奏的數錢點頭動作之外，對特芮絲深深點了個頭。特芮絲從自己的錢袋中點了二十八張五十元鈔票，把這數字記在一張白紙上，放在出貨收據信封裡，然後依面額把錢放在收銀機中的格子內。

此刻第一批顧客已從電梯出現，他們猶豫了一會兒，臉上帶著困惑而又有點驚訝的表情，很多人發現自己身在玩具部時，都會出現這種表情。然後他們很快就往各處分散。

「你們有沒有會撒尿的娃娃？」一個女人問她。

「我想要買這個娃娃，但有沒有穿黃衣服的？」一個女人邊說邊把一個洋娃娃推過來，然後特芮絲轉身過去，從貨架中取下那女人要的娃娃。

特芮絲注意到那女人的嘴巴和臉頰，很像自己的母親，凹凸不平的臉頰隱藏在深桃紅色的脂粉之下，間隔在兩個臉頰當中的，是一個布滿垂直皺紋線條的紅色小嘴巴。

「這款洋娃娃都是同個大小嗎？」

這裡用不著推銷技巧。每個人都想要買個娃娃當聖誕禮物，什麼娃娃都行。在這裡上班，只需要彎腰，拿出盒子，找出棕色眼睛而非藍色眼睛的娃娃，以及叫韓卓森太太拿她的鑰匙打開櫥窗。除非她相信某個特別的洋娃娃已經沒有庫存了，否則要韓卓森太太開櫥窗取娃娃，通常她會做得心不甘情不願的。因為要做這件事，就要側身走進櫃檯後面的走道，把客人購買的娃娃放在包裝櫃檯堆積如山的盒子上面。無論倉儲小弟多麼努力清走包裝盒，包裝櫃檯上的東西永遠是越疊越多，而且不斷塌下來。櫃檯這裡很少有孩子過來，聖誕老人自然會把洋娃娃送到小孩手上，一張張急切的面孔和張牙舞爪的手，就在此地代表著聖誕老公公。一般來說，那些穿著貂皮大衣的女人最傲慢，一出手就買最大、最貴的，那種有真人頭髮以及替換衣裳的娃娃。但特芮絲心裡想，在這些女人冷酷粉妝的臉孔底下，可能仍存有某些善意吧。窮人心中肯定有愛，因為他們耐心等待著輪到自己，小聲詢問某個洋娃娃的價格，然後搖搖頭遺憾地離去。一個不過十吋高的洋娃娃，索價十三元五毛。

「拿去吧！」特芮絲想這樣對他們說。「真的太貴了，但我可以送給你。法蘭根堡不在乎這個娃娃的。」

但穿著廉價外套的女人，還有蜷縮在破舊圍巾下的羞怯男人早就已經離開，朝著電梯走回去，遺憾地看著其他櫃檯。如果客人的目的是來買娃娃，那他們就不會想要買其他東西。娃娃是一種特別的聖誕禮物，幾乎可以說是有生命、僅次於嬰兒的東西。

很少有小孩來過這裡。但有時候偶爾會出現，通常是小女孩，極少數的情況是小男孩，爸爸或媽媽緊緊握住他們的手。特芮絲會拿出她認為小女孩喜歡的洋娃娃出來給孩子看，她很有耐心，最後總有某個娃娃會改變小孩臉上的表情，一時間讓人真的相信一切的目的就在這裡。而通常這也就是小孩子帶回家的洋娃娃。

有天傍晚下班後，特芮絲在對街的甜甜圈店裡看到羅比榭克太太。特芮絲常在回家前先停在甜甜圈店門前買杯咖啡。羅比榭克太太坐在甜甜圈店的後面，那個長長的弧形櫃檯尾端，正把一個甜甜圈浸到一大杯咖啡裡。

特芮絲朝她的方向硬擠過去，穿越一群女孩、咖啡杯和甜甜圈。她走到羅比榭克太太的手肘邊，一邊喘氣一邊說：「妳好。」然後她面向櫃檯，好像她是來這裡喝咖啡的。

「妳好。」羅比榭克太太開口了，但她的話語如此冷漠，粉碎了特芮絲的整個世界。

特芮絲不敢再看羅比榭克太太一眼，可是兩人的肩膀卻緊緊貼在一起！特芮絲的咖啡喝了一半，羅比榭克太太才無精打采地說：「我要搭獨立線的地鐵。我不曉得能不能擠得出去呢。」她的語氣呆板，與那天在餐廳裡完全不一樣。現在的她正像特芮絲那天看到的，那個爬下階梯的駝背老女人。

「我們一定可以的。」特芮絲用安慰的口吻這麼說。

特芮絲也要搭獨立線地鐵，於是她們兩人強擠到門口。在地鐵入口，她和羅比榭克太太擠入緩緩移動的人潮中，逐漸被吸進了人群，最後無可避免下了樓梯，就像一小塊漂浮的垃圾進入排水管中。羅比榭克太太住在第五十五街，第三大道的東側，但兩人都在萊辛頓大道站下車。羅比榭克太太走進一家熟食店買晚餐，特芮絲也跟了進去。雖然特芮絲大可為自己買點東西當晚餐，但有羅比榭克太太在，她覺得自己就是沒辦法這麼做。

「妳家裡有東西吃嗎？」

「沒有，我等一下會去買東西。」

「那妳要不要跟我一塊吃？反正我都是一個人。來吧！」羅比榭克太太說完話聳了聳肩，彷彿邀請特芮絲這件事，比微笑還簡單。

特芮絲想禮貌性地拒絕的念頭只維持了一下子。「謝謝妳，我很樂意。」然後她看到櫃檯上用玻璃紙包著的水果蛋糕，看起來像咖啡色大磚頭，上面加了紅櫻桃，於是買下來送給羅比榭克太太。

那棟房子跟特芮絲的家很像，但建材是赤褐石，顏色深得多，也暗得多。走廊完全沒有燈光，羅比榭克太太打開三樓走廊的電燈時，特芮絲發現那棟房子其實不太乾淨。羅比榭克太太的房間也一樣，床也沒有鋪好。特芮絲不禁想，羅比榭克太太起床時，是否和上床前一樣疲累。羅比榭克太太從芮絲特手中接過來一袋雜貨，繼續拖著腳走到小廚房，留特芮絲一個人在房間裡站著。特芮絲覺得羅比榭克太太因為回到家了，沒有外人看得到，於是顯露出真正疲累的模樣。

特芮絲不太記得那是怎麼開始的。她已經忘了之前的對話內容，當然那場對話也無關緊要。事情是這樣的，羅比榭克太太從她身旁走開，很怪異地彷彿陷入出神的狀態，開始喃喃低語而不是說話，平躺在沒有整理過的床上。那呢喃不停的低語、帶著歉意的淺笑、可怕醜陋的粗短身軀與突起的小腹、那顆歉意地傾斜的頭仍有禮地看著她——這一切都令她無法專心聆聽。

「我以前在皇后區自己開過服飾店，很棒又很大的服飾店喔。」羅比榭克太太這樣說，特芮絲察覺到一股吹噓的味道，雖然厭惡，還是聽下去。「妳知道嗎，有小鈕釦，V字形狀的洋裝一下子流行起來。妳知道，三、五年前……」羅比榭克太太僵硬的手伸展開來，胡亂在腰際比劃一番。那雙短手還沒辦法劃過身體前半部。在昏暗的燈光下，她看來非常蒼老，眼睛底下的陰影也變黑了。

「他們把這些衣服叫做卡特琳娜洋裝。記得嗎？我設計的，就是從我皇后區那家店開始出名的好嗎！」

羅比榭克太太離開桌子，把靠著牆的箱子打開，一面還一直在講話，然後把一件件深色、材質厚實的洋裝拿出來放在地板上。羅比榭克太太拿起一件石榴紅的絲絨洋裝，上面有白色衣領，還有小小的白色鈕釦，在緊身馬甲的前面形成一個直往下的V字。

「看吧！我有好多件，都是我做的。其他店都是模仿我的。」她用下巴壓住衣服的白色衣領，衣領上面羅比榭克太太那顆醜陋的頭可怕地傾斜著。「喜歡嗎？我送妳一件。過來過來，試試這件。」

想到要穿這種衣服，特芮絲就覺得噁心。她真希望羅比榭克太太再躺下來休息一會兒，可是她還是順從地起身，彷彿沒有自己的意識，朝羅比榭克太太走去。

羅比榭克太太用發抖而過度熱心的手，把一件黑色絲絨衣比在特芮絲身上，突然之間特芮絲明白了羅比榭克太太是怎麼服務店裡的客人，她就是很快地把毛衣往客戶身上套，原因是她已經不會用其他方式來做同樣的動作了。特芮絲想起羅比榭克太太說過，她已經在法蘭根堡工作了四年。

「還是妳比較喜歡綠色那件嗎？試試看。」特芮絲猶豫了，她放下衣服，挑了另一件暗紅色的。

「我賣了五件給店裡的女孩，但這件我送妳。這些是剩下來的衣服，還是跟得上流行。妳比較喜歡這件？」

特芮絲喜歡紅色那件。她喜歡紅色，尤其是石榴紅，而且她喜歡紅絲絨。羅比榭克太太把她推到角落，讓她在那裡脫掉自己的衣服，把衣服放在扶手椅上。其實她並不想要那件紅衣服，也不想要人家送她，這讓她想起以前在兒童之家人家送給她衣服的情形，穿過的舊衣服。基本上，人家都把她當作孤兒，學校裡半數以上的女孩子是孤兒，永遠沒有從外面得過禮物。特芮絲脫下毛衣以後覺得全身赤裸。她抓著上臂，那裡的皮膚感覺又冷又沒有知覺。

羅比榭克太太還在忘情地自言自語。「我從早到晚一針一線縫的，我底下有四個女孩。後來我的視力變差了。瞎了一隻眼，就是這隻。妳穿上那件衣服。」她還告訴特芮絲她眼睛動手術的事。那隻眼睛沒有全盲，只是半盲而已，但已經夠痛苦的了。青光眼，她到現在眼睛還在痛。青光眼，還有她的背，她的腳。姆囊腫。

特芮絲知道，她正在傾吐自身遭遇的困境和不幸，好讓特芮絲能瞭解她為何淪落到百貨公司工作。

「合身嗎？」羅比榭克太太自信滿滿地問道。

特芮絲看了衣櫃門上的鏡子。鏡子上顯現一個細長的身軀，頭有點小，輪廓邊緣散發著光亮，好像亮黃色的火焰朝下燒到亮紅色的雙肩。衣服上一個個從上到下的百褶，幾乎延伸到腳踝。這就是童話故事裡皇后的衣服，比血還深沉的紅色。特芮絲後退一點，拉拉背後鬆垮的地方，讓衣服貼緊她的肋骨和腰部，然後再看著鏡中自己深褐色的雙眸。自己與自己面對面。那就是她，不是那個穿著乏味格子裙和米黃毛衣的女孩，也不是在法蘭根堡洋娃娃部門上班的女孩。

「喜歡嗎？」羅比榭克太太問道。

特芮絲端詳鏡中那張出乎意外鎮定的嘴巴，清楚看見那張嘴巴的形狀。她現在不太擦口紅了，反正也沒人會親她。她真希望能親吻鏡中的人，讓鏡中人有了生命，但她還是站著不動，宛若畫中的肖像。

「喜歡就拿去吧。」羅比榭克太太有點不耐煩地催促她。她靠著衣櫃站在一旁窺伺，看著特芮絲，就像百貨公司裡的女店員，當女性客戶在鏡子前試穿衣服的時候，躲在旁窺伺一樣。

特芮絲知道自己留不住這件衣服，她會搬家，這件衣服也會不見。即使她想保住這件衣服，它還是會消失，因為這東西是暫時的，屬於當下這一刻。她真的不想要這件衣服，她試著去想像這件衣服放在她家衣櫃裡，旁邊是她其他的衣服。但她無法想像這個畫面。她開始解開鈕釦，鬆開衣領。

「妳喜歡吧？」羅比榭克太太還是像之前一樣很有自信地問。

「對。」特芮絲堅定地承認。

她解不到衣領後面的領扣，要羅比榭克太太幫忙才行。她幾乎等不及了，覺得自己快窒息了。她到底在這裡幹什麼？怎麼會弄到竟然穿上這樣的衣服？突然間，她覺得羅比榭克太太和這幢公寓就像一場惡夢，而她才剛發現自己身在惡夢中。羅比榭克太太是地牢裡駝背的獄卒，而她則被帶來這裡受折磨。

「怎麼回事？被別針刺到了嗎？」

特芮絲張嘴想說話，但她的思緒卻不曉得跑到哪裡去了。她的思緒在遙遠的地方，在遠處的漩渦中；而這漩渦又在這個燈光昏暗的可怕房間裡展開，她們兩人則在房間中緊張對峙。此時她的思緒就位在這個漩渦上，她知道她害怕的是那種絕望，而不是其他事情。那種絕望，來自羅比榭克太太病弱的軀體、在百貨公司裡的工作、箱子裡成堆的衣服，也來自羅比榭克太太的醜陋。羅比榭克太太人生的盡頭，似乎全部是由絕望所組成。此外還有特芮絲自己的絕望，因著她想要追求的人生而絕望，想要做的事情而絕望。若她的一生不過是場夢，那麼這樣的絕望是真實的嗎？這種絕望帶來的恐懼，令她想要趕快脫下那件衣服逃跑，免得到時候來不及了，免得枷鎖落下來束縛住她。

現在可能為時已晚。就像在惡夢中一樣，特芮絲穿著白色襯裙，在房間中顫抖著，一動也不能動。

「怎麼了？會冷嗎？現在可是很熱呢。」

的確很熱。暖氣嘶嘶作響。房間裡有大蒜的味道，有年老的陳腐味道，有藥的味道，還有羅比榭克太太身上特殊的一股金屬味。特芮絲真希望就這樣倒在她放裙子和毛衣的椅子上。她想，要是她能躺在自己的衣服上，或許就沒事了。但她不該躺下來，躺下來她就輸了。枷鎖就會鎖上，她就會和那個駝背的獄卒在一起了。

特芮絲劇烈地顫抖著，突然失去了控制。那是一股寒意，而不只是害怕或疲累。

「坐下。」羅比榭克太太的聲音從遠處傳來，帶著令人吃驚的漠然與不耐煩，彷彿她早已習慣了女孩子們在她房裡感到暈眩。同樣好像在很遠之外，她乾燥、指尖粗糙的手指也壓著特芮絲的雙臂。

特芮絲在椅子旁掙扎著，她知道自己快要屈服了，甚至也意識到自己深受這樣的屈服感覺所吸引。她倒在椅子上，感到羅比榭克太太拉住她的裙子，把裙子拉下來，但她就是沒辦法動。雖然這張椅子暗紅色的扶手比她還要高，但她的意識依舊清醒，還是有自由思考的能力。

羅比榭克太太說：「妳在店裡站太久了。最近的聖誕節都很忙，我在店裡忙過四次聖誕假期了。妳一定要學著照顧自己。」

照顧自己。倚著欄杆走下樓梯，在自助餐廳吃午餐。從腫脹的腳上脫下鞋子，就好像那一群在女更衣室暖氣機旁邊休息的女人，爭奪著一點點暖氣機的空間，在上面放報紙，坐個五分鐘。

特芮絲的思緒運作非常清楚，清楚到令人吃驚，不過她知道自己的目光只是茫茫盯著前方，也知道自己想動也動不了。

「親愛的，妳只是累了。」羅比榭克太太說，把一條毛毯覆在特芮絲的肩上。「妳需要休息，站了一整天，今晚也都是站著。」

特芮絲想起理查的朋友曾提到有位作家講過：「這完全不是我的意思，完全不是。」[2]她也想講這句話，卻無法移動嘴唇，嘴巴裡好像有種又甜膩又發燙的東西。羅比榭克太太站在她前面，從一個瓶子裡挖出一匙東西，然後把湯匙送到她的嘴邊。特芮絲乖乖吞下去，也不管這是不是毒藥。她此刻大可以動動嘴唇，可以從椅子上起來，但她不想動。最後，她往後躺在椅子上，讓羅比榭克太太用毯子裹住她，假裝要睡了。但她一直看著那駝背的身軀在房裡遊走，把桌上的東西收好，脫下衣服準備上床。她看著羅比榭克太太卸下巨大的蕾絲束腹，還有某種肩帶似的東西，繞過她的肩膀，有部分直下到背部。此時特芮絲驚恐地闔上眼睛，用力閉上雙眼，直到聽見彈簧咯吱咯吱的聲音，還有一聲長長的呻吟嘆息，告訴她羅比榭克太太已上了床。但還沒結束，羅比榭克太太伸手拿鬧鐘，上了發條，頭也沒有離開枕頭，摸索著要把鬧鐘放到床邊的直椅子上。在黑暗中，特芮絲隱約看到羅比榭克太太的手臂起起

2 引用自艾略特（Thomas Stearns Eliot）的詩作 The Love Song of J. Alfred Prufrock。

落落四次，最後才讓鬧鐘找到位子。

特芮絲想，我等十五分鐘，她睡著後就離開。

她很疲累，所以她強迫抑制著那股痙攣，那是一股像跌倒一般突發的抽搐，每晚還沒上床就會發作，不發作就睡不著。痙攣還沒有發作，特芮絲估計大概過了十五分鐘後，她就穿好衣服，靜靜走出門。畢竟要打開門逃走，是件容易的事。而她也認為這很容易，因為她根本不是在逃走。

第二章

「小芮，記不記得我告訴過妳那個菲爾．麥克艾洛伊？在證券公司上班那個？嗯，他來了，他說再過幾個禮拜，就會幫妳找到工作了。」

「真的幫我找到工作了？在哪裡？」

「格林威治村要上一齣戲。菲爾要我們今晚跟他見面。等下跟妳碰面的時候會告訴妳詳情。我大概再過二十分鐘就好了，現在正要離開學校。」

特芮絲往上跑了三段階梯回自己房間。她剛才正梳洗一半，臉上的肥皂已經乾了。她朝下望著臉盆裡的橘色毛巾。

「有工作了！」她輕聲自言自語。真是神奇的字眼。

她換好衣服，把一條短銀鍊掛在脖子上，墜飾是旅人的主保聖人聖．克里斯多福，鍊子是理查送的生日禮物。她用一點水把頭髮梳理一下，看來更整齊；櫃子裡有些粗略的草圖和紙板模型，如果菲爾．麥克艾洛伊要看的話，她很快就可以把這些東西拿出來。她可能得說，自己的實務經驗不多，但這樣講又令她深感挫敗。她連實習的經驗都沒有，只有那次在蒙克萊爾上了兩天班，用紙板做個模型，最後給一個業餘團體拿去用。不曉得這樣能不能算是工作經驗。她在紐約修過兩門舞台設計的課，也讀了很多書。菲爾．麥克艾洛伊這個緊張而忙碌的年輕人，說不定會為了大老遠跑來見她而有點生氣，她似乎可以聽見菲爾遺憾地說她不適任。特芮絲轉念又想，既然有理查在場，結果應當不會像她單獨面對一樣恐怖。打從她認識理查開始，他不是辭職就是被開除，大概換過五個工作。失業又找工作，對理查來說根本就是稀鬆平常。

特芮絲想起她一個月前被鵜鶘出版社開除，不禁畏縮了，他們連事前的通知都捨不得給，她猜想自己被辭退的唯一理由，就是當初指派給她的研究工作已經完成了。她跑進去跟董事長努斯邦先生說自己沒收到通知時，他竟然不知道，或假裝不知道「通知」這個詞是什麼意思。「通『資』？什麼啊？」他說得很冷淡，而她立刻轉身逃離，擔心自己會在他辦公室裡迸出淚來。理查的情況比較簡單，他住在家裡，有家人為伴，讓他保持心情愉快。對他來說存錢更容易。他在海軍服役兩年期間，存了大約兩千元，一年後又存了一千多元。要加入舞台設計師工會成為初級會員，得花一千五百元，她要多久才能存到這一千五百元啊！在紐約待了將近兩年，她只有五百元左右。

「為我禱告吧。」她對著書架上木製的聖母像這麼說。木製的聖母像是她房裡最美麗的東西，她剛到紐約的第一個月就買來了。她巴不得房裡有更好的地方可以放這個聖母像，而不是放在醜陋的書架上。現在這個書架就像是用水果箱疊起來，然後漆上紅色似的。她想要再買個觸感平滑雅緻的原木書架。

她下樓到熟食店買了六罐啤酒和藍紋乳酪。上樓時才想起，本來到熟食店的目的是買肉來當晚餐。她和理查說好了今晚一起吃飯，計畫現在可能要變了，但她又不喜歡去主動改變任何與理查相關的事情。等她再度下樓買肉時，理查長長的鈴聲也響了起來，她按下開門的按鈕。

理查跑步上樓梯，笑著說：「菲爾打來了嗎？」

「沒有。」她說。

「好。這表示他快來了。」

「什麼時候？」

「幾分鐘後吧。他可能不會待太久。」

「工作聽起來真的是確定了嗎？」

「菲爾是這樣說的。」

「你知道那是什麼樣的戲嗎？」

「我不知道。我只知道他們需要有人做舞台背景，那為什麼不找妳呢？」理查仔細打量她，笑了起來：「妳今晚看來好美，別緊張好嗎？只是一家在格林威治村的小公司，說不定妳的才華比他們所有人加在一起還要多。」

她把理查扔在椅子上的大衣掛到衣櫃裡，大衣底下是一卷他從藝術學校帶回來的炭紙。

「今天有沒有什麼好消息可以報告啊？」她問道。

「還好，就是我想在家裡做的東西。」他漫不經心地說著：「今天請了那個紅頭髮的模特兒，我喜歡的那個。」

特芮絲想看他畫的素描，但她也知道理查可能認為那些作品還不夠好。他最早有些畫還不錯，例如掛在她床上、用藍色和黑色畫出來的燈塔，是他在海軍服役時畫的，他那時才剛開始畫畫。但他的素描不好，而且特芮絲懷疑他可能永遠不會進步了。他褐色的棉褲子上，有隻膝蓋沾滿了炭污；紅黑格子襯衫裡面穿了件T恤，鹿絨皮鞋讓他寬大的雙腳看起來像奇形怪狀的熊掌。特芮絲想，他看起來比較像伐木工人或某種職業運動選手，她可以輕易想見他手裡握著斧頭，而非畫筆。她看過他拿斧頭，那次他在布魯克林家裡後院砍木頭。如果他不能向家人證明他的繪畫事業有進展，很可能今年夏天他就必須到他父親的桶裝瓦斯行上班，按照父親的願望，在長島開一家分店。

「你這禮拜六要上班嗎？」她問道。她仍然很怕談到工作的事。

「希望不要。妳有空嗎？」

她現在才想起來自己沒有空。「我禮拜五有空。」她感到無能為力：「禮拜六要上班到很晚。」

理查笑了起來。「這是個陰謀。」他執起她的手，把她的雙臂環繞在自己的腰上，目光不斷在房裡搜索。「還是禮拜天？我家人問妳能不能出來吃晚餐，我們不必待太久。我可以借一輛卡車，我們下午先開到別的地方去玩。」

「好呀，」她和理查都喜歡這樣，坐在大大的卡車上，愛開到哪裡都行，自由自在，彷彿乘著蝴蝶飛舞。她把手從理查的腰際抽回來，環抱著理查的腰讓她很不自然，又有點愚蠢，好像站在那裡抱著樹幹。「我真的有買牛排想要晚上吃，可是放在百貨公司裡被人偷走了。」

「偷走？放在哪裡會被偷走？」

「從我們放手提袋的架子上偷的。我是聖誕節雇來的臨時工，沒有置物櫃可以放東西。」想到這一點她笑了起來，但今天下午她差點就要哭出來了。狼心狗肺的東西，她當時想道，這群狼，偷走一袋該死的肉，就因為袋子裡是食物，免費的一餐。她問過所有的售貨員，但每個人都否認。韓卓森太太曾憤怒地說，不可以把生肉品帶到百貨公司裡來。可是如果所有的肉店都在六點關門，那又要人家怎麼辦呢？

理查躺在單人沙發床上。他的嘴唇很薄，唇線不對稱，嘴唇有一半往下彎，使得他的臉部表情看起來難以捉摸猜測，有時看來幽默，有時看來苦澀，這種矛盾，就算是他坦率的藍眼睛也無法加以澄清。他帶著嘲弄緩緩地說：「妳有沒有去樓下的失物招領處找？說妳丟了一磅的牛排，尋獲者請交還給『肉丸』這個人。」

特芮絲笑了笑，在小廚房裡的架子上到處找。「你以為你在開玩笑嗎？韓卓森太太真的叫我到樓下的失物招領處去。」

理查爆出大笑，然後站起來。

「這裡有一罐玉米，我有買萵苣可以做沙拉，還有麵包和奶油。要不要我去買些冷凍豬排？」

理查伸長了手越過特芮絲的肩頭，從架子上拿了黑麵包。「這叫麵包？這是霉菌。妳自己看看，藍色都出現了，藍得就像大猩猩的背一樣。麵包一買來就要吃掉呀！」

「既然你不喜歡……」她從他手上把黑麵包拿走，丟進垃圾袋中。「反正這不是我說的麵包。」

「那把妳說的麵包拿來我看。」

冰箱旁邊，門鈴大作，特芮絲很快按下按鈕。

「他們來了。」理查說。

來者是兩個年輕人。理查介紹說一個是菲爾．麥克艾洛伊，一個是他哥哥丹尼。菲爾不像特芮絲想像的那麼高大，看起來既不緊張也不嚴肅，也不特別聰明。而且理查介紹他們時，他也不太看特芮絲。

丹尼站著，外套掛在手臂上，特芮絲把他的外套接過來。家裡沒有多餘的衣架來掛菲爾的外套，所以菲爾把又髒又舊的外套扔在一張椅子上，外套有一半垂在地板上。特芮絲端上啤酒、乳酪和餅乾，一面聽菲爾和理查的對話，等待著對話的主題會講到工作這件事情上。但兩人一直在談他們上次在紐約見面後發生的事。理查去年夏天在那裡的酒店畫了兩個禮拜的壁畫，菲爾則在那裡當服務生。

「你也在劇場界工作嗎？」她問丹尼。

「沒有，我不是。」丹尼看起來很害羞，或許是覺得無聊、不耐煩而想離開。他比菲爾年紀大，身材也壯碩一點，棕色的眼睛仔細掃過房間裡的每樣東西。

「他們還沒有準備好，現在只有導演和三個演員。」菲爾躺在沙發上對理查這麼說。「有個人和我一起工作過，是導演，叫雷蒙．柯特斯。如果我推薦妳，妳絕對進得去。」他看了特芮絲一眼這樣說。「他答應讓我演戲裡面二哥的角色，那齣戲叫《小雨》。」

「喜劇嗎？」特芮絲問。

「是三幕喜劇。目前為止妳自己做過什麼場景？」

「需要多少場景？」特芮絲還沒來得及回答，理查就先問了。

「最多兩個，說不定只要一個就過得去了。喬治雅．哈洛倫是主角，去年秋天的時候，你有沒有看過他們演的那齣沙特的戲？裡面她就有演。」

「喬治雅？」理查笑了起來。「她和魯迪怎麼了？」

他們的話題漸漸導向喬治雅、魯迪和其他特芮絲不認識的人，特芮絲覺得很失望。她想，喬治雅很可能是理查的舊情人之一，他以前提過自己有五個舊情人。但是除了西莉雅這個名字之外，其他的名字她一個也記不起來。

「這是妳做的場景嗎？」丹尼看著掛在牆上的硬紙板模型問她。特芮絲點頭回答，他起身去看模型。

理查和菲爾談到了一個欠理查錢的男人，菲爾說他昨天在聖雷摩酒吧看到那個人。特芮絲想，菲爾拉長的臉和削短的頭髮，就像西班牙畫家葛雷柯[3]筆下的人物；同樣的五官，卻使他哥哥看起來像美國印地安原住民。可是等菲爾一開口講話，就完全摧毀了這種葛雷柯的聯想。他講起話來，就像格林威治村酒吧裡面到處可以看到的人一樣，那種可能是作家或演員，其實無所事事的年輕人。

「好漂亮，」丹尼說，眼睛還往後盯著其中一個掛著的小塑像。

「是〈彼德洛西卡〉[4]的舞台模型，展覽會的那個場景。」她一面說，一面猜想他是否聽過這齣芭蕾舞劇。她想，他的職業說不定是律師或醫生，他手指上略帶黃色的污漬，但不是香菸的污漬。

理查說他肚子餓了，菲爾也說他餓壞了，但兩人都沒有吃擺在眼前的乳酪。

「菲爾，我們再過半小時就該走了。」丹尼又說了一次。

不久後他們兩人起身穿上外套。

「小芮，我們出去吃飯吧。」理查說：「第二街的捷克餐廳如何？」

「好，」她盡量讓自己的聲音聽起來很高興。她想，就是這樣了，工作還沒有什麼確定的答案。

她有股衝動，想問問菲爾這個重要問題，但又沒有開口。

在街上，一行人沒有往上城走，反而開始往下城走。理查和菲爾走在一起，只回頭看了她一兩眼，好像要看看她是否還在。踏上人行道的時候丹尼挽住她的手臂，穿過一塊塊又髒又滑、既非冰也非雪的東西，是前陣子下雪後的遺跡。

3 葛雷柯（El Greco，一五四一——一六一四），西班牙文藝復興的重要畫家、雕塑家、建築師，出生在克里特島，習慣在作品上以希臘文署名。

4 彼德洛西卡（Petrushka），俄國作曲家史特拉文斯基的芭蕾舞作品。

「你是醫生嗎？」她問丹尼。

「我是物理學家。」丹尼回答：「在紐約大學修研究所的課。」他對她笑了笑，兩人的對話暫停了一陣子。

然後他開口說：「跟舞台設計很不一樣吧？」

她點了點頭，「很不同。」她想要問他有沒有參與原子彈的工作，但又沒問出口，畢竟這與她有什麼相關呢？「你知道我們要去哪裡嗎？」她問道。

他咧嘴大笑，露出潔白的牙齒。「知道，要到地鐵站。但菲爾想先吃點東西。」

他們走在第三大道上，理查告訴菲爾他們明年夏天要到歐洲。特芮絲跟在理查後頭走，像個懸掛著的附著物品一樣，感到一陣尷尬，因為菲爾和丹尼一定會以為她是理查的情人。她不是理查的情人，理查也不期待她一定會跟著去歐洲。她認為兩人間的關係非常奇特，但有誰會相信呢？根據她在紐約的經驗，每個人都和他們約會過一兩次以上的人上過床。在理查之前她曾經跟兩個人約會過（安傑洛和哈利），這兩人一發現她不想跟他們發生關係，就斷然離開了她。她認識理查的那年，她曾試了三、四次，想要和理查相好，但結果都不甚理想。理查說他寧願等下去，意思是等到她再愛他更深一點。理查想要娶她，他也說她是他有史以來第一個求婚的女孩。她知道他們前往歐洲之前他還會再向她求婚，可是她對他的愛，還不足以嫁給他。但是這趟歐洲之旅的大部分費用會由理查負責，她也會接受。想到這裡，她心中浮起一種熟悉的罪惡感，然後理查的母親，桑姆科太太的影像就出現在她眼前，微笑著讚許他們兩人，同意兩人結婚，但特芮絲卻不由自主搖起了頭。

「怎麼了？」丹尼問。

「沒事。」

「妳會冷嗎？」

「不會。完全不會。」

但他把她的手臂挽得更緊。她很冷，而且覺得很難受。她知道她和理查是一種半懸盪著、半固定著的關係。他們見面的時間愈來愈多，但又沒有真正親密起來。交往了十個月，她還是不愛他，很可能永遠無法愛他；雖然她喜歡他，勝過她以前認識的任何人，當然也勝過任何一個男人。有時她會認為自己愛上了他，早晨起床時目光茫然地盯著天花板，突然想起她認識他，突然想起他的臉因為她展現的善意而閃耀出深情。接下來，這份睡眼惺忪的虛空就被現實填滿，想起現在幾點了、今天是禮拜幾、有什麼事情還沒做等生命中比較實在的東西。但這種感覺和她在書裡讀過的愛情大不相同，愛情應該是一種充滿喜悅的瘋狂狀態。事實上，理查的行為舉止裡也看不見充滿喜悅的瘋狂。

「噢，每樣東西都叫做聖日耳曼德佩[5]！」菲爾揮舞著手大叫：「你走之前我會給你幾個地址。你會在那裡待多久？」

一輛卡車垂著叮鐺作響的鍊子，正好在他們面前轉彎，特芮絲沒聽到理查的回答。菲爾走進五十三街轉角的「萊克的店」。

「我們不一定要在這裡吃，菲爾只想在這裡停一下。」他們進門時，理查捏了一下她的肩膀。

「今天真棒，小芮，有沒有感覺到？妳第一份真正的工作出現了！」

理查相信今天真棒，特芮絲也想努力體會此時是很棒的一刻。但是現在卻找不回稍早接了理查的電話後，她看著臉盆裡的橘色毛巾，當時感受到的那份確切感覺。她靠在菲爾旁邊的凳子上，理查則站在旁邊繼續和菲爾說話。白磁磚牆和地板發出的耀眼白光，似乎比陽光更明亮，因為這裡沒有影子。她可以清楚看到菲爾眉稍每根烏亮的眉毛，還有丹尼手中沒點燃的菸斗上面粗糙的斑點。她可以看到理查手上的細紋，他的手軟綿綿地從外套袖子裡伸出來；看到理查柔軟、頎長的身體和他的手對比之下又是多麼的不協調。他的雙手很厚，肉呼呼的，不管是拿鹽罐或提起手提箱的把手，兩手都呈現同樣的不協調及僵硬動作；她想，就算在撫弄她的頭髮時也一樣。他的手掌非常柔軟，好像女孩子的手一樣，而且有點濕潤。最糟的是，即使他花時間梳妝打理，他還是會忘了把指甲清一清。特芮絲已經跟他說過這件事好多次了，但她覺得如果再說下去，就要激怒他了。

丹尼正在觀察她。她看著他若有所思的雙眼好一會兒之後，才把眼神移開。突然間她明白自己為何找不回先前的確定感，因為她根本不相信，光靠著菲爾．麥克艾洛伊的推薦，她就能找到工作。

「妳在擔心那份工作嗎？」丹尼就站在她旁邊。

「沒有。」

「不要擔心，菲爾會告訴妳一些小訣竅。」他把菸斗柄插進嘴巴，似乎要準備說些其他事情，但又轉身過去。

她心不在焉地聽著菲爾和理查的對話，他們在談船期訂位的問題。

丹尼說：「對了，我住摩頓街，距離黑貓劇院只有幾條街，菲爾也和我住在一起。妳找個時間過來一起吃午餐，好嗎？」

「非常謝謝你，我很樂意。」但她想這不太可能，不過他人真好，竟然願意開口邀請。

「妳覺得怎樣，小芮？」理查問：「三月去歐洲會不會太早？早點去免得等到那裡擠滿了人。」

5 聖日耳曼德佩（Saint-Germain-des-Prés），位於法國巴黎市第六區，以聖日耳曼德佩修道院為名。人文薈萃，擁有許多著名的咖啡館，如雙叟（Les Deux Magots）、花神（Café de Flore）。

「三月聽起來還好，」她說。

「我們一定會去，是吧？就算我學校的學期還沒有結束，我也不管。」

「對，一定會去。」說得很容易。要相信這一切很容易，不相信這一切也同樣容易。但如果這都是真的，如果真的有這個工作，如果這齣戲會成功，她至少能帶著一項成就去法國……

突然間特芮絲把手伸向理查的手臂，握住他的手。理查非常詫異，話說到一半就突然停了。

隔天下午，特芮絲撥了菲爾給她的劇團電話號碼。接電話的是一個聽起來很有效率的女孩，柯特斯先生不在那裡，但他們已經從菲爾．麥克艾洛伊那裡聽說過她，把職位保留給她了。她可以從十二月二十八日開始上班，週薪五十元。如果她願意，她可以先過來給柯特斯先生看看自己的作品，但既然麥克艾洛伊先生如此大力推薦，帶作品過來也就不是必要程序了。

特芮絲打電話給菲爾謝謝他，但沒人接電話。她寫了一張字條留給他，由黑貓劇院轉交。

第三章

羅柏塔．華爾斯是玩具部最年輕的主管，她在早上剛上班後的慌亂時刻裡，短暫停下來小聲告訴特芮絲：「這個二十四塊九毛五的手提箱如果今天不賣掉，禮拜一就會打折出清，那我們部門就會損失兩元！」羅柏塔對著櫃檯上咖啡色的硬紙板手提箱點點頭，把自己手上一堆灰色的盒子塞到馬杜契小姐的手裡，又匆忙走掉了。

長長的走廊那頭，特芮絲看著那些女售貨員紛紛讓路給羅柏塔。羅柏塔奔走在櫃檯間，在這個樓層到處跑，從早上九點到晚上六點都是這樣。特芮絲聽說羅柏塔又想推動另一次促銷活動了。她戴著像小丑一樣的紅色眼鏡，而且和其他女孩不一樣的是，她老是把綠色制服的袖子捲起來到手肘上面。特芮絲看到她敏捷地穿過走廊，拉住韓卓森太太，激動地傳達了某個訊息，還帶著手勢呢。韓卓森太太點頭同意，羅柏塔則親密地拍了她的肩膀。特芮絲的醋意隱約而生。雖然她一點也不喜歡韓卓森太太，甚至討厭她，但還是會吃醋。

「你們有會哭的布娃娃嗎？」

特芮絲不知道庫存裡有這種娃娃，但那個女人確定法蘭根堡百貨公司有這種商品，這是她在廣告上看到的。特芮絲到處找，再拉出一個箱子，這裡沒有的話就真的沒有了。

「妳在『早』什麼?」桑提尼小姐問。桑提尼小姐感冒了。

「會哭的布娃娃。」特芮絲回答。桑提尼小姐最近對她特別客氣,令特芮絲想起了被偷走的肉。

但現在桑提尼小姐只是揚起眉毛,嘟著發亮的下唇,聳了聳肩,然後就走掉了。

「布的?有馬尾?」馬杜契小姐看著特芮絲。她是個纖細、頭髮散亂的義大利女孩,鼻子像狼一樣長。「別讓羅柏塔聽到。」馬杜契小姐邊說邊四處張望。「別讓任何人聽到,那些娃娃在地下層。」

「噢!」樓上的玩具部正與地下層的玩具部激烈競爭,公司的策略是迫使顧客跑到七樓買東西,因為七樓的東西比較貴。特芮絲回答那個女人說,娃娃在地下層。

「試著把這賣掉。」戴維斯小姐經過時對她說,用塗了紅色指甲油的手拍拍一個壓扁的仿鱷魚手提箱。

特芮絲點頭。

「有沒有一種腿能撐起來的娃娃?那種能站的娃娃?」

特芮絲看著那位中年女性,那女人的枴杖把她的肩膀撐得老高,臉孔和其他經過櫃檯的臉孔都不一樣,很柔和,眼中有一種萬事了然於心的樣子,彷彿可以看透她所注視的事情。

「這個太大了。」特芮絲拿出一個娃娃給她看時，她這麼說：「不好意思，你們有小一點的嗎？」

「應該有。」特芮絲順著走道往前走去拿貨，卻發現那女人拄著枴杖跟著她，省了她帶著娃娃走一趟路回來。突然之間，特芮絲希望無止無盡努力下去，希望找到那個女人想要的娃娃。但她找到的娃娃也不太對，沒有真的頭髮。特芮絲跑到別的地方去找，找到款式相同又有真髮的娃娃，娃娃翻身的時候甚至還會哭，正是那個女人要買的娃娃。特芮絲小心翼翼地把娃娃放在新盒子裡，放在一層全新的薄紙上。

「太好了。」那女人一再說著。「我要把它寄給在澳洲當護士的朋友，我護校的同學，所以我做了一件和我們學校一樣的小制服給它穿。太感謝妳了。祝妳聖誕快樂！」

「也祝妳聖誕快樂！」特芮絲笑著說。這是她第一次從客人那裡聽到「聖誕快樂」。

「貝利維小姐，妳休息過了嗎？」韓卓森太太語氣尖銳地問她，彷彿像在斥責她。

特芮絲還沒有休息。她從包裝櫃檯下的架子裡拿出筆記本和她正在讀的小說。那本小說是喬依斯的《一個青年藝術家的畫像》，這是理查一直叫她讀的書。理查說，他不知道怎麼會有人讀過葛楚．史坦[6]的書，卻沒有讀過喬依斯的作品。理查和她聊到書的時候，讓她覺得有點自卑。她雖然在學校裡面讀過不少書，但她現在才明白，學校裡天主教聖瑪加利會所

6 葛楚．史坦 (Gertrude Stein，一八七四－一九四六），美國著名作家、詩人、女同志，後移居法國生活，對現代主義文學與現代藝術的發展中有重大影響力。

負責的圖書館藏書範圍，其實和天主教的關係不深，裡頭還收藏了一些想像不到的作家作品，例如葛楚．史坦。

大型的搬貨推車擋住了員工休息室的通道，推車上的盒子堆得老高。特芮絲等在那裡準備通過。

「小妖精！」推車後的一個男孩對她大喊。

特芮絲臉上泛起淺淺的微笑。這外號很傻，即使是在地下層的寄物處，他們也整天對她喊「小妖精」。

「小妖精，在等我嗎？」在搬貨推車的成堆貨物上，粗啞的聲音再度響起。

她走過通道，躲過一輛上頭載著一個店員、向她疾駛而來的推車。

「不准吸菸！」一個男人的聲音大喊。那是一個主管快要大發雷霆的咆哮聲。特芮絲前面那些抽菸的女孩把煙圈吹進空中，走進女廁，一面還大聲說：「他以為他是誰？法蘭根堡先生？」

「喂！小妖精！」

「小妖精，偶只是在打花時間！」

一台運貨推車在她面前滑過去，她的腳撞到推車的金屬邊。她繼續往前走，並沒有往下看自己的腳，疼痛開始加劇，好像一場緩慢的爆炸。她繼續走入混亂的場面中，裡面充斥女人的聲音，還有女性身體及消毒水的味道。血流到她的鞋子上，她的襪子上開了個不規則的破洞。她把破掉的皮膚壓回去，覺得不太舒服，所以靠著牆，握住一根水管。她待了一會兒，聽著鏡子旁那些女孩子雜亂的聲音。然後她沾濕衛生紙擦拭襪子，擦掉了紅色的痕跡。但紅色痕跡一直冒出來。

「沒關係，謝謝。」有個女孩彎下腰來看是什麼情況，她對那女孩說沒關係，那女孩就走了。

最後，沒有什麼辦法可想了，只好從販賣機裡買一條衛生棉。她用了衛生棉裡面的棉花，拿紗布綁在腳上。然後，該回櫃檯上班了。

她們的眼睛同時交會，特芮絲從她正在打開的盒子抬頭往上看，那個女人正好轉頭，直接看著特芮絲。她高眺美麗，修長的身子優雅地穿著一件開襟毛外套，一隻手插在腰上。她的眼睛是灰色的，雖沒有散發出光澤，卻睥睨一切，彷彿打了光或著了火一樣，令特芮絲目不轉睛。她聽到前面的客人正重複問著一個問題，但特芮絲就站在那裡，一言不發。那女人也用一種著了迷的表情看著特芮絲，彷彿只有一半的思緒是放在她想買的東西上。雖然兩人間還有好幾個售貨小姐，特芮絲還是很肯定她會走向自己。然後特芮絲看見她緩緩走向櫃檯，那女人愈走愈近，特芮絲聽到自己的心跌跌撞撞地想追上流逝的每一分鐘，臉也發燙了起來。

「可以把那個小行李箱拿給我嗎？」女人問道，然後靠著櫃檯，透過玻璃櫃面往下看。

飽經磨損的行李箱躺在幾呎外。特芮絲轉過去，從一堆東西下方拿出一個箱子，沒開過的全新箱子。她站起來時，那女人用平靜的灰色眼睛看著她。特芮絲既不能直視那雙眼睛，也無法逃開。

「我想要那個，可是那個不是賣的吧？」她一邊說話，一邊點頭指向特芮絲背後展示櫥窗裡的棕色行李箱。

她的眉毛是金黃色的，在她的額頭上刻出一個彎。特芮絲認為她的嘴巴和眼睛一樣充滿智慧，而她的聲音就像她的外套一樣圓潤柔和，而且不知什麼原因，感覺充滿祕密。

「可以買啊。」特芮絲說。

特芮絲跑到儲貨間找鑰匙。鑰匙就掛在門上的釘子，除了韓卓森太太以外，誰都不准碰鑰匙。

戴維斯小姐看到她，倒抽了一口氣。但特芮絲說：「我需要鑰匙。」然後就走出去了。

她打開櫥窗，把行李箱拿下來，放在櫃檯上。

「妳真的能把這個展示的行李箱賣給我？」她笑了笑，彷彿她已經瞭解了。她語氣輕鬆，兩隻手肘撐在櫃檯上，細看著手提箱。「他們很生氣吧？」

「沒關係。」

特芮絲說。

「好，我喜歡這一個。貨到才付款。衣服呢？這些衣服和行李箱是一套的嗎？」

小行李箱裡面有玻璃紙包好的衣服，上面還有價格標籤。特芮絲說：「不是，這些衣服是分開賣的。如果妳想買娃娃的衣服，服裝部賣的比我們這裡更好。服裝部就在走廊對面。」

「噢！聖誕節之前可以送貨到紐澤西嗎？」

「可以，禮拜一就會到了。」特芮絲想，如果送不到，她會親自送去。

「H.G. 愛爾德太太。」那女人輕軟、獨特的聲音這麼說。特芮絲把她的名字寫在綠色的送貨單上。

那個名字，那個地址，還有那個小鎮，出現在鉛筆尖下，就像特芮絲永遠不會忘記的祕密，永遠銘刻在她記憶裡。

「妳不會寫錯吧？」那女人這樣問。

特芮絲首次留意到那女人的香水味道。她沒有回答，反而搖搖頭。她往下看著那張送貨單，小心翼翼把各項款項填好，全心期盼那女人會繼續說：「妳真的這麼高興認識我嗎？那我們再見一次面好嗎？我們今天一起吃午餐好嗎？」她的聲音一派輕鬆，好像她真的會說出這些話似的。但她講了「會寫錯吧」之後，就沒再說話了，沒有說話去解除新手售貨員特芮絲的羞愧感。新手是因為聖誕節的銷售潮才受雇，欠缺經驗又容易犯錯。特芮絲把貨單給她簽名。

接著那女人把手套從櫃檯上拿起來，轉身慢慢走開，特芮絲看著她距離愈來愈遠。她在大衣毛皮下的腳踝蒼白纖細，穿著黑色的鹿絨皮高跟鞋。

「妳開了一張貨到收款的訂單？」

特芮絲盯著韓卓森太太醜陋而空洞的臉。「是的，韓卓森太太。」

「妳難道不知道應該把上面那一聯交給客人？妳怎麼能肯定貨到的時候客人願意認帳取貨？客人在哪裡？妳能找到她嗎？」

「可以。」那個女人只走了十呎開外，剛穿過娃娃服裝櫃檯的走道。特芮絲手上拿著綠色的貨單遲疑了一下子，然後繞過櫃檯，強迫自己走上前。她的外表、藍色舊裙子、棉質工作制服（她沒分發到標準的綠色制服），還有令人尷尬的平底鞋，在在令她感到困窘。還有那個可怕的繃帶，血跡可能又滲出來了。

「我應該給妳這張。」特芮絲把小紙條放在那位女性的手邊，她的手就放在櫃檯上。然後特芮絲轉身過去。

特芮絲回到櫃檯，面對裝著襪子的盒子，小心翼翼地拉出來，然後歸位，好像要找什麼東西一樣。特芮絲一直等著，等到那女人處理完她在那邊櫃檯的事情，離去了為止。她意識到消逝的時間，這些時間是找不回來的，快樂也是找不回來的，在最後那幾秒鐘裡面，她大可以轉頭看看那張可能再也看不到的臉。她懷著恐懼，隱約意識到另一種聲音，那是櫃檯邊客戶所發出的熟悉聲音，永不休止的聲音，吵嚷著要她的協助。還有低鳴的小火車嗚嗚聲，一陣一陣的聲音正包圍著她，阻隔在她和那個女人中間。

等她再度轉頭時，卻又直接注視到那雙灰色的眼睛。那女人走過來，彷彿時間倒轉。她再次溫柔地靠在櫃檯上，比手勢要求看一個娃娃。

特芮絲拿下娃娃，放在玻璃櫃檯上，發出鏗啷的聲音。那女人看著她。

「應該不會破掉吧。」那女人說。

特芮絲笑了一笑。

「好，我也要這個。」她細聲細氣地說，在一片嘈雜中，寂靜環繞著她們。她再次把姓名和地址寫給特芮絲，特芮絲從她嘴中緩緩接收到信息，彷彿自己還沒有牢記於心一樣。「聖誕節之前真的可以送到嗎？」

「最晚是禮拜一送到。聖誕節前兩天。」

「很好。我不是故意要讓妳緊張的。」

特芮絲綁緊了原來繫在娃娃盒子上的結，那個結不知什麼緣故鬆開了。「不會吧。」她這麼說。

她極度尷尬，沒有什麼好講的，於是她在那女人眼前把結綁起來。

「真是份爛工作，對不對？」

「對。」特芮絲繞著白色的線，折好貨到付款的貨單，然後用一根別針固定住。

「所以不能怪我一直囉唆到貨的時間。」

特芮絲看著她，又有一種兩人似曾相識的感覺，她願意向特芮絲透露一切，然後她們可以一起大笑，瞭解彼此。「妳沒有囉唆，但一定會準時送到。」特芮絲目光穿過走道，看著那女人先前所站的位置，然後又看到綠色的小紙片仍然在櫃檯上。「妳真的該把那張貨到付款的單子收好。」

那女人的眼睛現在也隨著她的笑容而改變了，燃起了灰色又不帶光澤的火焰，那是特芮絲似曾相識的火焰。「以前就算沒有那些貨單，東西還是收得到，我從來沒有保留過這些貨單。」她彎下腰去簽第二張貨單。

特芮絲看著她離去，腳步就像她來的時候一樣緩慢；看到她邊走邊望著另一個櫃檯，把她的黑色手套在手掌上拍了幾次，然後消失在電梯裡。

特芮絲接著服務其他的顧客，她工作的時候耐心無窮，但她在售貨單上寫下的數字，在筆跡劇烈震動的地方似乎拖著不太明顯的尾巴。她走到洛根先生的辦公室，這段路程彷彿花了好幾個小時，等她看了時鐘才知道，其實只用了十五分鐘。現在是洗手準備吃午飯的時間了，她僵硬地站在毛巾前擦乾手，覺得自己和任何人、任何事都沒有瓜葛，完全的疏離。洛根先生問過她聖誕節後想不想繼續留下來上班，她可以在樓下的化妝品部工作。特芮絲拒絕了。

午後三、四點她走下一樓，在卡片部買了張問候卡片。卡片本身沒什麼特色，樣式很簡單，上面是樸素的藍色和金色。她拿著筆站著，筆尖停留在卡片上，思考著該寫什麼（「妳很棒」，或甚至「我愛妳」），最後很快地寫下了平淡乏味的一行字：「來自法蘭根堡的特別致意。」她在簽名處加上她的員工編號六四五A，然後走到地下層的郵局，卻在郵筒前猶豫了起來。看到自己的手握著已經一半塞進郵筒口裡的信，她慌張了起來。寄過去的話會發生什麼事？反正她再過幾天就要離職了。H.G. 愛爾德太太會不會在乎呢？那對金黃色的眉毛或許會稍微揚起，她或許會把那張卡片看一會兒，然後就置之腦後。特芮絲把卡片投下郵筒。

在回家的路上，她想到一個舞台場景的點子，一個很長的房間，中心有一個漩渦狀的東西，房間從中心向兩邊延伸。她想要從當天晚上就開始製作紙板模型，但最後只是對著鉛筆素描紙上談兵。她希望見到某個人，不是理查，不是傑克或樓下的愛麗斯．凱利，而是史黛拉，史黛拉．歐維頓，她剛到紐約第一週就遇到的舞台設計師。特芮絲意識到，上次自己搬家時舉辦過雞尾酒派對後，她和史黛拉就沒再見過面，史黛拉不知道她現在的住處。特芮絲往大廳的電話走去時，聽到短促的門鈴聲，表示有電話找她。

「謝謝妳。」特芮絲朝下對奧斯朋太太喊著。

理查通常在九點左右會打電話來。理查問她明天晚上想不想到蘇頓，看一部兩人都還沒看過的新電影。特芮絲說現在她沒什麼事，但想要做完一個枕頭套。愛麗斯．凱利說過明天會下來用她的縫紉機。此外，她也想洗個頭。

「今天把頭洗好，明天晚上來找我。」理查說。

「太晚了，頭髮濕濕的我沒辦法睡覺。」

「我明天晚上幫妳洗。我們不用浴缸，用幾個水桶就好。」

她笑了，「最好不要。」理查有次幫她洗頭髮的時候，害她跌到浴缸裡面。那次理查拚命扭動身體發出咕嘟咕嘟的聲音，模仿浴缸水流掉的樣子。特芮絲笑得太用力，結果滑倒在地板上。

「嗯，要不然禮拜六去看展覽好不好？禮拜六下午開幕。」

「禮拜六我上班到九點，九點半才能離開。」

「噢！嗯，我會留在學校，大概九點半和妳在轉角碰面。四十四街和第五大道轉角。好嗎？」

「好。」

「今天有沒有新鮮事？」

「沒有。你呢？」

「沒有。我明天要去看看船期預約的狀況。明天晚上會打給妳。」

特芮絲終究沒有打給史黛拉。

隔天是禮拜五，聖誕假期前最後的一個禮拜五，而且是從她開始在法蘭根堡百貨公司上班以來最忙碌的一天，可是每個人都說明天更忙。顧客靠著玻璃櫃檯用力推擠，令人膽戰心驚。她正在服務的顧客被其他人擠開，消失在走道上黑壓壓的人潮中。很難想像這層樓還能容納更多人擠進來，但電梯裡的人不斷湧現。

「他們為什麼不把樓下的大門暫時關閉一下！」特芮絲對馬杜契小姐說。她們兩人都在一個貨架旁邊彎著腰。

「什麼？」馬杜契小姐回答，她沒聽清楚。

「貝利維小姐！」有人大聲喊著，還有一聲口哨響起。

是韓卓森太太，她今天一直用口哨讓大家注意她。特芮絲穿過那些售貨小姐，還有地上空的盒子，走向韓卓森太太。

「有人打電話找妳。」韓卓森太太告訴她，指著包裝桌旁的電話。

特芮絲擺出無助的姿勢，但韓卓森太太沒有時間去看。現在不可能在電話上聽清楚任何東西。而且她知道這很可能是理查打電話來鬧她，他先前已經打給她一次了。

「喂？」她說。

「喂，請問是六四五A的員工嗎？是特芮絲．貝利維嗎？」接線生的聲音伴隨著喀嚓聲和嗡嗡聲說，「請說。」

「喂？」她重複問了一次，幾乎聽不到回答。她把電話拉離桌子，走進去幾呎外的儲貨間室裡面。電話線不夠長，她必須蹲在地板上。「喂？」

「喂。」那聲音說話了。「嗯，我想謝謝妳寄那張聖誕卡片來。」

「噢。噢，妳是……」

「我是愛爾德太太。」對方說：「卡片是妳寄的嗎？是妳嗎？」

「是我。」一股罪惡感突然出現，特芮絲身子僵硬了起來，彷彿犯了罪當場被逮到一樣。

她閉上眼睛，扭著電話線，又看到了昨天的那雙聰慧、微笑的眼睛。「如果我這樣冒犯了妳，那很抱歉。」特芮絲木訥地說，語調就像她在與其他顧客說話一樣。

那女人笑了起來。「很有趣。」她輕鬆地說，特芮絲再次聽到昨天聽到的聲音，同樣那種自在而含糊的咬字，她就愛這種咬字。她自己也笑了。

「是嗎？怎麼說？」

「妳一定是玩具部的女孩。」

「對。」

「妳人真的太好了，寄給我這張卡片。」那女人很客氣地說。

特芮絲這才明白過來。那女人以為卡片是一個男人寄的，是其他替她服務過的店員寄的。

「很高興為您服務。」特芮絲說。

「是嗎？怎麼說？」她大概在嘲弄特芮絲。「嗯，既然現在是聖誕節，我們要不要見個面，至少喝杯咖啡？或者喝個飲料。」

儲貨間的門突然打開，特芮絲整個身子縮了起來。有個女孩走進房間，就站在她面前。

「好，我很榮幸。」

「什麼時候？」那女人問：「明天早上我會來紐約。我們要不要一起吃午餐？妳明天有時間嗎？」

「當然。我有一個小時，從十二點到一點。」特芮絲說，她盯著前面那個女孩的腳看，她穿著平底、一頭較大的軟鞋，笨重的腳踝後面和小腿套著襪子，像象腿一樣。

「我十二點左右和妳約在樓下三十四街的入口好嗎？」

「好。我……」特芮絲這才記起來明天下午一點整才上班。她整個早上都休假。她舉高手臂，躲開前面女孩從底下貨架拖下來的一堆箱子。那女孩自己搖搖晃晃走回來。「喂？」她在掉落的箱子產生的噪音中大喊。

「不好意思。」札布理斯奇太太不高興地說，再度破門而出。

「喂？」特芮絲又重複了一次。

電話掛斷了。

第四章

「妳好。」那女人笑著說。

「妳好。」

「怎麼了？」

「沒事。」特芮絲想，至少那女人認得她。

「妳有特別喜歡的餐廳嗎？」那女人在人行道上這樣問。

「沒有。我閒安靜的餐廳好了，但這附近沒有安靜的餐廳。」

「妳有時間去東區去嗎？如果只有一小時，那時間不夠。我知道這條街上往西走幾個街口有個地方不錯。妳時間夠嗎？」

「當然。」已經十二點十五分了。特芮絲知道她可能會遲到很久，不過反正也無關緊要了。往餐廳的路上，她們並沒有交談。有時人潮會沖散她們，有一次那女人隔著一個裝滿衣服的推車看著特芮絲，笑意盈盈。她們走進一家有著木頭屋梁和白色桌布的餐廳，餐廳異常安靜，客人還沒坐滿一半。她們在一個木製雅座就座，那女人點了杯傳統雞尾酒，問特芮絲要不要喝一杯，或點杯雪莉酒。特芮絲還在遲疑時，她已經點好菜讓服務生去處理了。

她脫下帽子，用手指梳理她的金髮，兩邊各一次，然後看著特芮絲。「妳怎麼會有這麼好的點子，要寄聖誕卡片給我？」

「我記得妳。」特芮絲說。她看著那串小小的珍珠耳環，那串耳環不知為何不像她的頭髮或眼睛那麼明亮。特芮絲覺得她很美，覺得她的臉變得模糊起來，令她無法直視。那女人從包包裡拿出口紅和粉盒，特芮絲看著她的口紅盒，金色如珠寶，形狀像水手的儲物箱。特芮絲還想看看那女人的嘴，但那雙灰色的眼睛如此逼近，讓她無法直視她的嘴，目光像火苗一樣在她身上跳躍閃爍。

「妳才剛去那家店上班？」

「對，大概只有兩個禮拜。」

「妳也不會待太久，是這樣沒錯吧？」她遞給特芮絲一根菸。

特芮絲接過了菸。「不會，我找到另一份工作了。」她往前靠，迎向那女人替她拿著的打火機，迎向那雙纖纖玉手。那雙手留著橢圓形的紅指甲，手背上有一點點雀斑。

「常送人明信片嗎？」

「明信片？」

「聖誕卡片？」她自己笑了起來。

「當然沒有。」特芮絲說。

「那我們敬聖誕節。」她碰了特芮絲的玻璃杯一下，把酒一飲而盡。「妳住哪裡？曼哈頓？」

特芮絲告訴她，自己住在六十三街，父母雙亡，這兩年來都住在紐約，之前則是在紐澤西的學校。特芮絲沒有告訴她的是，那是一家半宗教性的學校，屬於聖公會。她沒有提到她崇拜的艾莉西亞修女，沒有說她常常想起她藍色的眼睛、醜陋的鼻子和慈嚴兼備的個性。因為從昨天早上開始，艾莉西亞修女就遠遠被拋到對座那個女人的後方。

「妳空閒時做什麼？」桌上的燈讓她的眼睛帶著一點銀色，充滿如水一般的光亮，甚至連她耳垂上的珍珠都顯得栩栩如生，就像一滴輕輕一碰便會破碎的水珠。

「我……」她應該告訴她自己平常都在做舞台模型嗎？該告訴她自己會素描和畫畫，或雕刻一些小東西像貓的頭和小人，好置放進她的芭蕾舞台中？其實她最喜歡的是到外面好好走一段路散步，最喜歡作夢。特芮絲覺得不必告訴她這些事。她認為那女人的眼睛必定能透徹瞭解她所看的每樣東西。特芮絲喝了口飲料，她很喜歡，覺得的確像是那女人會喝的酒，特芮絲想，既濃烈又可怕。

那女人點頭向服務生示意，然後又有兩杯酒到了她們桌上。

「我喜歡。」

「喜歡什麼?」特芮絲問。

「我喜歡有人送我卡片，不認識的人。就像聖誕節一樣。今年我特別希望這樣。」

「我很高興。」特芮絲笑了笑，一面猜想她是不是在講真心話。

「妳很漂亮。」她說：「而且也非常敏感，是嗎?」

特芮絲想，她好像在說娃娃一樣，她用這麼自然的方式來稱讚特芮絲。「我認為妳很棒。」藉著第二杯酒帶來的勇氣，特芮絲這樣說。她不在乎聽起來的語氣如何，因為她知道那女人自己也知道。

她笑了起來，頭往後仰，聲音比音樂更美妙。她的笑容讓眼角泛起一點小皺紋，她點香菸時，紅色的雙唇則噘了起來。她看著特芮絲，她的手肘抵在餐桌上，下巴則撐在拿香菸的那隻手上。她合身的黑色套裝腰身附近一直到拉寬的肩膀處，有一條長長的線，而她的頭上則頂著一頭細緻又未加梳理的金髮。特芮絲想，她大約三十或三十二歲，買了個行李箱跟娃娃送給女兒，她女兒大概六歲或八歲。特芮絲可以想像那個小女孩留著金髮，金黃色的臉孔洋溢著歡樂，纖細的身軀比例勻稱，而且一直在玩耍。但小女孩的臉龐，又和這個女人雙頰窄小，北歐人般的小巧臉孔不同，小孩臉上的五官比較平板單調。那丈夫呢?特芮絲完全沒辦法想像他的模樣。

特芮絲說：「我猜想，妳本來以為寄聖誕卡片的是個男的，對吧？」

「沒錯。」她微笑著說：「我以為可能是那個滑雪部的男人寄的。」

「真抱歉。」

「不用抱歉。我很高興。」她靠回到雅座中：「我大概不會邀他一起吃午餐。不用抱歉，我很高興。」

一股曖昧甜蜜的香水味撲向特芮絲，令人聯想起墨綠色絲綢，只屬於她，就像某種奇花異卉的味道。特芮絲傾身靠香味更近一點，往下看著她的杯子。她想要把桌子用力推開，投入她的懷中，把鼻子緊緊埋入她頸項上那條綠色、金色相間的圍巾。每當她們的手背偶爾在桌上輕觸，特芮絲的肌膚就變成獨立的個體，有了自己的生命，而且一直發熱。特芮絲不明白自己為什麼會這樣，但事情就是這樣。特芮絲瞥見她稍稍轉向一旁的臉孔，剎那間再度明白了似曾相識的感覺是什麼。她也知道這樣簡直難以置信，因為自己從沒見過這個女人。如果見過的話，又怎麼可能會忘記呢？在沉默中，特芮絲覺得彼此都在等待對方開口，但這種沉默也不會讓人感覺不自在。她們點的餐來了，奶油菠菜，上面加了蛋，冒著熱氣和奶香味。

「妳怎麼會一個人住？」那女人問。特芮絲不知不覺就把自己大半輩子的故事告訴了她。

但特芮絲沒有告訴她其他的細節。她只用了六句話，彷彿她的故事重要性還比不上在其他地方讀到的故事。但那些事實究竟有何重要性？她母親是法國人、英國人或匈牙利人？她父親是愛爾蘭畫家或捷克律師？他有沒有出人頭地？她母親把她送到天主教聖瑪加利會的時候，她是煩人、大聲哭鬧的嬰兒，還是煩人、憂鬱的八歲女孩？她在那裡是否快樂？她現在很快樂，從今天開始一定會很快樂，所以她沒有必要提到父母或她的背景。

「陳年往事，最沒趣了。」特芮絲笑著說。

「或許更沒趣的是未來，沒有歷史的未來。」

特芮絲並沒有仔細思考這句話。沒錯。她仍然在微笑著，彷彿她才剛學會怎麼笑，不知道怎樣才能停下來。那女人和她一起笑，表情很愉快，或許她在嘲笑她。特芮絲這樣想。

「貝利維是一個什麼樣的姓？」她問。

「這是捷克姓。這姓已經改過了。」特芮絲彆扭地解釋著：「本來是……」

「這個姓，聽起來很特別。」

「妳叫什麼？」特芮絲問：「我是說妳的名字。」

「我的名字？我叫卡蘿。請千萬不要叫我卡洛兒。」

「請千萬不要叫我特麗絲。」特芮絲說，並發出「ㄊ」的音。

「妳喜歡怎麼發音？特蕊絲？」

「對，就像妳唸的那樣。」她這樣回答。卡蘿用法文的發音唸出特芮絲的名字。特芮絲已經習慣自己的名字有好幾種不同的唸法，有時候她也會用不同的方式唸。她很喜歡卡蘿唸她名字的方式，她也喜歡她的雙唇吐出她的名字。那是一種無止盡的渴望，她以前只是偶爾、隱約意識到這種渴望，現在這種渴望成了真實的願望。實在是太奇怪、太令人困窘的慾望了，特芮絲把這種慾望從腦海中甩開。

「妳禮拜日都做些什麼？」卡蘿問。

「不一定，沒什麼特別的。妳會做什麼？」

「最近沒做什麼。如果妳想要找我，隨時歡迎。我住的地方景觀不錯，鄉村景觀。這禮拜天想不想過來走走？」那對灰色的眼睛現在直直看著她，這是特芮絲第一次面對它們。特芮絲看到那對眼睛中透露出一點風趣。還透露出其他什麼呢？好奇心，還有挑戰。

「好。」特芮絲說。

「妳真是個奇特的女孩。」

「怎麼說？」

「從天而降。」

第五章

理查站在街角等她。在嚴寒的氣溫裡，他輪流用兩腳撐著身體重心。她突然明白，雖然街上行人都拱著背縮在外套裡，但她今晚一點也不覺得冷。她充滿深情，緊緊挽著理查的手。

「你剛在裡面嗎？」她問。她遲到了十分鐘。

「當然沒有。我一直在等妳。」他冰冷的雙唇和鼻子壓著她的臉頰。「妳今天是不是不太順利？」

「沒有。」

儘管燈柱上還亮著聖誕節燈飾，今夜依舊漆黑。從他點菸的火柴亮光裡，她看著理查的臉龐。他光滑的額頭位在細小的眼睛上，她想，他強韌的外表就像鯨魚的額頭，堅硬到足以搗碎任何東西。他的臉就像一張用木頭雕刻成的臉孔一樣，刨得很光滑，沒有任何修飾。她看到他張開的眼睛，就像黑暗天空裡令人意想不到的光點。

他對她笑了笑。「妳今晚心情不錯。想不想在街上散個步？妳在百貨公司裡不能抽菸。想要抽嗎？」

「不，謝了。」

他們往前走，畫廊就在旁邊，有一排透著亮光的窗子，每個窗子都掛著聖誕節花圈。特芮絲想，明天就可以見到卡蘿，早上十一點，再過十二小時又多一點，她會在距離這裡只有十條街的地方看到她。她又挽起了理查的手，然後才突然意識到自己正挽著理查的手。往東邊看去，在四十三街上，她看到獵戶星座就在天空的正中央，位在建築物的上面。她以前老是從學校的窗戶往外看獵戶星座，剛搬來紐約的時候，也會從自己租來的公寓裡往外看。

「我今天訂好了船票。」理查說：「泰勒總統號，三月七號啟航。我和賣票的人談過了，如果我繼續跟他保持聯絡，他可以幫我們安排一間靠外面有窗戶的房間。」

「三月七號？」雖然現在她一點也不想去歐洲，但她聽到自己聲音裡冒出來的興奮之情。

「距離現在十個禮拜而已。」理查握著她的手說。

「萬一我不能去，你能不能取消預約？」她想，既然她不想去，她大可以告訴他。但他只會跟她吵，就像她以前猶豫不決時他做的事一樣。

「當……當然，小芮！」然後他大笑起來。

他們一邊散步，理查一邊搖著她的手。特芮絲想，這樣好像兩人是戀人一樣。她對卡蘿的感覺幾乎就像是戀愛，只不過卡蘿是女人。也許不是瘋狂，但絕對會帶來極大的喜悅。這個字眼很傻，但她怎麼可能比現在更快樂？從禮拜四開始就這麼快樂。

「我真希望我們能共用。」

「共用什麼？」

「共用一間房間！」理查一邊大叫著一邊笑，特芮絲注意到人行道上有些人回過頭來看著他們。

「我們是不是應該去哪裡喝一杯慶祝一下？我們去轉角的曼斯菲爾德。」

「我不想坐著。晚一點再喝吧。」

他們用理查的藝術學校學生證，以半價看了一場展覽。畫廊由好幾個挑高、鋪著厚絨布地毯的房間組成，展示雄厚財力的商業廣告、繪畫、平面海報、插畫，還有那些擁擠在牆上掛成一列的東西。

有些作品會讓理查凝視好幾分鐘，但特芮絲認為這些作品實在有點令人沮喪。

「妳看到了嗎？」理查問。他指著一幅構圖繁複的畫，畫中是一個架線工人在修理電話線。特芮絲以前在別的地方看過這件作品了，今天晚上看著這幅畫，真的讓她很痛苦。

「看到了。」她說。她在想其他事情。如果她不用為了歐洲之旅存錢（存錢這個動作看來很愚蠢，反正她已經不去歐洲了），就可以在聖誕節之後的特賣會上買件新外套。她現在這件黑色的運動外套，穿上去令她老覺得自己毫無生氣。

理查挽著她的手。「妳好像不太尊重技巧，小女孩。」

她對他皺了皺眉，好像在嘲弄他似的，然後又挽著他的手。頃刻之間，她覺得兩人距離非常接近，現在和他在一起會讓她感到溫暖快樂，就像他倆初次見面那晚一樣。他們在克理斯多佛街上舉行的宴會裡認識的，那次是法蘭西斯．科特帶她去的。兩人認識以後，理查就不曾喝醉過，但第一次面的那夜理查喝得微醺，不斷針對書籍、政治和一些人物發表他的高見。當時他的這些話，也比後來兩人認識後他的言談來得積極正面。他那晚只和她聊天，她也因為他的熱情、抱負、他的喜惡而對他產生好感，當然也因為那是她第一次真正參加派對，而他為她帶來了圓滿的結果。

「妳根本沒有在看。」理查說。

「我好累，你看完就好。」

他們在出口處碰到一些理查俱樂部裡面的朋友，其中有個年輕男人、一個女的和一個年輕的黑人。理查把特芮絲介紹給他們，她可以感覺得出來他們和理查並不太熟，但他還是告訴他們：「我們三月就要去歐洲了。」

他們看起來一臉羨慕的樣子。

在外面，第五大道空蕩蕩的，像個舞台場景等待好戲上場。特芮絲在理查旁邊走得很快，雙手插在口袋中。她今天搞丟了手套。她想著明天七點鐘，明晚這個時候有沒有可能還跟卡蘿在一起。

「明天怎樣？」理查問。

「明天？」

「妳知道的。我爸媽問妳這禮拜天能不能和我們一起吃晚餐。」

特芮絲遲疑了起來，她想起來了。有好幾個禮拜天的下午，她曾經前去拜訪桑姆科一家人，下午兩點左右吃著豐富的餐點，然後矮小禿頭的桑姆科先生會在留聲機裡的波爾卡舞曲和俄羅斯民族音樂伴奏下，邀她共舞。

「對了，妳知不知道我媽媽想替妳做洋裝？」理查繼續說：「她買了料子，想要量妳的尺寸。」

「做洋裝，太費工夫了。」特芮絲可以想見桑姆科太太繡著花紋的上衣，白色的上衣上佈滿一排又一排的針織線紋。桑姆科太太對她的針線手藝感到驕傲。特芮絲則認為自己不應該接受這麼費工夫的禮物。

「她好喜歡替妳做洋裝。」理查說：「明天可以嗎？想不想在中午左右出來？」

「我想不要好了。希望這禮拜天他們還沒有擬定什麼偉大的計畫。」

「還沒有。」理查失望地說：「妳明天有別的事？」

「對。我想做別的事。」她不希望理查知道卡蘿，也不希望理查看到卡蘿。

「想不想開車到其他地方走走？」

「我想不要了，謝謝。」特芮絲現在不想讓他握著她的手了。他的手濕濕的，使她的手變得好冷。

「妳確定喔？不會改變主意？」

特芮絲搖搖頭。「不會。」她大可以說一些話來緩和現在的情況，要不然找別的藉口，但她也不希望為了明天的事情撒謊，不要像剛才一樣的撒謊。她聽到理查嘆了一口氣，兩人沉默以對，走了好一會兒。

「媽媽想替妳做一件蕾絲邊的白洋裝。家裡只有愛斯特一個女孩，讓媽媽覺得好沮喪，快瘋了。」

愛斯特是理查的表妹。特芮絲只見過她幾次。「愛斯特還好嗎？」

「老樣子。」

特芮絲把自己的手從理查手中抽回來，突然感覺肚子餓了起來。她把晚餐的時間拿來寫信給卡蘿，永遠不會寄出去的信。他們在第三大道搭乘前往上城的公車，然後朝東走到特芮絲的家。特芮絲心裡雖不想邀理查上樓，但還是問他要不要上去。

「不了，謝謝，我要走了。」理查說。他把一隻腳放在第一個階梯上。「妳今晚怪怪的，距離我好遠。」

「我才沒有。」她說。她覺得自己沒有表達得很清楚，也感到惱怒。

「妳有。我看得出來。再怎麼說，妳不是……」

「不是什麼？」她催促著他說。

「我們交往的還不深，對不對？」他說。突然之間他認真了起來。「如果妳連一個禮拜日下午都不想跟我在一起，我們怎麼能在歐洲一起過好幾個月呢？」

「理查，如果你想取消整個歐洲的計畫也行。」

「小芮，我愛妳。」他用手輕輕摸她的頭髮，看起來有點惱火了。「我當然不希望取消，但是……」他欲言又止了。

特芮絲知道理查想說什麼，他要說她根本沒有表現出愛他的樣子。但他又不肯明說，因為他很清楚，她並不愛他，所以他又怎麼能真正期待她表現出愛意呢？事實很簡單，特芮絲因著自己不愛理查，所以懷有罪惡感，這種罪惡感逼著讓她接受了他給予的東西：生日禮物、與他家人共進晚餐的邀約，甚至是他的時間。特芮絲的指尖緊緊壓著石頭欄杆。「好，我知道了，我不愛你。」她說。

「小芮，我不是這個意思。」

「如果你想讓整件事都作罷，我的意思是，你不想再見我，那也沒關係。」她第一次說出這種話來。

「小芮，妳知道，在這世界上我最想跟妳在一起。就是這麼一回事。」

「如果這件事真那麼痛苦……」

「小芮，妳愛我嗎？妳到底多愛我？」

她想：讓我細數一下。「我不愛你，但我喜歡你，這是我今晚的感覺，幾分鐘前的感覺。」她說。不管這些話聽來給人怎樣的感覺，她還是說了，因為這些是實話。「事實上，我從來沒有覺得我們這麼接近過。」

理查看著她，有點難以置信。「是嗎？」他慢慢走上樓，笑了，在她下方的階梯停了下來。「那……小芮，讓我今晚陪妳好嗎？我們試試看，好嗎？」

從他走向她的第一步開始，她就知道他會說這種話。現在她覺得又悲哀又羞愧，替自己，也替他覺得可悲。因為她真的不愛他，她也覺得很尷尬，因為她並不想要讓事情走到這個地步。每次他問起這個話題的時候，總是會有那麼一個巨大的障礙橫阻於前，因為她連試都不想試。最後，他的詢問只會造成痛苦的尷尬。

她想起了第一次讓他留下來過夜的情形，內心再度糾結在一起。那次的經驗非常不愉快，做到一半的時候她就問他：「這樣子對嗎？」她當時想，如果動作沒錯的話，怎麼可能還是讓人這麼不舒服。接著理查大笑起來，笑得又久又大聲，真心大笑，讓她生氣。第二次甚至更糟，原因可能是理查以為她應該已經克服了障礙，沒想到整個過程太痛苦，害她哭了起來。理查也因此深深感到愧疚，一直說她讓他覺得自己像禽獸一樣，她則說他不是禽獸。她很清楚他不是禽獸，至少和安傑洛．羅西相比，理查簡直就是天使。安傑洛曾站在同樣的階梯上，同樣問她兩人是否可以共度良宵。如果當晚她和他上床，他的表現絕對和理查不一樣。

「小芮，親愛的，」

「不行。」特芮絲終於找回自己的聲音：「今天晚上不行，我也不能和你一起去歐洲。」

她很誠實，但語氣充滿悲苦與絕望。

理查的雙唇因為驚訝而張開。特芮絲不敢看著他臉上的不悅之色。「為什麼？」

「因為，因為我不能。」她說，每個字都是折磨。「因為我不想和你上床。」

「噢，小芮！」理查笑了起來。「真抱歉我問了妳。親愛的，不要上床好嗎？在歐洲也不要上床。」特芮絲把頭轉開，又看到獵戶座，傾斜的角度稍微有點不同。然後她回頭看著理查。她想，我就是不能，我必須好好想一想，妳已經在想這個問題了。對她來說，話已經說出來了，即使她自己什麼也沒聽到，這些話依舊像橫阻在兩人之間的大木塊一樣堅硬，即使她什麼也沒聽到。她以前在樓上的房間就對他說過同樣的話，有次在公園裡捲風箏線時她又說過一次。但他未曾好好思考過那些話。難道現在她能做的，就只是重複那些話？「你想要上來待一下子嗎？」她問他。她在折磨自己，她無法解釋的羞愧也在折磨著她。

「不用了。」理查輕笑著說，他的容忍跟體諒使她更羞愧。「不，我要走了。晚安，親愛的。我愛妳，小芮。」他再看了她一眼，然後就走了。

第六章

特芮絲走上街道張望，街上空無一人，週日早晨的空寂。在法蘭根堡百貨公司高聳的水泥牆角旁，風聲大作，好像因為找不到敵手對抗而暴怒一般。特芮絲想，除了她之外就沒有別人了，想著想著就突然咧嘴笑了起來。她應該約一個更舒服的見面地點才對，風就像冰塊一樣貼著她的牙齒。卡蘿遲到了十五分鐘。如果她沒有來，特芮絲很可能會繼續等下去，等一整天，直等到晚上。有個身影從地鐵出口出來，是一個瘦小的女性身影，行色匆匆，穿著黑色長外套，外套底下的腳走得很快，好像是四隻腳在輪子上輪流轉動一樣。

接著特芮絲轉頭，看到卡蘿坐在一輛車裡，正靠著馬路對面的人行道停車。特芮絲走向她。

「嗨！」卡蘿叫她，然後傾身替她開車門。

「妳好嗎？我以為妳不來了。」

「我遲到了，真的很抱歉。妳凍壞了吧？」

「沒有。」特芮絲上了車，把車門關上。車裡面很溫暖，是一輛深綠色的大轎車，座椅是皮的。卡蘿把車朝西慢慢行駛。

「要不要去我家？還是妳想去哪裡？」

「都可以。」特芮絲說。她看到卡蘿鼻梁上的雀斑，剪短的秀髮讓特芮絲想起香水瓶對著燈光舉起來的景象。她把頭髮用綠色和金色相間的圍巾綁在後面。圍巾盤在她的頭上，就像一條帶子一樣。

「我們去家裡。那邊很漂亮。」

她們往上城駛去。感覺很像萬山奔騰橫掃前方，卻又全在卡蘿的掌控中。

「妳喜歡開車嗎？」卡蘿問，但沒有看著她。她嘴裡叼著一支菸，開車時手輕輕放在方向盤上，好像對她來說是輕而易舉的事，好像她正輕鬆自在地坐在某處抽著菸。「妳為什麼都不講話？」

她們轟隆轟隆開進林肯隧道。特芮絲從擋風玻璃看出去，產生了狂野、難以名狀的興奮感。她希望隧道塌陷，奪去她倆的性命，這樣她們的屍體會被拖出來的時候，還是在一起的。她感覺到卡蘿的目光不時掃向她。

「妳吃過早餐了嗎？」

「還沒有。」特芮絲回答。她想她應該是一臉蒼白。她出門前本來想吃點早餐，後來乾脆把牛奶瓶扔在水槽裡，一點東西也沒吃。

「最好喝點咖啡。保溫瓶裡有咖啡。」

她們開出隧道，卡蘿把車停在路邊。

「在那邊。」卡蘿說。她點頭指向兩人座位間的保溫瓶。然後卡蘿自己先拿起保溫瓶，倒了點咖啡在杯子裡。淡褐色的咖啡熱氣騰騰。

特芮絲感激萬分地看著咖啡。「哪裡來的？」

卡蘿笑了笑：「妳一定要知道每樣東西的來源嗎？」

咖啡很濃，而且很甜，給了她力氣。咖啡喝掉了一半，卡蘿重新發動車子，特芮絲還是一語不發。要談什麼呢？掛在儀表板上鑰匙圈的金色四葉幸運草上面有卡蘿的名字和地址，要聊這個嗎？要聊她們在路上看到的聖誕樹？要聊聊那些飛越沼澤的小鳥？不。她想說的，只有她在那封沒寄出的信中寫給卡蘿的話，但那又是不可能的。

「妳喜歡鄉下嗎？」轉進小路時卡蘿問道。

她們剛駛進一個小鎮，又開了出來。現在她們進入一條半圓形的車道，接近了一幢兩層樓的白色房子，房子兩側的廂房像睡獅的腳爪一樣伸展。

門前有個有金屬的踏墊，還有又大又亮的黃銅郵筒，一隻狗從房子旁邊悶聲吠叫，白色的車庫則位在側面的樹木後面。特芮絲想，房子聞起來有某種香料的味道，又混合了另一種甜美的味道，這種味道和卡蘿的香水不同。她身後的門關上了，發出兩聲輕微而結實的聲響。

特芮絲轉過頭去，發現卡蘿困惑地看著她，嘴唇微張，似乎感到很驚訝。特芮絲幾乎認為接下來卡蘿會問：「妳在這裡做什麼？」彷彿忘了是她帶她來這裡的，或者她根本沒有意思要帶她來。

「家裡只有女傭，沒有其他人。而且她也不在附近。」卡蘿這樣說著，似乎是在回應特芮絲的疑惑。「房子很棒。」特芮絲說。她看到卡蘿有點不耐煩地淺笑著。

「脫掉外套。」卡蘿從頭上取下圍巾，手指梳理著頭髮。「想要吃早餐嗎？快中午了。」

「不了，謝謝。」

卡蘿環顧客廳，同樣充滿困惑而不滿意的表情又出現在她臉上。「我們上樓去吧，那裡比較舒服。」特芮絲跟著卡蘿走上寬闊的木頭階梯，經過一幅油畫。畫中是一個留著黃色頭髮的小女孩，她的下巴方正，和卡蘿一樣。另外經過一扇窗，窗外短暫出現了一個花園，然後很快便消失了。花園有S形的小徑，噴泉旁裝飾著藍色的雕像。樓上有一條短短的走廊，旁邊是四、五個房間。卡蘿走進一間有著綠色地毯和綠色牆壁的房間，從桌上的盒子裡拿了支菸，點菸時瞧了特芮絲一眼。特芮絲不知道該說什麼或做什麼才好。她感覺到卡蘿希望她做些什麼或說些什麼，任何事都好。特芮絲觀察著那間簡單的房間。房間佈置著深綠色的地毯，牆邊放著可以讓人靠著休息的綠色長凳，還有一張素面的白色木頭桌，特芮絲想，這裡應該是休閒室，看起來也很像書房，裡面擺放著書本和唱片，但一張照片都沒有。

「我最喜歡這個房間。」卡蘿說，然後走了出來。「可是我的房間在那裡。」

特芮絲往對面的房間看進去。房間裡有棉質墊子，裝飾著花朵，還有簡單的淡色木家具，很像另一間房間裡的桌子。梳妝台上有一面簡單的長鏡子，房間採光很好，但實際上並沒有陽光直接射入。房裡擺著雙人床，另一頭的黑色櫃子上擺著男用衣刷。特芮絲搜尋著她丈夫的照片，但沒看見。梳妝台上有一張卡蘿的照片，照片裡她抱起一個金髮小女孩。還有一張鑲銀框的照片，照片裡是個留著黑色捲髮的女人，笑得很開懷。

「妳有個小女兒，是嗎？」特芮絲問。

卡蘿打開走廊上的壁櫃。「對。」她說：「妳想喝可樂嗎？」

冰箱的嗡嗡聲現在更清楚了。整個房子裡只有她們兩人製造出的聲音。特芮絲不想喝冷飲，但她還是拿了可樂，跟在卡蘿後面下樓，走過廚房，進入她剛剛看到的後花園。噴泉後面種了各種植物，大多三呎高，套著看起來不曉得像什麼東西的粗布袋，成群矗立在那裡。特芮絲想不出來這些粗布袋到底像什麼。卡蘿把風中鬆動的繫線綁緊。她穿著厚重的羊毛裙和藍色羊毛衫，彎下身子，看來結實強壯，就像她的臉一樣，但又和細瘦的腳踝不同。有好一陣子，卡蘿似乎忘了她的存在，她慢慢走著，穿著軟底鞋的足部重重踱著，彷彿在這個寒冷而沒有花朵的花園，她終於有了舒適的感覺。天氣很冷，沒有穿外套的話寒氣刺骨，但卡蘿好像也不以為意，特芮絲也試著有樣學樣。

「妳想做什麼？」卡蘿問：「散步？聽音樂？」

「我這樣就很好了。」特芮絲告訴她。

特芮絲認為，卡蘿把注意力放在其他事情上面，代表她還是後悔邀請她來這間房子了。她們走回花園小徑盡頭的那扇門。

「妳喜歡妳的工作嗎？」卡蘿在廚房問道，她說話的語氣還是帶著一種距離感。她看著大冰箱裡面，翻出兩個蓋著蠟紙的盤子。「我想吃午餐了，妳呢？」

特芮絲本來想告訴她自己已經在黑貓劇院找到工作了。她想，這個工作的意義重大，也是她唯一一件可以告訴卡蘿的大事。可是現在時機不對。她現在想要慢一點回覆卡蘿的話，想要讓自己的聲音聽起來和卡蘿一樣疏離，可是又聽到自己的聲音裡充滿了羞怯。「我想，百貨公司的工作很有教育意義，我學會了當小偷、騙子、詩人。」特芮絲在挺直的椅子上往後靠著，這樣她的頭就可以沐浴在溫暖的陽光中。她也想說，她也學會了如何去愛。在認識卡蘿之前，她沒有愛過任何人，甚至連艾莉西亞修女也沒愛過。

卡蘿看著她。「妳怎麼會變成詩人了？」

「憑感覺，有太多事情可以去感覺了。」特芮絲謹慎地回答。

「那妳又是怎麼變成小偷的？」卡蘿舔掉拇指上的殘渣，眉頭皺了起來。「想吃焦糖布丁嗎？」

「不了，謝謝妳。我沒有偷過東西，但我相信偷東西一點也不難。在那邊到處可以看見別人的皮包，只要拿點東西就夠了。別人也會偷妳買的晚餐肉。」特芮絲笑了起來。她和卡蘿一起為這件事發笑。和卡蘿在一起，什麼事都好笑。

兩人吃了冷凍雞肉切片、小紅莓醬、綠橄欖，還有青脆的芹菜。午餐吃到一半時卡蘿走進客廳，拿了個裝了威士忌的杯子回來，從水龍頭裡加了點水在裡面。特芮絲觀察著她。有好一會兒，她們彼此對望，卡蘿站在門口，特芮絲坐在桌旁，沒有吃盤裡的食物，望向她的肩膀。

卡蘿平靜地問：「妳在櫃台有沒有認識很多顧客？妳跟陌生人講話時，難道不該小心一點？」

「是啊，」特芮絲微笑著。

「約出去吃午餐的對象也該小心一點。」卡蘿的眼睛亮了起來。「不要碰到綁票犯。」

杯子裡沒有加冰塊，她搖一搖裡面的酒，然後一飲而盡，手腕上的銀質細手環與杯子碰撞，發出喀喀聲。「妳認識很多顧客嗎？」

「沒有。」特芮絲說。

「沒有很多？只有三、四個？」

「像妳一樣？」特芮絲目光與她相接。

卡蘿也定定看著她，好像等著特芮絲再說幾句話。她把玻璃杯放在爐子上後轉身。「妳會不會彈鋼琴？」

「會一點。」

「過來彈一下。」特芮絲正準備婉拒時，卡蘿用命令的語氣說：「我不在乎妳彈得怎樣，過來彈點東西就是了。」

特芮絲彈了一些她在兒童之家學過的史卡拉第[7]的曲子。

卡蘿坐在房間另一邊的椅子上聽著，整個人放鬆下來，動也不動，也沒喝掉另一杯威士忌。特芮絲彈了一首C大調奏鳴曲，曲子很慢，而且很簡單，充滿了破碎的八度音，但到了顫音的部分她突然覺得很無趣，也很矯情，所以停了下來。剎時間這一切似乎難以承受，她的手放在鍵盤上，卡蘿必定也彈過這些鍵盤，卡蘿眼睛半閉地看著她，卡蘿的家環繞著她，使她自我放縱的音樂環繞著她，讓她毫無戒備。她喘了口氣，把手放在腿上。

「累了嗎？」卡蘿冷靜地問。

這問題似乎問的不是現在累不累，而是一直以來的情形。「對。」

卡蘿走到她後面，把手放在她的肩上。特芮絲可以憑藉記憶看見她的手，有彈性又強壯。卡蘿按著她的肩膀時，手上出現了細長的肌腱。卡蘿的雙手移向她的頸項和下巴時，時間似乎過了很久。卡蘿把她的頭稍微傾斜一點，在髮絲邊緣輕輕吻了一下。那段時間心如潮湧，感覺太過強烈，甚至沖散了卡蘿動作帶來的愉悅。特芮絲一點也沒有感覺到卡蘿的吻。

「跟我來。」卡蘿說。

她再度和卡蘿上樓。特芮絲倚著欄杆爬了上去，突然之間，她想起了羅比榭克太太。

「我想，小睡片刻應該無妨。」卡蘿說。她開始鋪著印花棉質床單和毯子。

「謝謝妳，我並不是真的……」

「把鞋子脫掉。」卡蘿輕柔地說，但她的語氣像是在命令特芮絲。

特芮絲看著床。她前一天晚上幾乎徹夜未眠。「我覺得我睡不著，但如果我睡著的話……」

「半小時後我會叫醒妳。」特芮絲躺下來時，卡蘿把毯子蓋在她身上，坐在床邊。「特芮絲，妳幾歲？」

7　史卡拉第（Domenico Scarlatti，一六八五—一七五七），活躍在西班牙及葡萄牙的義大利作曲家，也是古典時期的重要音樂家。

特芮絲抬頭看她，雖感到無法直視她，但還是與她目光相接。她不在乎卡蘿會不會把她勒死，不在乎自己現在就死去。她俯臥著，脆弱無助，她是這個房子的闖入者。「十九歲。」聽起來很老的樣子，比九十一歲還要老。

卡蘿雖然顯出一點笑容，但仍然眉頭緊皺。特芮絲覺得她想事情想得太用力了，旁人幾乎可以觸摸到存在於兩人中的思緒。然後卡蘿的雙手滑到特芮絲的肩膀下，把頭低下來埋進特芮絲的頸部。特芮絲感覺到卡蘿身體繃緊，嘆了一口氣，她的脖子溫熱了起來。這口氣帶著卡蘿的髮香。

「妳還是小孩子。」卡蘿好像在責怪她似地說著。她抬起頭。「妳喜歡什麼？」

特芮絲想起在餐廳時想到的事情，慚愧地咬著牙。

「妳想要什麼？」卡蘿重複一次。

「什麼都不用。謝謝。」

卡蘿起身走向梳妝台，點了支菸。特芮絲透過半閉的眼睛看著卡蘿。儘管她喜歡香菸，喜歡看到卡蘿抽菸，但看到卡蘿坐立不安，仍讓她擔心。

「想喝什麼？飲料嗎？」

特芮絲知道她指的是水。從卡蘿語氣裡的溫柔和關切，她就可以感覺出來，卡蘿對她彷佛是對著一個生病發燒的小孩一樣。特芮絲說：「我想要熱牛奶。」

卡蘿的嘴角揚起了一抹笑。「熱牛奶。」卡蘿故意學她說話，開著玩笑。然後離開房間。

好長一段時間，特芮絲都處於焦慮和昏昏欲睡的中間狀態，直到卡蘿端著牛奶再度出現為止。牛奶裝在玻璃杯中，底下有個碟子。卡蘿扶著碟子和杯子的手把，用腳關上門。

「我把牛奶煮開了，上面有點浮沫。」卡蘿的話聽起來有點懊惱。「抱歉。」

但特芮絲很開心，她知道這就是卡蘿會出的狀況：心裡想著其他事情，任由牛奶煮到滾。

「妳就要牛奶這樣子嗎？不加東西？」

特芮絲點頭。

「嗯，」卡蘿邊說話，邊坐在椅子扶手上看著特芮絲。

特芮絲用一隻手肘撐起身子。牛奶很燙，一開始嘴唇幾乎沒法碰。她小口小口啜飲，牛奶在嘴巴裡擴散，散發出的味道混合了各種有機香味。牛奶嚐起來似乎有骨頭和血的味道，有溫熱的肉味或毛髮味，像粉筆般毫無鹹味，但又像逐漸成長的胚胎一樣有生命力。牛奶從上面到杯子底都很燙，特芮絲喝著牛奶，就像童話裡喝下會變身的藥水，或像毫不起疑的戰士喝下致命的毒酒。然後卡蘿過來拿走杯子，半夢半醒中特芮絲意識到卡蘿問了三個問題，一個和幸福有關，一個和店裡有關，一個和未來有關。特芮絲聽到自己回答了這些問題。她聽到自己的聲音突然上揚，變得模糊不清，就像她無法控制的泉水般，最後她發現自己淚流滿面。她告訴卡蘿自己怕什麼，討厭什麼，告訴卡蘿她的寂寞，理查以及巨大的失望。還有父母的事，母親還在，但特芮絲從十四歲起就沒再見過她。

卡蘿問話，然後她答話，不過她並不想談到母親。她母親並沒有那麼重要，甚至不是她失望的原因，她的父親才是。特芮絲六歲時父親就死了，他是個有捷克血統的律師，終其一生的願望就是當畫家。她父親與眾不同，溫和又有同情心，對那個嘮叨不停的女人也從來不會發怒，不會提高聲音對抗她。他既非好律師，也不是好畫家。他身體一直不好，最後死於肺炎。在特芮絲心目中，奪走他生命的是她母親。卡蘿一直問一直問，特芮絲便提到她母親帶她到蒙克雷爾的一家學校去，那年她八歲。

她也提到她母親偶爾才會去探望她，因為她常在全國各地旅行。她是鋼琴家，不，不，不是第一流的鋼琴家。怎麼可能是第一流的？但她很有企圖心，所以一定會找到工作。特芮絲十歲時母親再婚。特芮絲放聖誕假的時候，曾去紐約長島找媽媽。他們雖然邀她留下來，但聽起來又不太誠懇。特芮絲不喜歡她的繼父尼克，因為他和她母親一樣，都是大塊頭、有深色頭髮的人，聲音宏亮，動作激烈而熱情。特芮絲相信他們的婚姻會圓滿，她母親當時已經懷孕了，後來生了兩個小孩。特芮絲和他們住了一個星期後，又回到兒童之家。此後她母親來看了她三、四次，每次都會帶給她禮物，或者是大衣，或者是書本，有一次還帶了個化妝盒來。特芮絲很討厭那個化妝盒，因為化妝盒讓她想起母親纖細、上了睫毛膏的睫毛。她母親拿那些禮物給她時都很不自然，就像虛偽的求和禮物一樣。有一次母親帶了個小男孩來，那是她同母異父的弟弟，特芮絲馬上就明白她已經是外人了。她母親並不愛她的親生父親，她八歲時就被母親留在學校裡，既然這樣的話，現在又何必大費周章來探望她，來找她？如果特芮絲和學校大多的女孩一樣，沒有收到禮物，那說不定還會快樂一點。最後，特芮絲告訴她母親，她不希望她再來學校看她，從此母親就沒再來過了。她對她母親最後的記憶就是羞愧、悔恨的表情，那雙褐色眼睛緊張地往別處看，像抽搐的微笑，還有一片沉默。後來她十五歲了。學校裡的修女知道她母親沒有寫信來。修女們請她母親寫信來，她母親也寫了，但特芮絲並沒有回信。十七歲畢業之際，學校向她母親要了兩百塊錢。特芮絲不想拿她的錢，也相信她母親一毛也不會給，但她還是給了，特芮絲也拿了。

「我很後悔自己拿了錢。這件事除了妳以外，我沒告訴過其他人。我希望有一天把錢還回去。」

「胡說。」卡蘿柔和地說。她一直坐在椅子扶手上，用手撐著下巴，眼睛直盯著特芮絲微笑。

「妳還是小孩子。等到妳忘記了要還錢給她的時候，妳就長大了。」

特芮絲沒有回答。

「妳想不想再見到她？也許再過幾年？」

特芮絲搖搖頭笑了笑，但眼淚還是簌簌直往下掉。「我不想再談這件事了。」

「理查知道這些事嗎？」

「不知道，只知道她還活著。這有關係嗎？這不是什麼重要大事。」

特芮絲覺得如果自己一次哭個夠，所有的事情都會傾洩而出，所有的疲憊、寂寞和失望都在淚水中。她很高興卡蘿放任她大哭。卡蘿站在梳妝台旁背對著她，特芮絲僵硬地躺在床上，身子用手肘撐起來，因為努力著想壓抑淚水而感到痛苦。

「我不會再哭了。」她說。

「會，妳會的。」一根火柴擦亮了。

特芮絲從床邊的桌上取了另一張衛生紙，擤了擤鼻子。

「除了理查，妳生命裡還有哪些人？」卡蘿問道。

她逃離那些人了。她剛到紐約時住的房子裡，有莉莉和安德森夫婦。鵜鶘出版社的法蘭西斯．科特和提姆。還有蒙克雷爾兒童之家裡的一個女孩露薏絲．維芙利卡。現在有誰？住在二樓奧斯朋太太那裡的凱利一家人。還有理查。特芮絲說：「我上個月被解雇時覺得很羞愧，所以就搬家了，」她停了下來。

「搬到哪裡？」

「我沒有跟別人講搬到哪裡，只有告訴理查。我就這樣消失了。我以為這就是開始新生活的方法，其實原因是我覺得很丟臉，不希望其他人知道我住哪裡。」

卡蘿笑了笑。「消失了！我喜歡，妳真幸運，可以這樣做。妳自由了，妳明白嗎？」

特芮絲不發一語。

「不明白。」卡蘿自己替她回答了。

卡蘿身邊的梳妝台上有個灰色的方形鐘，發出微弱的滴滴答答聲。就像在店裡曾經做過上千次的動作一樣，特芮絲看了時間，為時間加上意義。現在是四點十五分，突然間她擔心自己躺了太久，擔心卡蘿正在等待某人進來這房子。

毫無預警，電話響了，而且聲音拉得很長，彷彿走廊上有個歇斯底里的女人發出尖叫，兩人都看到彼此驚跳了起來。

卡蘿站起來，拍了拍手掌，就像她在店裡用手套拍打手掌的動作。電話鈴聲再度大作。特芮絲一度以為卡蘿就要把手裡的東西丟出去，砸在房間的牆上。但卡蘿只是轉身把東西靜靜放下，然後走出去。

特芮絲聽到卡蘿在走廊上的聲音。她不想聽卡蘿在說什麼。她起身穿上裙子和鞋子，現在她看清楚剛剛卡蘿握在手上的東西了，那是一支棕褐色的木製鞋拔。特芮絲想，換做其他人，早就把鞋拔扔出去了。接著她想到一個字眼，可以用來形容她對卡蘿的感覺：驕傲。她聽到卡蘿的聲音重複同樣的音調。當她打開門準備離開房間，聽清楚了卡蘿的話：「我現在有客人。」卡蘿平靜地重複了三次。「我認為這個理由不錯，還有更好的嗎？明天怎麼了？如果你……」

聲音停了，卡蘿踩在階梯上的腳步聲出現。特芮絲知道卡蘿的談話對象掛了她的電話。特芮絲猜想，不知誰有那麼大的膽子。

「妳要我離開嗎？」

卡蘿看著她的樣子，就和她們第一次走進這間房子的神情一樣。「不用，除非妳想走。如果妳要的話，我們待會兒可以開車兜兜風。」

她知道卡蘿不想再開車出門。特芮絲開始整理床。

「不用管床了。」卡蘿站在走廊上看著她：「關上門就好。」

「有人要來嗎？」

卡蘿轉身進去綠色的房間。「我丈夫。」她說：「哈吉。」

樓下的門鈴響了兩聲，門栓發出卡搭聲。

「今天幹嘛這麼準時。」卡蘿咕噥著說：「下來，特芮絲。」

特芮絲突然覺得恐懼，很不舒服，她不是怕那個男人，而是怕卡蘿因那個男人抵達而產生的不悅。

男人上樓來，他看到特芮絲時慢下了腳步，臉上閃過一絲驚訝的表情，然後便看著卡蘿。

「哈吉，這位是貝利維小姐。」卡蘿說：「這是愛爾德先生。」

「你好。」特芮絲說。

哈吉只瞄了特芮絲一眼，但他緊張的藍眼睛從頭到腳打量著她。哈吉的塊頭很大，臉很紅，一邊的眉毛比另一邊高，眉心中央明顯突起來一塊，看起來像扭曲的疤痕一樣。「妳好。」然後他向卡蘿說：「抱歉打擾妳。我只是想拿一兩樣東西。」他經過她身邊，然後打開另一個房間的門。特芮絲還沒有看過那個房間。「給琳蒂的東西。」他補充道。

「牆上的畫？」卡蘿問道。

那男人沒有說話。

卡蘿和特芮絲下樓去。在客廳，卡蘿坐了下來，但特芮絲還是站著。

「妳願意的話，可以再彈彈鋼琴。」卡蘿說。

特芮絲搖搖頭。

「再彈點吧。」卡蘿堅定地說。

卡蘿眼中突然燃起白色的怒火，嚇了特芮絲一跳。「我不想彈。」特芮絲還是這樣說。她和驢子一樣頑固。

卡蘿退讓了，甚至笑了起來。

她們聽到哈吉的腳步聲快速通過走廊，停下來，然後慢慢下樓。特芮絲先是看見深色的身影，接著出現的是他那金髮、微紅的臉孔。

「我找不到那套水彩組，我以為在我房間。」

他用抱怨的語氣說道。

「我知道在哪裡。」卡蘿起身走向階梯。

「妳想不想讓我帶點東西給她，當聖誕禮物。」哈吉說。

「謝謝。我會把這些東西給她。」卡蘿走上階梯。

特芮絲猜想，他們才剛離婚不久，或者快要離婚了。

哈吉看著特芮絲。他的表情強烈，奇妙地揉合了焦慮和厭倦的感覺。他嘴巴四周的肌肉堅硬厚實，圈成嘴巴的線條，看起來好像沒有嘴唇一樣。「妳是紐約人嗎？」他問。

特芮絲感覺到這問題輕浮又魯莽，就像一巴掌打到臉上般刺痛。「對，我是紐約人。」她回答。

卡蘿下樓時，哈吉正要問她另一個問題。特芮絲本來已經把自己武裝起來，準備應付和他獨處的這幾分鐘。現在她因為放鬆而顫抖了起來，她也知道他看到了。

「謝謝。」哈吉接過卡蘿手上的盒子，朝著他的大衣走過去，特芮絲注意到他的大衣在雙人沙發上攤開著，黑色的手臂向外伸展，好像在打架一樣，最後會占領這間房子。「再見。」哈吉對她說。

他一面走向大門，一面把大衣穿上。「艾比的朋友？」他對卡蘿低語著。

「我的朋友。」卡蘿回答。

「妳什麼時候會把禮物拿給琳蒂？」

「哈吉，如果我什麼都不給她呢？」

「卡蘿，」他停在門口，特芮絲隱約聽到他正在說著「不要把情況弄僵」這樣的話。然後是「我現在要過去看辛西亞。回來的路上我過來一下好不好？八點以前到。」

「哈吉，何苦呢？」卡蘿有氣無力地說：「尤其是你這麼討人厭的時候。」

「因為這和琳蒂有關。」接著他的聲音逐漸變小，聽不太清楚。

過了一會兒，卡蘿一個人進來，關上門，靠著門站著，雙手放在背後，她們聽到外面車子開走的聲音。特芮絲想，卡蘿一定同意今晚和他見面了。

「我要走了。」特芮絲說。卡蘿一句話也沒說。兩人之間沉默不語，一片死寂，特芮絲愈來愈不自在。「我離開好了。」

「好。我很抱歉。哈吉的事我很抱歉。他以前不是這麼魯莽，我不應該告訴他說這裡有客人。」

「沒關係。」

卡蘿皺起眉頭，費力地說：「如果我只把妳送到火車站，不送妳到家，妳不介意吧？」

「不會。」她不忍讓卡蘿開車送她回家，又一個人在黑夜中獨自開車回來。

她們在車上也沒說什麼話。車在火車站前一停下來，特芮絲就打開門。

「大概四分鐘後有班火車。」卡蘿說。

特芮絲突然脫口而出：「可以再和妳見面嗎？」

車窗在兩人間升起，卡蘿只對她笑了笑，帶著一點責怪的神情。「再見。」卡蘿說。

特芮絲想，當然，當然，她們還會再見面的。真是個愚蠢的問題。

車子很快倒車，轉向，往黑暗中駛去。

特芮絲期盼再回到百貨公司，期盼禮拜一的到來，因為卡蘿禮拜一可能會再度出現。不過這個可能性不大，因為禮拜二就是聖誕夜了。當然，她要在禮拜二打電話給卡蘿，只要祝她聖誕快樂就好了。

但她心裡時時刻刻都在想著卡蘿的容貌，不管她看到什麼景象，裡面都有卡蘿。那天晚上、黑暗平坦的紐約街頭、明日的工作、掉進水槽破掉的牛奶瓶，都變得不重要了。她頹然倒在床上，用鉛筆在張紙上畫一條線，然後畫了一條又一條。一個新世界在她周圍誕生了，就像一個閃亮的的森林，裡面有百萬片閃閃發光的樹葉。

第七章

那男人看了看，小心翼翼把東西握在拇指和食指間。他的頭禿了，只剩一綹綹長長的黑髮從以前的額線上長出來，他費力把頭髮貼著光禿禿的頭皮梳平。特芮絲才剛走到櫃檯，說出第一句話，他就擠出下唇，帶著輕蔑和不屑的樣子。這種表情就這麼固定在他臉上。

「不行。」他終於說了。

「這東西真的什麼都換不到嗎？」特芮絲問。

那片下唇又更凸出來了一點。「大概五毛錢吧。」他在櫃檯的另一頭，把東西扔回來。

特芮絲伸出手指拿那東西，把那東西當寶貝似的。「嗯，那這個呢？」她從外套口袋裡拿出那條有聖．克理斯多福墜飾的銀鍊。

他的拇指和手指又表現出輕視的姿態，把墜子像髒東西一樣轉著。「兩塊五毛。」

特芮絲想告訴他，那條銀鍊至少值二十塊錢，但她還是沒說出口，因為每個來這裡的人都會說這種話。「謝謝。」她拿起鍊子走了出去。

她在想，是誰那麼幸運，可以把櫥窗裡掛著的一堆陳舊折疊小刀、破掉的腕表和木工刨子賣給當鋪？她又往窗子裡面看，在一排懸掛著的獵刀下找到那個男人的臉孔。那個男人也看著她，對著她笑。她覺得他好像瞭解自己的一舉一動。特芮絲於是從人行道上快步離去。

十分鐘後，特芮絲又回來了，用兩塊五毛錢典當了銀墜子。

她快步往西走，奔跑著穿過萊辛頓大道，然後是公園大道，再轉往麥迪遜大道。她緊抓住口袋裡的小盒子，直到盒子尖銳的邊緣劃破了手指為止。這個小盒子是碧雅翠絲修女送的，鑲嵌著褐色木頭與珍珠母，構成格子狀的花紋。她不知道這個東西值多少錢，只認為這個東西非常珍貴。嗯，現在她知道了，事實不是這樣。她走進一家皮件店。

「我想看看櫥窗裡那個黑色的，那個有皮帶和金色釦子的。」特芮絲告訴售貨小姐。

上週六早上，她正要赴她和卡蘿的午餐之約，在半路上注意到這個手提包。她一眼看去，就覺得這個手提包很適合卡蘿。她想，就算卡蘿爽約，就算她再也見不到卡蘿，也要買下這個手提包寄給卡蘿。

「我要了。」特芮絲說。

「含稅一共七十一塊十八分。」售貨小姐說：「您想用包裝紙包起來嗎？」

「好，請幫我包起來。」特芮絲在櫃檯上數了六張十元鈔票，其他的則是零錢。「我想把包包先寄放在這裡，晚上六點半左右再來拿好嗎？」

特芮絲把收據放進皮夾，走出那家店。她可不能冒著失竊的風險，把手提包帶到百貨公司。即使今天是聖誕夜，包包還是有可能被偷。特芮絲不禁笑了，今天是她在百貨公司上班的最後一天，再過四天，黑貓劇院的工作就到來了。菲爾說好了會在聖誕節隔天拿給她演出的劇本。

她經過布藍塔諾商店。這家店的窗子滿是緞帶的裝飾，還有皮質書套的書和穿著盔甲的騎士畫像。特芮絲轉回去走進店裡，她並不想買東西，只要看看這裡有沒有比那個手提包更漂亮的東西。

櫃檯陳列的一張插圖吸引了她的目光。圖中有個年輕的騎士騎著白馬，騎過看起來像花束般的森林，後面跟著一排侍童，最後一個帶著墊子，墊子上面放著一枚金色戒指。她拿了那本有皮質書套的書，裡面的標價寫著二十五塊錢。如果她現在就去銀行再多領二十五塊錢出來，就可以買這本書了。二十五元值多少呢？其實她沒有必要把那個銀墜子當掉，她當了那個墜子的原因，單純因為那是理查送的，她不想要再留著。她闔上書，看著書封面凹陷的邊緣。這是本中世紀情詩，卡蘿會喜歡嗎？她不知道。她對卡蘿的讀書品味毫無頭緒，於是匆忙放下書離開。

在樓上的洋娃娃部，桑提尼小姐站在櫃檯後面，從大盒子裡拿糖果分送給大家。

「拿兩個吧。」她告訴特芮絲：「糖果部送來的。」

「拿兩個也好。」她想，咬了顆牛軋糖，聖誕的歡樂氣氛就要降臨糖果部了。店裡今天瀰漫一股詭異的氣氛。首先，店裡似乎異常平靜。顧客雖多，今天就是聖誕夜，但他們好像都沒有在趕時間。

特芮絲看了看電梯，尋找卡蘿的身影。卡蘿今天不一定會來，如果她沒有來，那特芮絲就想在六點半的時候打電話給她，祝她聖誕快樂。特芮絲在卡蘿家的電話上面，已經看到她的號碼了。

「貝利維小姐！」韓卓森太太的聲音在呼喚她，特芮絲立刻恢復注意力。但韓卓森太太只是揮揮手，讓信差把電報放在特芮絲面前。

特芮絲潦草簽收了電報，然後拆開看。上面寫著：「下午五點樓下碰面。卡蘿。」

特芮絲把電報揉成一團，拇指用力把電報壓入手掌中，看著那個信差朝電梯走回去。信差年紀很大了，步履蹣跚，身形佝僂，走路的時候好像是膝蓋在前頭，他的布綁腿鬆了，在那裡晃啊晃。

「妳心情不錯啊。」札布理斯奇太太經過時，略帶著沮喪對她說。

特芮絲笑了。「我是很快樂呀。」札布理斯奇太太告訴過特芮絲，她的小女孩才剛生下來兩個月，丈夫又失業了。特芮絲猜想，不知札布理斯奇太太和她丈夫是否彼此相愛，是否真正的快樂。也許他們是，但從札布理斯奇太太空洞的臉孔，和她彷彿才剛經歷了長途跋涉的步伐上面，卻看不出來是這樣。或許札布理斯奇太太有一度也和她一樣快樂，或許快樂早已離她遠去。她記得不曉得在哪裡讀到（理查也曾經說過），通常結婚兩年後，愛情就死了。真殘忍，像是騙局。她想像著，如果卡蘿的臉和香水的味道都變得沒有意義，那怎麼辦？但首先她可以說她愛上卡蘿了嗎？這個問題，她自己也無法回答。

四點四十五分時，特芮絲去找韓卓森太太，要求准她早半小時下班。韓卓森太太認為這個要求或許和電報有關，所以答應了，甚至連一個抱怨的眼神也沒有。這一天，真的氣氛很詭異。

卡蘿在她們以前碰面的大廳等她。

「哈囉！」特芮絲說。「我好了。」

「什麼好了？」

「下班了。這裡的工作。」但卡蘿看起來很喪氣的樣子，使得特芮絲立刻被澆了一盆冷水。不過特芮絲還是說：「我收到電報，真的很高興。」

「我不知道妳有沒有空。今晚有空嗎？」

「當然有空。」

她們慢慢在熙來攘往的人群中走著。卡蘿穿著精緻的絨面尖頭高跟鞋，使她比特芮絲高了好幾吋。一小時前下的雪，現在已經停了，在腳底積成薄薄的一層，就像白色羊毛薄薄地鋪到對面馬路和人行道上。

「我們今晚本來可以和艾比碰面的，可是她沒空。」卡蘿說：「不管怎樣，如果妳願意的話，我們開車兜兜風好嗎？見到妳真好，妳今晚是個自由的天使，妳知道嗎？」

「不知道。」特芮絲說。雖然卡蘿的情緒有點讓人擔心，但特芮絲依舊不由自主沉浸在快樂中。特芮絲感覺到有事情發生了。

「這附近有地方可以喝咖啡嗎？」

「再東邊一點的地方有。」

特芮絲想的是第五街和麥迪遜大道中間有一家三明治店，但卡蘿選擇了另一家店門口有雨篷的小酒吧。那裡的服務生一開始不太情願招呼她們，說現在正是傍晚的雞尾酒時間。後來卡蘿準備離去，他又跑去拿了咖啡過來。特芮絲很焦急，想要趕快把她買的手提包拿回來。即使手提包已經包裝好了，她還是不希望讓卡蘿看到。

「有事嗎？」特芮絲問。

「事情很複雜，沒辦法解釋。」卡蘿對著她露出疲憊的笑容，之後又是一陣空洞的沉默，彷彿她們穿越空間，遠離彼此。

特芮絲想，或許是卡蘿本來期待的約會落空了，聖誕夜，卡蘿當然會很忙。

「我現在會不會妨礙到妳？」卡蘿問。

特芮絲感覺自己愈來愈緊張，愈來愈無助。「我要去麥迪遜大道拿個包裹，離這裡不遠，如果妳可以等我，我現在就過去。」

「沒問題。」

特芮絲站起來。「我會搭計程車，三分鐘就辦完事了。但我猜妳不想等我，是不是這樣？」

卡蘿笑了笑，伸手握住特芮絲的手，有點冷淡地擠擠特芮絲的手，然後放下來。「放心，我會等妳。」

特芮絲坐在計程車上的時候，耳邊依舊迴盪著卡蘿聲音裡面不耐煩的語調。回程的路上交通擁擠，她下了車，用跑的穿過最後一條街。

卡蘿還在那裡，她的咖啡只喝了一半。

「我不用喝咖啡了。」特芮絲這麼說，因為卡蘿好像想走了。

「我的車在市區，我們搭計程車過去。」

她們抵達巴特雷公園附近的商業區，卡蘿把車從地下停車場開上來，往西開到了高速公路。

「這樣比較好。」卡蘿開車時脱掉了外套：「幫我把外套丟在後面好嗎？」

然後兩人間又是沉默相對。卡蘿越開越快，變換車道超車，彷彿她們真有個目的地要去似的。抵達喬治華盛頓大橋時，特芮絲想開口説話，不管説什麼話都好。特芮絲突然想到，如果卡蘿和她丈夫正在辦離婚，那她今天去市中心就是去找律師，那個區域到處都是律師事務所。而且事情有點蹊蹺，為什麼他們要離婚呢？是因為哈吉和那個叫辛西亞的女人有外遇？卡蘿把她旁邊的車窗搖了下來使得特芮絲覺得很冷。每次車子一加速，風就灌進來，用冰冷的雙臂包圍著她。

「艾比住那裡。」卡蘿説，點頭示意河的對岸。

特芮絲看不出有什麼特殊的地方。「艾比是誰？」

「艾比，我最好的朋友。」然後卡蘿看著她。「窗子這樣開著，妳不冷嗎？」

「不會。」

「妳會冷。」她們在紅燈前停車，卡蘿把窗子搖上來，然後看著她，彷彿是當晚第一次好好看她一樣。卡蘿的眼睛從特芮絲的臉看到她放在膝上的雙手。在那雙眼睛之下，特芮絲覺得自己就像一隻卡蘿從路邊寵物店買來的小狗，覺得卡蘿才剛剛想起來，自己是在開車。

「卡蘿，怎麼了？是不是要離婚？」

卡蘿嘆了口氣。「對，要離婚。」她冷靜地說，發動了車子。

「小孩歸他？」

「只有今晚。」

特芮絲正要繼續問問題，卡蘿說了：「我們談點別的吧。」

有輛車子經過，收音機裡播放著聖誕歌，每個人都在跟著唱。

她和卡蘿都沉默不語，開車經過楊克斯，特芮絲覺得她和卡蘿深談的機會好像已經遺棄在背後的馬路上了。此時卡蘿又突然說她想吃東西，因為已經快八點了，所以她們把車停在路邊一家小餐廳門前，一家賣炸蛤蜊三明治的小店。兩人坐在櫃檯邊點了三明治和咖啡，結果卡蘿卻一口也沒吃。卡蘿問她理查的事，只是口氣不如禮拜天下午那麼關切了，反而比較像是要先開口問話，免得特芮絲繼續追問關於她自己的事。卡蘿問的都是私人的問題，特芮絲回答得既機械化又不帶感情。卡蘿的聲音很小，不斷提出問題，她的聲音比三碼外櫃檯服務生與人交談的聲音還要小得多。

「妳和他上過床嗎？」卡蘿問。

「有，兩三次。」特芮絲把當時的情形告訴她，第一次和之後的三次。她毫不臉紅地談論這些事情，現在這些事情已經顯得無趣又瑣碎了。她感覺到卡蘿可以想像那幾個夜晚的分分秒秒，她也感覺到卡蘿用客觀的眼神在評價她，她也知道卡蘿想要說她看來並不是冷感的人，也不是在情感上格外匱乏的人。但卡蘿一句話也沒說，所以特芮絲也很扭捏地看著前面小音樂盒上的歌單。她想起曾有人說她的嘴巴很熱情，可是又忘了到底是誰說的。

「需要時間吧，」卡蘿說：「妳不願意給人第二次機會嗎？」

「為什麼呢？感覺很不好啊，況且我並不愛他。」

「如果妳想清楚了，會不會愛上他？」

「談戀愛不是這樣的吧。」

卡蘿抬頭看著櫃檯後面牆上的鹿頭。「不是。」她笑著說：「妳為什麼喜歡理查？」

「嗯，他……」她覺得理查的問題出在欠缺熱忱，理查好像不是很熱中想當畫家。「我喜歡他的態度，比大多數男人都好。他把我當成一個人來尊重，不是只想走一步算一步的對象。我也喜歡他的家人，我喜歡他的家庭。」

「很多人都有家庭。」

特芮絲把自己的答案重新組織了一遍。「他很有彈性，願意改變。他不像其他男生一樣，一眼就可以看出是醫生或保險業務員。」

「我想妳對他的瞭解，比我結婚好幾個之月後對哈吉的瞭解還要多。至少妳不會和我犯同樣的錯誤，年紀一到二十就結婚，只因為大家都這樣。」

「妳的意思是，妳沒有愛過他？」

「有，我愛過他，非常愛。哈吉對我也是一樣。他是那種可以在一個禮拜之內就瞭解妳的人。妳戀愛過嗎？」

特芮絲停頓了一下。接著下一句話憑空冒出，虛偽而帶著罪惡感，她動了動嘴唇：「沒有。」

「但妳又希望談戀愛。」卡蘿笑了。

「哈吉還愛著妳嗎？」

卡蘿往下看著大腿，一臉不耐煩。特芮絲想，或許卡蘿會驚訝於自己那麼直接就問出來。但卡蘿說話時，她的音調又沒有太大改變。「連我也不知道。某方面來看他和以前一樣充滿熱情，只是我已經看透他的真面目了。他說我是他第一個愛上的女人，他說的應該是實話，但我認為就愛這個字的意義而言，他只不過愛了我幾個月。的確，他好像對其他人從來沒有興趣；如果他對其他人有興趣的話，也許他會更像個人。這樣我就能瞭解他、原諒他了。」

「他喜歡琳蒂嗎？」

「他太寵她了。」卡蘿望著她笑了出來。「如果他會愛任何人的話，那他愛的一定就是琳蒂。」

「『琳蒂』這麼名字怎麼來的？」

「奈琳達。哈吉替她取的。他本來想要兒子，但我覺得生了女兒之後他反而更高興。我想要的是女兒，還想過要生兩個或三個小孩呢。」

「哈吉不想嗎？」

「是我不想要，」卡蘿再次看著特芮絲：「聖誕夜適合談這些嗎？」卡蘿伸手拿菸，然後拿了特芮絲遞過來的菲利普．莫利斯牌香菸。

「妳的事情，我都想知道。」特芮絲說。

「我不想再生小孩了，因為我擔心我們的婚姻岌岌可危，就算有了琳蒂也一樣。所以妳想談戀愛嗎？說不定妳馬上就要戀愛了，如果妳真的要的話，那就好好享受吧。以後會比較艱難。」

「比較難愛上一個人？」

「比較難墜入愛河；甚至連產生做愛的慾望都很難。我認為『性』在我們所有人的身上，並不像我們認為的那麼活躍，男人尤其是這樣。愛情一開始的冒險歷程，只不過是要滿足好奇心而已，之後就只有重複同樣的動作，想要找到……什麼呢？」

「找什麼？」特芮絲問。

「該怎麼形容呢？想要找到朋友、伴侶，甚至只是個分享者。這些字眼有什麼用呢？我的意思是，我覺得人類好像想要藉著『性』來找尋某些東西，但如果用別的方法來找，或許更容易得多。」

特芮絲認為，卡蘿提到的好奇心，這話倒是真的。「用其他哪些方式去找？」她接著問。

卡蘿看著她。「我認為答案要靠每個人自己去找出來。不知道這裡有沒有賣飲料。」

那家餐廳只有啤酒和葡萄酒，所以她們就離開了。開車回紐約的途中，卡蘿沒有停下來買她要的飲料，反而問特芮絲想不想回家，或者可以到她家待一會，特芮絲回答說可以去卡蘿家。她記得凱利一家人邀請她參加今晚的葡萄酒和水果蛋糕派對，她也答應了。但她心想，她沒去的話，他們應當不會想念她的。

「我跟妳約的是什麼爛時間嘛，」卡蘿突然開口：「一下子是禮拜天，一下子又是這個時候。反正今天晚上我不是最佳伴侶，妳想要做什麼？想不想去紐華克的餐廳？裡面燈光不錯，還有聖誕音樂。不是夜總會，可是我們也可以在那邊好好吃一頓。」

「我不在意去什麼地方。」

「妳一整天都待在那家爛百貨公司，我們還沒有慶祝妳解脱呢。」

「我只想在這裡和妳在一起。」特芮絲聽到自己聲音裡急於辯解的語氣，不禁微笑了起來。

卡蘿搖搖頭，並沒有看著她。「孩子呀孩子，妳一個人要去哪裡徘徊？」

過了一會，在前往紐澤西的高速公路上，卡蘿說：「我知道了。」然後她把車子開離高速公路，在一塊碎石鋪面的空地停了下來。「跟我來。」

她們的面前是一個架高的平台，上面陳列著待售的聖誕樹。卡蘿要她選一棵大小適中的樹，然後把樹放在車後，特芮絲坐在前座卡蘿的旁邊，手上全是冬青和冷杉的樹枝。特芮絲把臉貼近樹枝，聞著樹枝散發出的暗綠色清新氣息。這些樹枝清爽的香味，聞起來就像野外的森林，也像所有聖誕節的裝飾一樣：樹上的小掛飾、禮物、雪花、聖誕音樂、假期。店裡結完帳之後，她在卡蘿旁邊，感覺到汽車引擎的顫動，用手指就可以觸摸到冷杉樹枝。特芮絲心想，我很快樂，我很快樂。

「我們來裝飾聖誕樹吧。」她們一進屋子，卡蘿就開口了。

卡蘿打開客廳裡的收音機，替兩人各調了一杯酒。收音機裡有聖誕歌曲，鈴聲共鳴，彷彿她們就在大教堂裡。卡蘿拿了一籃白色棉花當作聖誕樹四周的雪，特芮絲在棉花上灑上糖粒，好讓棉花閃閃發光。然後她用金色緞帶剪出一個瘦長的天使，把天使固定在樹的最頂端，又把衛生紙對折之後，剪下一長串天使，掛在樹枝下。

「妳很會裝飾聖誕樹嘛，」卡蘿一邊說話，一邊站在壁爐旁看著聖誕樹。「太棒了，什麼都有了，只缺禮物。」

特芮絲替卡蘿買的禮物，現在放在沙發上特芮絲的外套旁邊，但是搭配禮物的卡片卻放在家裡，特芮絲希望把禮物和卡片一起送給卡蘿。特芮絲看著聖誕樹問：「我們還需要哪些東西？」

「不用了。妳知道現在幾點嗎？」

收音機已經關了。特芮絲看著壁爐架上的鐘。已經過了深夜一點。「聖誕節已經到了。」她說。

「妳最好留在這裡過夜。」

「好。」

「明天有事嗎？」

「我沒事。」

卡蘿從收音機上面拿了自己的酒。「妳不是要去找理查嗎？」

她本來和理查約好了，中午十二點見面，去理查家過聖誕節。但她也可以找個藉口說不去了。

「沒有約好，我只是說我可能會去找他。不過不重要。」

「我也可以早點載妳去。」

「妳明天忙嗎？」

卡蘿喝光了杯裡的酒，回說：「忙。」

特芮絲開始動手清理她製造出來的混亂：碎紙片和剪斷的緞帶。她最討厭裝飾完畢之後的清理動作了。

「妳的朋友理查聽起來像是那種老是需要女人在身旁的男人，至於結不結婚可能不重要了。」卡蘿說：「他是這種人嗎？」

特芮絲生氣地想，為什麼現在還要談到理查呢？她覺得卡蘿喜歡理查（可能是特芮絲自己造成的），一股隱隱約約的醋意像針一樣刺痛著她。

「其實我還蠻喜歡這種人的，總比那些獨身或自認獨身、最後在兩性關係上犯下愚蠢錯誤的男人還好。」

特芮絲盯著卡蘿放在咖啡桌上的那包香菸。對於這話題，她沒什麼好說的，只覺得卡蘿的香水像是從長青樹強烈氣味當中延伸出來的一條細細的線條，她只想要跟隨著這個味道，用手臂抱著卡蘿。

「這和有沒有結婚，好像又沒有關係，不是嗎？」

「什麼？」特芮絲看著她，看到她稍微笑了一下。

「哈吉那種男人，絕不會讓女人進入自己的生命裡；反觀妳的朋友理查，或許他永遠不會結婚，但會從想要結婚的念頭中得到一定程度的樂趣。」卡蘿從頭到腳打量著特芮絲，「想結婚的對象都不對。」卡蘿補充道。「特芮絲，妳會不會跳舞？喜歡跳舞嗎？」

卡蘿突然變得這麼冷酷尖酸，特芮絲差點要哭了。「不喜歡。」特芮絲想，自己不應該把理查的事情告訴卡蘿的，現在木已成舟了。

「妳累了，去睡覺吧。」

卡蘿把她帶到上禮拜天哈吉進去的那個房間，把一張單人床的床罩拉下來。特芮絲想，這裡可能是哈吉的房間，看來不像是小孩子的房間。她想到哈吉從這個房間裡拿出琳蒂的東西，又想像哈吉一開始是先從他和卡蘿共用的臥室開始搬東西，然後叫琳蒂帶著她的東西住進這個房間，把東西放在這裡，自己把門關上，最後把琳蒂從卡蘿身邊帶走。

卡蘿替特芮絲拿來了睡衣放在床邊。「那麼就晚安了，」她對著門說：「聖誕快樂。妳想要什麼聖誕禮物？」

特芮絲突然笑了。「什麼也不要。」

那天晚上她夢到小鳥，鮮紅色的小鳥，身子長長的像紅鶴一樣，呈扇形的隊伍快速飛過黑色森林，紅色隊伍的拱形彎曲弧度就像牠們的叫聲一樣。然後她張開眼睛，真的聽到了聲音，那是一種輕柔的口哨聲，高高低低起伏，結尾的地方還有一個音符，之後是真正的鳥叫聲，比較微弱的吱吱聲。

窗戶是灰色的，口哨聲再度響起，就在窗戶底下，特芮絲下了床，看見車道上有一輛長型敞篷車，有個女人站在裡面吹口哨。這就像一場她探出頭去看的夢，一個不存在的場景，邊緣都是霧濛濛的。然後她聽到卡蘿壓低的聲音，十分清晰，彷彿她們三人同處一室中。「想要去睡覺還是想起床？」

車裡的女人把腳踩在座位上，輕聲開口說：「都要。」特芮絲聽到她話中壓抑的笑意，馬上就喜歡她了。「要不要去兜風？」那女人問。她抬頭看著卡蘿的窗戶，特芮絲發現她臉上掛著大大的微笑。「小傻瓜。」卡蘿低聲說著。

「只有妳自己一個人在家嗎？」

「不是。」

「喔喔。」

「沒關係。妳想進來嗎？」

女人下了車。

特芮絲走到房門邊，把門打開。卡蘿離開房間剛進大廳，把袍子上的帶子繫好。

「抱歉把妳吵醒了。」卡蘿說：「去睡吧。」

「沒關係。我可以下來嗎？」

「當然可以！」卡蘿爆出一陣笑聲：「衣櫃裡拿件袍子穿上。」

特芮絲拿了一件袍子。她想，這件可能是哈吉的袍子。然後她下樓。

「聖誕樹是誰裝飾的？」那女人問。

她們三人都在客廳裡。

「是她。」卡蘿轉向特芮絲：「這位是艾比，艾比．葛哈，她是特芮絲．貝利維。」

「妳好。」艾比說。

「妳好。」特芮絲本來就希望來者是艾比。艾比用開朗的表情看著她，她的眼睛有點突出，表現出饒富興味的樣子。特芮絲剛剛看到她站在車裡的時候，就是這個表情。

「妳把聖誕樹裝飾得好漂亮。」艾比告訴她。

「大家不用再壓低音量小聲說話了吧？」卡蘿問道。

艾比雙手合掌摩擦，跟著卡蘿走到廚房。「卡蘿，有咖啡嗎？」

特芮絲站在廚房桌子旁邊看著她們。她覺得在這裡到很自在，艾比並沒有特別注意她，只是脫掉外套幫卡蘿煮咖啡。她的腰和臀部看起來是標準的圓筒形，在紫色毛衣底下看不出正面、背面的分別。特芮絲注意到她的手有點笨拙，她的腳也不像卡蘿的腳那麼優雅。她看起來年紀比卡蘿大，額頭上有兩道皺紋，笑起來皺紋顯得更深，兩道拱形的粗眉毛也提得更高。她和卡蘿繼續談笑，煮好了咖啡又擠點柳橙汁，有一句沒一句聊著不重要的事，沒什麼重要到需要仔細聽的事。

艾比說了一聲「嗯」的時候，對話中才出現重要的事情。艾比把最後一杯柳橙汁裡面的籽撈出來，粗魯地把手指往裙子上擦。「老哈吉怎樣呢？」

「老樣子。」卡蘿說。卡蘿探頭在冰箱裡找東西，艾比接下來說的話，特芮絲聽不太清楚完整的內容，或許這又是另一句不完整的句子，只有卡蘿才能瞭解，不過已經讓卡蘿挺直身子笑了起來，笑聲又大又開懷，整個臉表情都變了。特芮絲升起一股羨慕之感，她從來沒有讓卡蘿這樣開懷大笑，但艾比卻可以。

「我會告訴他。」卡蘿說：「一定會。」

這件事情和哈吉的童軍小工具有關。
「告訴他那個東西是哪來的。」艾比邊說話邊看著特芮絲咧嘴大笑，彷彿她也應該分享這個笑話。「妳從哪裡來的？」她們在廚房的桌邊坐下，她開口問特芮絲。
「紐約，」卡蘿替她回答。特芮絲想，艾比接下來會說，喔，好難得，或者其他的蠢話。但是艾比什麼也沒說，只是用同樣的期待笑容看著特芮絲，好像在等特芮絲給她下指令一樣。
她們忙亂地準備好早餐，但端上桌的只有柳橙汁、咖啡和一些沒人要吃的白土司。艾比先點了一根菸。
「妳年紀夠大了嗎？可以抽菸嗎？」
她遞給特芮絲一個紅色盒子，上面寫著：「克雷文專屬」。
卡蘿正在放湯匙。「艾比，那是什麼？」她的問話中有一絲特芮絲以前沒聽過的尷尬氣氛。
「謝謝，我想要一根。」特芮絲拿了一根菸。
艾比把手肘放在桌上。「嗯，妳剛才說什麼？」她問卡蘿。
「我看妳有點緊張。」卡蘿說。
「在外面開了四小時的車，我凌晨兩點就離開新洛契爾，回到家看到妳留的話，然後我就到這裡來了。」

特芮絲想，她大概是全世界最閒的人，整天不做事，只做她想做的。

「現在怎樣了？」艾比問。

「嗯，一審我輸了。」卡蘿說。

艾比叼了菸，一點也不顯得驚訝。「多久呢？」

「三個月。」

「什麼時候開始？」

「現在。事實上是從昨晚開始。」卡蘿的目光望向特芮絲，然後往下看著咖啡杯，特芮絲知道自己在這裡的話，卡蘿不會再多說。

「還沒有定案，不是嗎？」艾比問。

「恐怕就是這樣了。」卡蘿一派輕鬆地回答，語氣裡有種無可奈何的感覺。「只是字面上的，可是將會生效。妳今晚要做什麼？晚一點的時候。」

「早上大概沒做什麼。今天的午餐訂在兩點。」

「有空打電話給我。」

「沒問題。」

卡蘿眼睛還是往下看，看著手中裝柳橙汁的杯子。特芮絲看到她的嘴角向下撇，心裡也跟著傷心起來，不是因為有了領悟而傷心，而是遭逢挫敗而難過。

「我想去旅行。」艾比說：「來趟小旅行。」然後艾比又用開朗而友善的眼神看著特芮絲，彷彿要把特芮絲納入一件她原本不能加入的事。不過特芮絲一想到卡蘿可能會拋下她去旅行，整個人就緊張起來。

「我沒有什麼心情。」卡蘿說。但特芮絲還是聽到卡蘿話裡面蘊藏的可能性。

艾比有點侷促不安，轉頭到處看。「這裡這麼陰暗，真像早上的礦坑，不是嗎？」

特芮絲稍微笑了一下。陽光正在染黃窗台，哪個礦坑有萬年青呢？

卡蘿溫柔地看著艾比，替艾比點燃香菸。特芮絲想，她們一定是很熟的朋友，熟到彼此不管說什麼話、做什麼事，都不會讓對方吃驚和誤解。

「派對好不好玩？」卡蘿問。

「嗯，」艾比冷淡地說：「妳認識鮑伯．哈佛森這個人嗎？」

「不知道。」

「昨晚他也在，以前在紐約某個地方見過他。好笑的是，他說他要去雷特納和愛爾德這兩個人的經紀部門上班。」

「真的？」

「我沒跟他講我認識其中一個老闆。」

「幾點了？」卡蘿過了一會兒這樣問。

艾比看著腕表，腕表上有很多金色的角錐面。「大概七點半。妳在趕時間嗎？」

「特芮絲，想不想回去多睡一點？」

「不用。我還好。」

「妳要去哪裡我都可以載妳去。」卡蘿說。

但最後大約在十點鐘左右，是艾比載著特芮絲出發，原因是艾比說自己反正也沒事，而且也願意載她去。

她們在高速公路加速時，特芮絲發現艾比又是另一個喜歡冷空氣的人。誰會在十二月天裡開敞篷車呢？

「妳怎麼認識卡蘿的？」艾比對著她大喊。

特芮絲差一點就要告訴艾比實情了，但她還是沒有說出來。「在店裡。」特芮絲喊回去。

「喔？」艾比不穩定地駕駛，這輛大車，不斷曲折蛇行，在意想不到的地方又偏偏加速。

「妳喜歡她嗎？」

「當然。」這是什麼問題！就像在問她信不信上帝一樣。

她們轉進巷道後，特芮絲把自己住的地方指給艾比看。「妳可不可以幫我個忙？」特芮絲問：「可以在這裡等一下嗎？我想請妳拿個東西拿給卡蘿。」

「當然沒問題。」艾比說。

特芮絲跑上樓，拿出她自己做的卡片，然後把卡片塞在給卡蘿禮物的緞帶下面。她把禮物拿下去給艾比。「妳今晚會見到她，對不對？」

艾比慢慢點頭，特芮絲感覺到艾比好奇的黑色眼睛裡有一絲挑釁的眼神，她今晚會見到卡蘿，而特芮絲不會。但特芮絲又能怎麼辦呢？

「謝謝妳載我。」

艾比笑了：「妳確定不要我載妳到其他地方？」

「不用，謝謝。」特芮絲也笑了。就算要艾比載她到遙遠的布魯克林高地，艾比還是會很高興。

她爬上前面的台階，打開信箱，裡面有兩三封信和聖誕卡片，其中一張聖誕卡片是法蘭根堡百貨寄的。她再度望向街道時，那輛大車不見了，有如她的幻想，也好似夢中的一隻鳥。

第八章

「現在許個願。」理查說。

特芮絲許了願，為卡蘿許了願。

理查把手放在她手臂上。他們的頭頂上有個東西掛在天花板，看來像是串著珠子的弦月，也像截了一段的海星，看起來很醜，但桑姆科這家人卻認定這個東西帶有神奇的魔力，只要有特殊場合就會掛出來。這個東西是理查的祖父從俄羅斯帶過來的。

「妳許了什麼願？」他朝下對著她笑，好像她是他的擁有物一樣。這裡是他家，雖然門開著，客廳裡擠滿了人，剛剛他還是親吻了她。

「不能說。」特芮絲說。

「在俄羅斯可以。」

「嗯，我又不是在俄羅斯。」

收音機的聲響變大了，播放著聖誕歌曲。特芮絲喝光了杯子裡剩下的粉紅蛋酒。

「我想上樓去房間。」她說。

理查牽著她的手，兩人往樓上走去。

「理查？」

他姑姑拿著菸斗，站在客廳門口喊他。

理查說了一個特芮絲不懂的字，對他姑姑揮揮手。到了二樓，房子依然因為一樓眾人的狂舞而顫動，他們的舞蹈和音樂完全搭配不上。特芮絲聽到有個杯子落地的聲音，腦中出現冒著泡沫的粉紅蛋酒流在地板的畫面。理查說，這個場面和他們在一月第一個禮拜慶祝的真正俄羅斯聖誕節相比，簡直是小巫見大巫。理查關上房門，對著特芮絲笑。

「我好喜歡妳送的毛衣。」他說。

「我很高興。」特芮絲把裙子攏起來，坐在理查的床沿。她送給理查那件厚厚的挪威毛衣正放在床上，就在她身邊，攤在薄紙盒上。理查從東印度商店買了一件長裙子送她，上面有綠色和金色的帶子和繡花。裙子很漂亮，但特芮絲不知道這件裙子適合搭配什麼場合。

「要不要來杯真正的酒？下面喝的東西好噁心。」理查從櫃子底下拿出一瓶威士忌。

特芮絲搖搖頭。「不，謝了。」

「對妳有好處。」

她又搖了搖頭。她環顧這間挑高、幾乎是正方形的房間，壁紙上的粉紅玫瑰圖案十分模糊，兩扇平靜的窗上裝著略帶黃色的白色棉布窗簾。綠色的地毯上有兩道模糊的痕跡，從門邊為起點，一道向著五斗櫃，一道向著角落的書桌。房間裡唯一出現的理查作畫跡象，是一個裝著畫筆的罐子跟書桌旁地板上的作品集。她想，在理查心裡，畫畫只占了一小部分，不知道什麼時候他就會放放棄畫畫，開始做別的事情去。她一直在想，理查喜歡她的原因，是不是因為她比其他人更支持他的畫畫志向，因為她的批評有助於他的進步。特芮絲不安地站起來，走到窗邊。她很喜歡這個房間（因為這裡一直保持原樣，一直在這裡），但今天她有一股衝動，想要從這裡跑出去。跟三個禮拜前站在這裡的她相比，現在的她已經是個完全不同的人了。今天早上她醒來的時候，人是在卡蘿的家裡。卡蘿就像她身上的祕密，擴散到整個房子裡；也像一道光，只有她才看得見，別人都不行。

「妳今天怪怪的。」理查突然這麼說，令她打了一陣寒顫。

「也許是衣服的關係。」她說。

她穿著一件藍色的薄綢洋裝，已經非常陳舊，來紐約沒多久之後就沒穿過了。她坐在床上再度看著理查，理查站在房間中間，手上拿著一小杯沒加冰塊的威士忌。他澄澈的藍眼睛從她的臉移到她腳上的黑色新高跟鞋，然後又回到她的臉上。

「小芮。」理查抓起她的手，把她的手壓在她身體兩邊，他平滑的薄唇往下穩穩地落在她的嘴唇上，舌頭輕觸她的雙唇，飄出新鮮威士忌的香味。「小芮，妳真是個天使。」理查用深沉的聲音說道。她想起卡蘿也說過同樣的話。

她看著他拿起地板上的小杯子，把杯子和酒瓶一起放回櫃子裡。突然間，她覺得自己比他、比樓下所有的人都優越太多了，她比他們任何一個人都快樂。她想，快樂有點像飛行，像風箏，取決於一個人放出的線是長是短。

「漂亮嗎？」理查說。

特芮絲坐起來。「太美了！」

「我昨晚做完的。我在想如果天氣好，我們就可以到公園去放風箏。」理查咧著嘴笑，像個男孩一樣，對自己的手工沾沾自喜。「看看背面。」

那是個長方形的俄羅斯風箏，像弓一樣彎曲，有如一面盾牌，纖細的骨架上刻有凹痕，四個角綁得牢牢的。理查在正面畫了一個圓頂教堂，後面是紅色的天空。

「我們現在就去放風箏吧。」特芮絲說。

他們把風箏拿下樓，每個人都看見他們了，大家走進大廳，那些叔叔伯伯、姑姑阿姨和表兄弟姊妹都是，大廳熱鬧得很。理查把風箏高舉在頭上，免得被擠到。嘈雜的聲音讓特芮絲覺得不舒服，但理查卻很喜歡這樣。

「理查，來喝香檳！」有個姑姑大聲叫著。她緞錦洋裝底下的腹部肥胖，看來好像另一個胸部一樣臃腫。

「不用了，」理查回答道，然後用俄文補充幾句話。特芮絲每次看到理查和家人在一起，就覺得其中一定弄錯了，理查一定是個孤兒，或被偷換的小孩，放在門前台階上，然後這家人把他當成自己的兒子撫養長大。他弟弟史蒂芬站在門口，兩人的藍眼睛是一樣的，但史蒂芬比較高一點，比較瘦。

「什麼屋頂？」理查的母親尖聲問道：「這個屋頂？」

有人問他們是不是要在屋頂上放風箏，可是他們家的屋頂上面不能站人，所以理查的母親放聲大笑。然後狗也開始吠了起來。

「我要替妳做一件那種洋裝。」理查的母親對著特芮絲喊，好像要提醒她似地擺動著手指。「我知道妳的尺寸！」

他們在客廳用捲尺量過她的尺寸，就在唱歌和拆禮物之間的空檔，有幾位男性也在幫忙。桑姆科太太環抱特芮絲的腰，特芮絲則突然抱住她，在臉上深深親了一下，嘴唇陷入那片柔軟、上了粉的臉頰。特芮絲親下去的那一刻，在她手臂猛然一抱之際，特芮絲是真心喜歡她的，也知道這份真心的喜愛，會在她鬆開手時跟著消失隱沒，彷彿從不存在。

她和理查終於自由了，終於獨處了，兩人走在人行道上。特芮絲想，就算他們結婚，情況也是一樣，他們還是會在聖誕節前來探望他的家人。就算理查以後老了，他也還是會放風箏，就像他祖父在公園放風箏一樣，放到他去世為止。理查是這樣告訴她的。

他們搭地鐵到公園，走到光禿禿沒種樹的小坡上面，兩人已經來過這裡十幾次了。特芮絲環顧四周。在底下樹林邊的平地上有些男孩在踢足球，除此之外公園看起來安靜平和。理查說風不大，幾乎沒有風，天空是一片濃密的白色，彷彿負載著白雪。

理查嚷了幾聲，又失敗了。他想要用跑的讓風箏飛起來，特芮絲抱著膝蓋坐在地上，看理查把頭抬高，每個方向都試試，彷彿在空氣中找東西。「風在那裡！」她起身指給理查看。

「對，但並不穩定。」

理查迎風施放風箏，風箏拖著長長的線搖搖欲墜，然後突然急速上升，彷彿有東西把它彈上去一樣。風箏畫了一個大弧形，接著朝另一個方向攀升。

「有風了！」特芮絲說。

「對，風速很慢。」

「真掃興！讓我拿風箏好嗎？」

「等我飛高一點。」

理查擺動長長的雙臂，想把風箏拉高一點，但風箏還是在冰冷而停滯的空氣中留在原處。

教堂金色的圓頂從一邊擺到另一邊，彷彿整個風箏都在搖頭說「不要」。軟綿綿的風箏長尾巴愚蠢地跟在後頭，重複那個「不」字。

理查說：「只能這樣了，不能再放線了。」

特芮絲的目光盯著風箏，風箏穩定下來，就像一張教堂的畫，貼在厚重的白色天空上。特芮絲想，卡蘿可能不喜歡風箏，她對風箏不感興趣，她只會看一眼，然後說這樣很蠢。

「想不想拿風箏？」

理查把纏著線的棍子塞到她手中。她站起來，想起昨晚和卡蘿在一起時，理查正在做風箏，所以沒有打電話給她，也不知道她不在家。要是他打了電話，他就會問這件事，而謊言就會出現。

突然之間，風箏不再停滯，開始猛然飄動，往別的地方飛。特芮絲趕快轉動手裡的棍子放線，在理查的眼前盡可能把線放長，但風箏飛得仍然很低。現在風箏又停了，固執地動也不動。

「拉一下！」理查說：「讓風箏往上飛。」

她照做，就像玩弄著一條很長的橡皮筋一樣。現在線這麼長、這麼鬆，她只能扯線讓風箏晃晃。

她一直拉、一直拉、一直拉；然後理查過來把風箏接了過去，特芮絲的手還拉著線。她的呼吸愈來愈急速，手臂上一塊小肌肉在顫抖。她在地上坐下來。她沒有征服風箏，風箏沒有照她的意思去飛。

「說不定是線太重了。」她說。可是那是一條新的線，就像蟲一樣柔軟、潔白而粗大。

「線很輕，妳看，現在風箏飛起來了！」

風箏急促往上攀爬，似乎突然間找回自己的思緒，找到逃脫的意願。

「放線！」她大喊。

特芮絲站了起來。有一隻鳥飛過風箏下面。她盯著變得愈來愈小的風箏，一直向後搖晃，就像向後飄動的船帆般。此時此刻，她感覺到這個風箏代表了某種意義。

「理查？」

「怎麼了？」

她眼角餘光看到理查彎著腰，手往前伸，好像在衝浪。「你戀愛過幾次？」她問。

理查大笑，一聲短促、粗啞的笑。「認識妳才開始戀愛。」

「哪有！你以前戀愛過，你告訴我你戀愛過兩次。」

「如果統統算進去的話，我可能還要再多算個十幾次。」理查很快地說。他因為全神貫注，講話很直接。風箏拉出另一道弧線，開始下降。

特芮絲用同樣的聲調問：「你有沒有和男生戀愛過？」

「男生？」理查重複了一次，顯得很驚訝。

「對。」

他大概想了五秒鐘才回答。「沒有。」語氣肯定而確切。

特芮絲想，至少他還是不嫌麻煩回答了。她有一股衝動，想要問他如果他愛上了男生，會怎麼辦。可是這樣問了也是白問。她眼睛還是盯著風箏，兩人看著同一個風箏，心思卻各不相同。「你聽過這種事嗎？」她問。

「我有沒有聽過這種事情？你是指有沒有聽說過這種人？當然有。」理查現在站得直直的，用八字形把繩子捆回棍子上。

特芮絲說得很小心，因為他在聽著。「我不是說像那樣的人。我的意思是說兩個人突然之間，毫無預警相愛，例如兩個男人或兩個女孩。」

理查的臉色正常，和他們談論政治話題時一樣。「我認識的人有這樣的嗎？沒有。」

特芮絲等到理查再度讓風箏飛高，才又開口：「我認為這種事情可能會發生在任何人身上，對不對？」

他繼續捲繞著風箏線。「事情不可能平白無故發生，背後一定有理由。」

「對。」她說，她同意他的話。特芮絲也想過要探究背後的原因到底是什麼。她印象裡最接近「戀愛」的經驗是在蒙克萊爾鎮，她對一個只見過幾次面的男孩有了感情。當時她搭著校車，那個男孩留著黑色捲髮，還有一張英俊、嚴肅的臉，大概十二歲，比她大一點，她曾有段時間每天想著他。

可是這樣其實沒有什麼，一點也不像她對卡蘿的感覺。她對卡蘿的感覺究竟是不是愛呢？連她自己也不知道，真是荒謬。她也認識幾位墜入愛河的女孩，她也知道她們是怎樣的人，看起來像什麼樣子。

但她和卡蘿都不是那個樣子，但她對卡蘿的感覺卻符合一切對愛情的描述或檢驗。「你認為我有可能會這樣嗎？」特芮絲還來不及思考自己敢不敢問這句話，就已經脫口而出了。

「什麼！」理查笑了：「愛上女孩子？當然不可能！我的天，妳該不會已經愛上女孩子了吧？」

「沒有。」特芮絲用一種奇怪、不確定的語調回答，但理查又好像沒有察覺到她的語調。

「又來了。小芮，妳看！」

風箏不太穩定地向上飛，愈來愈快，棍子在理查手中轉動著。特芮絲想，不管怎樣，她都已經比從前快樂了。為什麼一定要操心去定義每件事情呢？

「嘿！」理查追趕著地面上瘋狂跳躍的棍子，纏著風箏線的棍子好像也亟欲想掙脫地面。

「想不想幫我抓著？」他問。他抓到棍子了。「連棍子都快飛走了！」

特芮絲拿起棍子，上面剩下的線不多，風箏幾乎已經飛離了視線。她舉起雙臂，感覺到風箏把自己拉高了，很好玩，她整個人也浮了起來，彷彿風箏如果集中力量，真的能把她帶上去飛走。

「讓風箏飛出去！」理查揮舞雙臂喊著。他嘴巴張開，雙頰上出現兩片紅色痕跡。「讓風箏飛出去！」

「沒有線了！」

「我會把線剪掉！」

特芮絲不敢相信她聽到的話，回頭望著他，她看到理查正在外套裡找刀子。「不要。」她說。理查跑過來大笑。

「不要！」她生氣了：「你瘋了嗎？」她的雙手疲累，但她把棍子握得更緊。

「把線剪掉！這樣更好玩！」理查抬頭看天空，不小心就用力撞上了她。

特芮絲把棍子猛然拉到一邊，不讓理查拿到，因為憤怒、驚訝而說不出話來。她有一度覺得害怕，擔心理查真的已經喪失理智了，所以搖搖晃晃往後退。風箏拉扯的力量已經沒了，手中只剩下沒了線的棍子。「你瘋了！」她對他喊著：「你失去理智了！」

「不過是個風箏而已！」理查大笑，抬頭望著空蕩蕩的天空。

特芮絲抬頭，連風箏也沒看到。「你為什麼要這麼？」她喊著，聲音聽起來很尖銳。「這麼漂亮的風箏！」

「不過是個風箏！」理查又說了一遍。「我可以再做一個呀。」

第九章

特芮絲開始換衣服，然後又停了下來。她身上還是穿著睡袍，讀著菲爾稍早拿來的《小雨》劇本，一頁頁的劇本就散落在沙發上。卡蘿說她還在四十八街和麥迪遜大道交叉口，十分鐘後就會到。特芮絲把她的房間看了一下，也看著鏡子裡自己的臉，然後決定什麼也不管了。

她把幾個菸灰缸拿到洗手台洗，然後把劇本整齊堆好放在工作桌上，猜想卡蘿不曉得會不會帶著她的新手提包來。卡蘿昨晚和艾比在一起，從紐澤西州打電話給她，而且告訴她說那個手提包很漂亮，但當作禮物來送太貴重了。特芮絲想起卡蘿建議她把包包退回去，不禁笑了出來。至少卡蘿很喜歡那個包包。

門鈴短促響了三聲。

特芮絲往下看著樓梯間，看到卡蘿手上拿著東西。她跑下樓去。

「這是空的，給妳的。」卡蘿笑著說。

那是一個包裝好的手提箱。卡蘿的手指穿過提把下面，讓特芮絲拿著手提箱。特芮絲把它放在房間的沙發上，將咖啡色的包裝紙小心剪開。手提箱是厚實的淡咖啡色皮革材質，非常樸實。

「太好看了！」特芮絲說。

「妳喜歡嗎？我也不知道妳會不會用到手提箱。」

「當然喜歡。」這種手提箱很適合她，她需要的就是這種。她名字的縮寫字母用小小的燙金字印在上面。她這才想起，卡蘿在聖誕夜問她了的全名。

「打開密碼鎖，看看裡面妳喜不喜歡。」

特芮絲照做。「我也喜歡它的味道。」她說。

「妳在忙嗎？忙的話我就先走了。」

「不忙。請坐，我沒事，正在讀劇本。」

「什麼劇本？」

「我要替一齣戲設計布景。」她想起自己沒跟卡蘿提過舞台設計的事。

「設計布景？」

「對，我是舞台設計師。」她把卡蘿的外套放好。

卡蘿驚訝地笑了。「怎麼沒有早一點告訴我？」她安靜地問：「妳還要從帽子裡面變出幾隻兔子？

「這是我第一份真正的工作，不是百老匯的劇，是在格林威治村上演的喜劇。我也不是工會會員，要等我到了百老匯上班之後才能申請會員。」

卡蘿問她工會的事。新會員和資深會員的會費分別是一千五百元和兩千元。卡蘿問她有沒有存錢。

「沒有，只有幾百元而已。可是如果我有工作了，他們就會讓我分期付款。」

卡蘿坐在理查常坐的椅子上看著她。特芮絲可以從卡蘿的表情中看出，自己在卡蘿眼中突然提升了地位，她也不知道為何先前沒提過她是做舞台設計的，而且也找到了工作。卡蘿說：「嗯，如果妳因為這齣戲而得到百老匯的工作機會，妳可以考慮跟我借錢，就像企業貸款。」

「謝謝。我……」

「我願意為妳做這件事。妳這個年齡，不該為這兩千塊而困擾。」

「謝謝。但我恐怕條件還不夠接百老匯的工作，還要磨練好幾年。」

卡蘿抬起頭吐出一道淡淡的煙。「喔，他們的記錄也不會那麼清楚吧？」

特芮絲笑了。「當然不會。想要喝杯酒嗎？我買了一瓶裸麥威士忌。」

「真好，我想來一杯，特芮絲。」特芮絲準備倒酒時，卡蘿站起來，看著她小廚房的架子。

「妳廚藝不錯嗎？」

「對。如果有人品嚐，我會做得更好。我很會煎蛋捲喔，妳喜歡煎蛋捲嗎？」

「不喜歡。」卡蘿平淡地說，特芮絲大笑出來。「妳要不要讓我看看妳的作品？」

特芮絲從衣櫃裡拿下作品集。卡蘿坐在沙發上仔細看，從她的評論和問題中，特芮絲感覺到她認為這些作品太特異，不實用，可能也不是做得太好。卡蘿說她最喜歡牆上的〈彼德洛希卡〉模型。

「是同樣的東西。」特芮絲說：「和那些畫一樣，只是做成了模型。」

「嗯，可能一個是平面的畫吧。不管怎樣，那些畫非常真實。我喜歡這一點。」卡蘿從地板上拿了酒，往後靠在沙發上。「妳看，我沒有錯，對吧。」

「什麼沒有錯？」

「對妳。」

特芮絲不明白她的意思。卡蘿在煙霧中對著她笑，讓她覺得很窘。「妳曾認為妳錯了嗎？」

「沒有。」卡蘿說：「這樣的公寓一個月要多少錢？」

「一個月五十元。」

卡蘿彈了彈舌頭。「妳薪水就去了一大半，對嗎？」

特芮絲收好作品集，然後綁好。「對。但我很快就能多賺一點，也不會永遠住在這兒。」

「當然不會一直待在這；妳將來也會出去旅行，就像妳想像中的生活方式。妳也會找到中意的房子。或許妳會愛上法國、加州或亞利桑納。」

特芮絲笑了。就算這些事來到，她可能也沒錢去做。「人總是會愛上自己無法擁有的東西嗎？」

「一定是這樣。」卡蘿也笑了。她用手指耙過頭髮，整理了一下頭髮。「我想我還是去旅行比較好。」

「去多久？」

「一個月左右。」

特芮絲把作品集放回衣櫃。「什麼時候去？」

「我安排好就動身，而且要安排的事情不多。」

特芮絲轉過身去。卡蘿在菸灰缸裡捻熄菸頭。特芮絲想，一個月沒辦法見面，對卡蘿或許沒有影響。「妳為什麼不和艾比一起去旅行？」

卡蘿抬頭看她，然後看著天花板。「首先，我認為她沒空。」

特芮絲盯著她。她提到艾比，這個話題碰觸到了某個關鍵，但卡蘿臉上的表情現在還無法解讀。

「妳人真好，讓我可以常看到妳。」卡蘿說：「妳知道嗎，我現在連朋友都不太想見了，一個人真的不行，做事情真的應該兩人成雙。」

特芮絲突然覺得她很脆弱，和她們第一次吃午餐那次截然不同。然後卡蘿站起身，彷彿找回了思緒，特芮絲察覺到卡蘿抬起頭，笑容裡帶著一股肯定的神氣。卡蘿從特芮絲的身旁走過去，兩人的臂膀輕輕擦過。

「我們今晚要不要找點事情來做？」特芮絲問：「如果妳沒事的話，可以留在這裡，等我把劇本讀完。今晚我們兩個一起過。」

卡蘿沒有回答。她正看著書架上那個裝花的盒子。「這是什麼植物？」

「我也不知道。」

「妳不知道？」

那些植物都不一樣。有棵仙人掌長著肥大葉片，自從一年前買來後好像完全沒長高。另一棵植物看起來像是小型棕櫚樹，還有一個往下垂的紅色東西，需要小棍子支撐。「就是植物而已。」

卡蘿轉過身來微笑。「就是植物而已。」她重複了一遍。

「今晚怎樣？」

「沒問題，但我不能留下來過夜。現在三點，六點左右我打給妳。」卡蘿把打火機丟進手提包裡，不是特芮絲送的那個。「今天下午我想去看家具。」

「家具？店裡的？」

「家具店或帕克．柏納拍賣行[8]。看家具讓我覺得心情好一點。」卡蘿伸手拿起扶手椅上的外套，特芮絲再度注意到她從肩膀到寬皮帶，延伸到大腿的線條。條線很優美，就像一首和弦或一部芭蕾。特芮絲想，她這麼美，為什麼她的日子竟是如此空虛。她應該和愛她的人住在一起，走在美麗的房子裡，走在美麗的城市中，沿著藍色海岸，背景是長長的地平線和藍色天空。

「再見。」卡蘿說。她摟著特芮絲的腰，就和她穿上外套的動作一樣。卡蘿的手只在她身上停留了一瞬間，這個突然的動作卻令她驚慌失措，讓她猜不透這個動作是慰藉、結束，或是開始。

之後門鈴才在耳畔響起，就像刮擦銅牆的聲音一樣。卡蘿笑了。「是誰？」她問。

特芮絲感覺到卡蘿放開她時，姆指尖刺了她的手腕一下。「可能是理查。」只會是理查，

8 帕克．柏納拍賣行（Parke-Bernet Galleries），曾在美國二十世紀中期的藝術品拍賣中占主導地位。

只有他會按著電鈴不放。

「好。我想見見他。」

特芮絲按了開門鈕，就聽到理查在樓梯上沉重、跳躍的腳步聲。她打開門。

「嗨。」理查說：「我已經決定了……」

「理查，這是愛爾德太太。」特芮絲說：「理查．桑姆科。」

「你好。」卡蘿說。

理查幾乎是鞠躬一般點了個頭。「妳好。」他藍色的眼睛大張。

他們盯著對方，理查手中拿著一個方形盒子，好像是要給她的禮物，卡蘿站著，又不像要留下，也不像要離開。

理查把盒子放在茶几上，他說：「我剛好在附近，所以就上來了。」特芮絲在他的話中，聽到不自覺地帶著一種維護自己的權利的腔調。她剛剛也看見了，理查好奇地注視了卡蘿之後，立即對卡蘿產生了不信任感。「我到這附近拿禮物給媽媽的朋友。這是薑餅。」他點頭指向那盒子，放下戒心似地笑了笑。

「有人想嚐嚐味道嗎？」

卡蘿和特芮絲都婉拒了。卡蘿看著理查用折疊小刀打開盒子，特芮絲心裡想，她喜歡他的笑容。

她喜歡他。這個高瘦的年輕人，未加梳理的金髮，又寬闊又結實的肩膀，一雙奇特的大腳穿著便鞋。

「請坐。」特芮絲對卡蘿說。

「不用，我要走了。」卡蘿回答。

「小芮，我給妳一半，然後我也要走了。」他說。

特芮絲看著卡蘿，卡蘿因為特芮絲的緊張而露出了笑容，然後在沙發角落坐下。

「不管怎樣，不要因為我而離開。」理查說。他拿起放著薑餅的紙，放在廚房架子上。

「不會。理查，你是畫家，對嗎？」

「對。」他很快把掉下來的糖霜送進嘴巴，然後看著卡蘿。特芮絲想，他神色自若，因為他不得不如此；他雙眼坦白，原因是他沒有什麼好隱藏。「妳也是畫家？」

「不是。」卡蘿換上另一種笑容說：「我什麼也不是。」

「這是最難的事。」

「是嗎？你是個好畫家嗎？」

「我會是好畫家，我可以成為好畫家。」理查一點也沒有慌亂的樣子。「小芮，妳有啤酒嗎？我渴死了。」

特芮絲到冰箱拿出兩瓶啤酒。理查也問卡蘿想不想喝一點，但卡蘿拒絕了。理查慢慢走過沙發，看著手提箱和包裝，特芮絲還以為他要對這個手提箱發表一點意見，但他沒說話。

「小芮，我們今晚可以去看電影。想去嗎？」

「今晚我不行。我和愛爾德太太有約了。」

「喔。」理查看著卡蘿。

卡蘿熄了香菸站起來。「我得走了。」她對特芮絲笑了笑：「六點左右回電給妳。如果妳改變心意也沒有關係。再見，理查。」

「再見。」理查說。

卡蘿下樓時對她眨了眨眼。「要乖喔。」卡蘿說。

「手提箱哪來的？」特芮絲回到房間時，理查問她。

「是禮物。」

「小芮，怎麼回事？」

「沒有怎麼樣。」

「我打斷了妳們的重要大事嗎？她是誰？」

特芮絲拿起卡蘿用過的空杯子。杯緣有一點口紅的痕跡。「是我在店裡認識的人。」

「手提箱她送的？」

「對。」

「這麼貴重的禮物，她很有錢嗎？」

特芮絲望著理查。理查對有錢人、中產階級的厭惡是自發的。「有錢？你是說那件貂皮大衣？我不知道。我幫過她一個忙，在店幫她找到遺失的東西。」

「喔？」他說。「什麼東西？妳從來沒提過。」

她把卡蘿用過的杯子洗好擦乾，放回架上。「她把皮夾忘在櫃檯上，然後我拿去給她，就這樣。」

「喔，真是太棒了。」他皺起眉頭：「小芮，這是怎麼回事？妳還在因為那個笨風箏而生氣？」

「不是，當然不是。」她不耐煩地說。她希望他離開，於是把手放在睡袍的口袋裡走到房間另一頭，站在卡蘿站過的地方，看著放植物的盒子。「菲爾今天早上把劇本拿來了，我正在讀。」

「妳就是因為劇本才擔心嗎？」

「你為什麼認為我在擔心？」她轉頭過去。

「妳又有那種拒人於千里之外的情緒了。」

「我不擔心，我也沒有拒人於千里之外。」她深呼吸了一下：「很好笑，你對某些情緒太敏感了，對其他的情緒卻渾然不覺。」

理查看著她。「好，小芮。」他聳聳肩說，彷彿讓了步。他坐在椅子上，把剩下的啤酒倒進杯子。「妳今晚和那女人的約會是怎麼回事？」

特芮絲把最後一段口紅塗在嘴唇上時，張開的嘴巴呈現出笑容的形狀。有好一會兒，她注視著小架子上的眉毛夾，那小架子固定在衣櫃門的內側。然後她把口紅放在架子上。「有點像雞尾酒派對，大概是聖誕慈善晚會之類的。她說是在餐廳裡辦的。」

「嗯，妳想去嗎？」

「我說我會去。」

理查喝著啤酒，皺眉望過杯子。「之後呢？妳外出時或許我可以待這裡讀劇本，然後我們再去吃點東西、看電影。」

「派對結束後我想把劇本讀完。我應該從禮拜六就開始讀了，讓腦子裡有些想法。」

理查站了起來。「好。」他若無其事地說，並嘆了口氣。

特芮絲看他無所事事地走到沙發站著，朝下看著劇本手稿，又彎下腰研究封面和演員名單。他看看腕表，然後抬頭看她。

「我可以讀一讀嗎？」他問。

「去啊。」她粗魯地回答，理查不是沒聽到就是不在乎，因為他只是往後躺在沙發上，拿著手稿開始讀。她從架上取下火柴，她認為，只有讓他意識到自己是刻意跟他保持距離，他才會明白什麼是「拒人於千里之外」。她突然想起和理查上床時，她所保持的距離，和大家所認為的戀人間應有的親密，兩者差距有多大。她想，當時對理查而言應該沒有差別，反正兩人都已同床共枕了。這個想法此刻掠過她的腦海，當她看見理查完全沉浸在閱讀中，厚實、僵硬的手指抓著一綹頭髮，頭髮繞在手指間，然後把頭髮往下拉直到鼻子，這樣的情景她已經看他做過上千次，她突然覺得，理查認為他在特芮絲生命裡的地位是無可取代的，兩人的關係會長長久久、毫無懸念，只因為他是和她上床的第一個男人。特芮絲把火柴丟在架子上，有瓶東西倒了下來。

理查坐正，稍微笑了一下，有點驚訝。「小芮，怎麼了？」

「理查，今天下午我想要獨處。你不介意吧。」

他起身，驚訝之情還在臉上。「當然不介意。」他把手稿放回沙發上。「好，小芮，這樣可能比較好。也許妳現在應該讀劇本，自己一個人讀。」他好像是在爭辯似的，彷彿要說服自己一樣。他再度看著手錶。「我下樓好了，看看能不能跟山姆和瓊碰個面。」

她站在那裡不動，什麼也不想，只想著他馬上就要離開了。而理查用手拂拂頭髮，彎腰親吻她。

他的手很濕，有點黏。突然間她想起幾天前買到的、法國畫家竇加的書。這本書最近才推出新版，理查找了好久但一直沒買到。她把它從五斗櫃最下面的抽屜拿出來。「我找到這本書了，竇加的書。」

「喔，太棒了。謝謝。」他用雙手拿書。書還包得好好的。「在哪裡找到的？」

「法蘭根堡百貨。踏破鐵鞋無覓處。」

「法蘭根堡。」理查笑了：「六塊錢是嗎？」

「不用了。」

理查拿出皮夾。「是我要妳幫我找的。」

「真的沒關係。」

理查堅持，但是她還是沒有收下錢。一會兒之後他走了，還說明天五點會打給她。他說明天可以見個面。

六點十分，卡蘿來電，問她想不想去唐人街，特芮絲當然說好。

「我剛和別人喝了點雞尾酒。」卡蘿說：「在聖．雷吉斯酒店，妳要不要來這裡和我碰面？我們一起去看戲，妳邀請過我的，記得嗎？」

「是那個聖誕慈善雞尾酒派對？」

卡蘿笑了。「快點。」

特芮絲飛奔過去。

卡蘿的朋友叫史丹利．麥克維，又高又迷人，年約四十，留著鬍子，身邊還有一隻用皮帶鍊著的狗。特芮絲抵達時，卡蘿準備要走了。史丹利和她們一起走出去，送她們進計程車，從窗口把錢拿給司機。

「他是誰？」特芮絲問。

「老朋友。哈吉和我分居後，和他見面的機會比較多。」

特芮絲看著她。今晚卡蘿的眼睛裡有一抹美妙的微笑。「妳喜歡他嗎？」

「還好。」卡蘿說。「司機先生，到唐人街。」兩人吃晚餐時開始下雨。卡蘿說，每次她到唐人街就一定會下雨。但下了雨也沒關係，她們從一家店躲到另一家店，看東西又買東西。特芮絲看到一些她覺得很漂亮的平底涼鞋，很有波斯風，而非中國風，她想要買一雙送給卡蘿，但卡蘿說琳蒂不會喜歡。琳蒂很保守，甚至不喜歡她夏天不穿襪子就出門，所以卡蘿就順著她的意思。同一家店裡還有賣黑色亮皮的衣服，搭配樸素的褲子和高領外套，卡蘿替琳蒂買了一件。卡蘿在安排送貨時間的時候，特芮絲還是為卡蘿買了涼鞋。她只要用眼睛看看涼鞋，就知道尺寸沒錯。她買下後卡蘿也是很開心。之後她們在一家中國戲院度過詭異的一小時，裡面的演出鏗鏘聲大作，觀眾還能睡覺。最後她們去上城的餐廳吃宵夜，餐廳裡還有豎琴演奏。當晚非常美好，是個真正動人的夜晚。

第十章

禮拜二是特芮絲在黑貓劇院上班的第五天，她坐在黑貓劇院後面一個空空的小房間中，連天花板也沒有。特芮絲等著新導演唐納修過來審核她做的紙板模型。昨天上午，唐納修才取代柯特斯擔任導演，他推翻了她提出的第一個設計概念，撤換了菲爾·麥克艾洛伊在劇中的角色，讓菲爾大為光火，掉頭離去。特芮絲想，自己實在很幸運，沒有被導演連人帶場景模型一起扔出去，現在最好乖乖照著唐納修的指示做事。新的場景刪掉了上一個設計裡面的可移動景片和道具，而本來這些設計的目的是要讓最後一幕戲裡面的客廳迅速轉變成大陽台。新導演唐納修似乎反對一切特殊、單調的東西，只把整齣戲的場景設定在客廳中，還改掉了最後一幕的很多對話台詞，使得戲裡面幾句最發人深省的對話不見了。她這次設計的新場景裡面有個大火爐，大陽台上面還有寬敞的法式窗戶，另有兩道門、一張沙發、幾張扶手椅和一個書架。新場景設計完成後，看起來就像百貨公司裡面栩栩如生的娃娃屋，連菸灰缸都維妙維肖。

特芮絲站起來伸一下懶腰，把掛在門上釘子的燈芯絨外套拿在手上。這裡好冷，導演唐納修說不定要到下午才出現，要不是她一直提醒他，他今天甚至可能不會出現呢。場景的事並不急迫，在整齣戲的製作過程中可能是最不重要的事，但她昨晚還是熬夜到深夜，滿腔熱忱地製作場景模型。

她又出去看著全體演員站在舞台上，手裡拿著劇本。唐納修不斷叫演員從頭排演整齣戲，他的說法是這樣才能找出整齣戲的節奏，但今天這麼做只是讓他們昏昏欲睡。除了湯姆·哈定外，所有的演員看起來都很慵懶。哈定是個高大的金髮年輕人，擔任男主角，而且有點精力過剩。喬治雅·哈洛倫患了鼻竇性頭痛，每個小時都必須停下來把藥水滴到鼻子裡，然後躺著不動幾分鐘。中年男人傑佛瑞·安德魯斯擔任女主角父親一角，他討厭唐納修，所以不斷在台詞與台詞間咕噥著。

「不對，不對，不對，不對！」唐納修那天早上不曉得這樣子喊了幾次，喊停所有動作，逼使每個人都放下劇本看著他，困惑、生氣，卻又屈服於他的權威。「從第二十八頁再來一次。」

特芮絲看著他低頭參照劇本，揮舞雙臂指示誰該講話、誰該停止講話，有如在指揮交響樂團。湯姆·哈定對她眨眨眼，把手拉到鼻子下做鬼臉。過一會兒，特芮絲回到隔板後方的房間，這裡是她工作的地方，在這裡她也比較不會覺得自己毫無用處。她幾乎已經把整齣戲都背起來了，情節有薛瑞登錯誤喜劇[9]的味道，一對兄弟假裝是主僕，希望感動一個千金小姐愛上弟弟。這齣戲對話機智，整體而言還不壞，但唐納修要求的場景太過於平板，顯得枯燥，特芮絲希望他選用的背景顏色能夠略加更改。

十二點過了沒多久，唐納修就進來了，看著她做的場景，然後拿起來看看底部和兩側，臉上緊張、煩惱的表情還在。「對，還不錯，我很喜歡。妳看，這樣比妳之前那個空蕩蕩的牆面要漂亮多了，不是嗎？」

特芮絲放心了，深呼吸了一下。「是。」她說。

「場景是因應演員的需求而產生的。貝利維小姐，妳設計的不是芭蕾舞場景。」她點頭，同時看著場景，想知道這個新的設計到底是哪裡比以前的好；大概具有功能性吧。

「木匠今天下午四點就會過來，到時我們再聊這個場景。」唐納修走了出去。

特芮絲盯著紙板模型瞧，至少這個場景可以派上用場。至少她和木匠會一起將模型化為真實的舞台。她走到窗邊，往外看著灰色又帶光亮的冬季天空，看著一棟五層樓房後方的防火門。前面有一塊小空地，上面有一株小枯樹，枯乾的樹枝交纏，好像混亂的路標。她真希望現在可以打電話給卡蘿，邀她一起午餐。但從卡蘿家開車到這邊，要一個半小時。

「妳姓貝利佛嗎？」

9 薛瑞登（Richard Brinsley Sheridan），十八世紀知名喜劇劇作家。

特芮絲轉頭，面向那個站在門口的女孩回答：「有電話嗎？」

「電燈旁那支電話。」

「謝謝。」特芮絲快步走去，心裡期盼著是卡蘿打來的電話，但她知道最可能打來的人是理查。

卡蘿還沒有打電話到這裡找過她。

「妳好，我是艾比。」

「艾比？」特芮絲笑了：「妳怎麼知道我在這裡？」

「妳跟我講過的啊，還記得嗎？我現在想見見妳。我就在附近。吃過午餐沒有？」

她們約好在帕勒摩見面，那是一家離黑貓劇院不遠的餐廳。

特芮絲一面朝餐廳走，一面哼著歌，高興得彷彿就要和卡蘿碰面一樣。餐廳地板上有鋸木屑，還有幾隻黑色小貓在吧台扶手下面玩耍。艾比坐在後面的一張桌子旁。

「嗨。」特芮絲走上前時，艾比對她打招呼。「妳看起來精神很好，我差點認不出妳了。想喝杯酒嗎？」

特芮絲搖搖頭。「不，謝謝。」

「妳的意思是，現在妳不用喝酒就夠開心了嗎？」艾比問。艾比一面說，一面帶著竊竊自喜的神態咯咯笑著。不知什麼原因，艾比這樣子，也不會引人反感。

特芮絲拿了一支艾比給她的菸。她想，艾比可能知道了。或許艾比也愛著卡蘿，想到這又讓特芮絲對她起了戒心，產生莫名的敵意——這帶給特芮絲一種奇特的愉悅，某種勝過艾比的優越感。這種感覺，是特芮絲以往從不知道、從不敢想像的，這些情緒具有極大的意義。所以，她和艾比在餐廳共進午餐這回事，變得幾乎和親眼見到卡蘿一樣重要。「卡蘿怎麼樣？」特芮絲問。她已經三天沒見到卡蘿了。

「她很好。」艾比看著她說。

服務生走過來，艾比問他今天的淡菜和小牛肉片是不是值得推薦。

「小姐，很棒的選擇！」他對她堆滿笑容，彷彿她是特殊的客人。

艾比就是這樣，臉上散發著光輝，彷彿每一天對她而言都是特別的假日。特芮絲喜歡艾比這點。

她羨慕地看著艾比身上紅藍兩色交織的套裝，袖口鏈釦有一個漩渦狀的字母G，很像銀底金銀絲裝飾的鈕釦。艾比問她在黑貓劇院上班的情況，對特芮絲來講雖然是冗長無趣的故事，但艾比聽得津津有味。特芮絲想，她打動了艾比，原因是艾比自己無所事事。

「我認識幾位在劇場搞製作的人。」艾比說：「我很樂意隨時幫妳推薦。」

「謝謝。」特芮絲玩弄著桌上裝乳酪的小碗。「妳認不認識一個名叫安卓尼屈的人？費城來的。」

「不認識。」艾比說。

唐納修叫她下禮拜去紐約和安卓尼屈見面。他在製作一齣新戲，預計今年春天在費城開幕，然後在百老匯上演。

「嚐嚐看淡菜。」艾比津津有味地吃著：「卡蘿也喜歡。」

「妳認識卡蘿很久了嗎？」

「嗯嗯，」艾比點頭，用明亮的雙眼看著她，眼中沒有透露任何訊息。

「那妳當然也認識她丈夫？」

艾比再次沉默地點頭。

特芮絲稍微笑了一下。她覺得艾比會問她問題，但又不會透露關於艾比自己或卡蘿的訊息。

「要不要來些葡萄酒？喜不喜歡吉安地酒？」艾比彈了一下手指叫服務生過來。「請幫我們拿瓶吉安地。好一點的，可以促進血液循環。」她對特芮絲補充道。

主菜上桌了，兩名服務生在桌邊忙著拔開塞子，替她們斟滿水，又端上新鮮奶油。角落有個像是乳酪盒子、面板有點壞掉的收音機正播放著探戈舞曲，但樂聲聽起來又像是後面有個弦樂團正應艾比的要求而演奏。特芮絲想，難怪卡蘿喜歡她，她彌補了卡蘿的嚴肅，她可以提醒卡蘿要經常大笑。

「妳一直自己住嗎？」艾比問。

「對，從我離開學校開始就自己住，」特芮絲啜飲著葡萄酒：「妳也是嗎？還是和家人一起住？」

「和家人一起。但房子一半是我的。」

「妳有上班嗎？」特芮絲大膽提問。

「上過班，兩、三次。卡蘿沒告訴過妳我以前開過家具行嗎？我們有家店，就在路邊，把古董或二手貨買進來整理。我這輩子從沒這麼努力工作過。」艾比愉悅地對著她笑，彷彿每個字都是假話。「我有過另一份工作。我是昆蟲學家，雖然稱不上是一流的專家，但還是可以抓出義大利進口的檸檬箱裡面的小蟲這種東西。巴哈馬百合裡都是蟲子。」

「我聽說過，」特芮絲笑了起來。

「我認為妳不太相信我說的話。」

「我當然相信啊。妳還在當昆蟲學家嗎？」

「我只是後備性質而已，緊急時刻才會找我，像復活節這樣的假日。」

特芮絲看著艾比用刀子把小牛肉片切成一小塊，然後才逐一挑起來吃。「妳常和卡蘿一起出去旅行嗎？」

「常旅行？沒有，怎麼了？」艾比問。

「我認為妳可以幫助卡蘿，因為她太嚴肅了。」特芮絲希望把對話導引到問題的核心，但問題的核心是什麼，她自己也不知道。葡萄酒緩慢而溫暖地在她血管內流動，直通到指尖。

「並不是一直這樣的。」艾比修正她的說法。在她聲音底下隱藏著笑意，特芮絲和艾比首度見面、第一次聽見艾比講話時，就聽見這種笑意。

她腦袋裡的葡萄酒可能會化為音樂或詩歌，也可能讓她吐露真言，但就在她快要再度開口時又停下來了。特芮絲想不出有哪些適合的問題可以提出來，她心裡的問題都這麼巨大。

「妳怎麼認識卡蘿的？」艾比問。

「卡蘿沒告訴過妳嗎？」

「她只說她在法蘭根堡百貨認識妳的，妳在那裡上班。」

「嗯，就是這樣。」特芮絲突然感覺自己對艾比有一股厭惡，這股厭惡無可遏抑，一直增加。

「妳們就這樣開始聊起來，」艾比帶著笑問，然後點燃一根香菸。

「我替她服務。」特芮絲說，然後停下來。

艾比也等著，等特芮絲把兩人的相遇做更詳細的描述。但是特芮絲知道，她不會告訴艾比，也不會告訴別人，這是只屬於她的經驗。她想，卡蘿一定沒告訴過艾比自己寄聖誕卡片的愚蠢故事。

她寄聖誕卡片給卡蘿這件事，或許對卡蘿來講還不夠重要，不足以告訴艾比。

「妳可不可以告訴我，妳們兩人是誰先開始談話？」

特芮絲突然大笑。她伸手把菸點燃，還在笑著。還好，卡蘿沒有告訴艾比聖誕卡片的事，艾比的問題令她發笑。「我先開口的。」特芮絲說。

「妳喜歡她，對不對？」艾比問。

特芮絲帶著敵意思索這個問題。不是敵意，是醋意。「對。」

「為什麼喜歡她？」

「我為什麼喜歡她？妳為什麼喜歡她？」

艾比的眼睛仍有笑意。「卡蘿四歲時我就認識她了。」

特芮絲一句話也沒說。

「妳還年輕，對吧？滿二十一歲了嗎？」

「還沒。」

「妳知不知道卡蘿現在的煩惱很多？」

「知道。」

「而且她現在很寂寞。」艾比補充，眼睛仍然觀察著。

「所以這是她跟我見面的原因嗎？」特芮絲平靜地問：「妳是不是想要告訴我，我不應該繼續跟她見面？」

艾比不眨眼的雙眼還是眨了兩下。「不是，完全不是這樣。但是我不希望妳受傷，我也不希望妳傷害卡蘿。」

「我絕對不會傷害卡蘿。」特芮絲說：「妳認為我會嗎？」

艾比還是帶著戒心看著她，目光未曾從她身上移開。「不，我認為妳不會。」艾比回答，彷彿她心中才剛剛想出這個答案。她現在笑了，好像覺得有什麼事讓她開心。

但特芮絲不喜歡她那種笑，也曉得她的感覺全寫在臉上，所以她低頭看著桌子，看著她面前盤子上的一杯熱薩巴里安尼[10]。

「特芮絲，今天下午妳要不要來參加一個雞尾酒派對？大概六點鐘在上城。我不知道那邊會不會有舞台設計師，可是其中一個出面主辦的女孩是演員。」

特芮絲捻熄了菸。「卡蘿會去嗎？」

「不會，不會去。可是他們很好相處，人不多。」

「謝謝。我大概不會去，今天會工作到很晚。」

「喔，我還是把地址給妳好了，可是如果妳不來……」

「不用了。」特芮絲說。

她們離開餐廳，艾比想在街上散步。特芮絲雖然對艾比感到厭倦，還是同意陪她走走。艾比這個人過於自信，直接又粗魯的問題使得特芮絲覺得自己被她占了便宜。而且艾比搶著付帳。

艾比說：「妳知道，卡蘿對妳的評價很高，她說妳很有才華。」

「她真的是這樣說嗎？」特芮絲半信半疑地問：「她沒跟我講過。」她想走快點，但艾比的腳步比較慢，把她們的速度拉下來。

「妳一定知道她常想著妳，想要和妳一起外出旅行。」

特芮絲看著艾比對自己露出真誠的笑容。「她也沒有跟我說過，」特芮絲平靜地說。可是心臟已經開始劇烈跳動。

10 薩巴里安尼（zabaglione），一種用蛋白、砂糖和葡萄酒製成的義大利甜點。

「我相信她一定會告訴妳的。妳願意和她一起去，是吧？」

特芮絲想，為什麼艾比會比自己還早知道這件事？她感覺到自己的臉龐因憤怒而脹紅。這到底是怎麼回事？艾比討厭她嗎？如果她討厭她，為什麼沒有表現出來？但過一會兒，心裡升起的怒意又消退，讓她變得疲倦、脆弱，毫無招架之力。她想，如果艾比當下把她壓在牆上說：妳告訴我，妳想從卡蘿那裡得到什麼？妳還想從我這裡奪走她的什麼？那自己一定會一股腦全說出來，會告訴艾比說：我想跟她在一起，我喜歡跟她在一起，這又與妳有什麼相干呢？

「這件事應該由卡蘿來跟我談。妳為什麼問我這個問題。」特芮絲努力讓自己的聲音聽起來很冷漠。沒希望了。

艾比停下腳步。「對不起，」她對著特芮絲說：「我想我現在瞭解了。」

「瞭解什麼？」

「那就是，妳贏了。」

「贏了什麼？」

「什麼。」艾比抬起頭回應特芮絲的話，仰面看著街角的建築，看著天空，特芮絲驟然感到一陣憤怒和不耐煩，她希望艾比現在就離開，這樣她就可以打電話給卡蘿。除了卡蘿的聲音，其他事情都不重要了；除了卡蘿，什麼都不重要。她怎麼能夠原諒自己一度忽略了這件事呢？

「難怪卡蘿對妳評價這麼高。」艾比說。但如果這是客套話，特芮絲就無法接受。「再見，特芮絲。我們一定會再見面的。」艾比伸出手。

特芮絲握了手。「再見。」她說。她看著艾比走向華盛頓廣場，腳步愈來愈快，頂著捲髮的頭仰得很高。

特芮絲走進下一個轉角的雜貨店，打電話給卡蘿。接電話的是女傭，然後才交給卡蘿。

「怎麼了？」卡蘿問：「妳聽起來心情不好。」

「沒什麼。工作很無聊。」

「今晚有什麼計畫？想不想出來？」

特芮絲笑著走出雜貨店。卡蘿堅持要在五點半的時候來接她，因為特芮絲搭火車去找卡蘿的話，路上會很辛苦。

馬路對面，她看到丹尼·麥克艾洛伊一個人走著，沒穿外套，大步邁向前，手上拿著空牛奶瓶。

「丹尼！」她叫他。

丹尼轉身，朝她走過來。「妳過來我家一下好嗎？」他大喊。

特芮絲本來準備拒絕，但是他走過馬路之後，特芮絲反而伸手抓著他的手臂說：「我們只能聊一下，我出來吃午餐，已經花掉太多時間。」

丹尼對著她笑。「幾點了？我做研究做到眼睛快瞎了。」

「兩點多。」她感覺到丹尼的手臂在天寒地凍中繃得很緊，前臂黑色的汗毛底下凍到起了雞皮疙瘩。「你瘋了，出門不穿外套。」她說。

「這樣我的腦袋才能保持清醒呀，」他替她開了通往他家門口的鐵門：「菲爾出門了。」

房間裡可以聞到菸斗的菸味，很像熱巧克力的味道。公寓幾乎是半個地下室，整體來說有點暗，電燈在亂成一團的桌面上投射出溫暖的燈光。特芮絲低頭看著他桌上攤開的書，一頁一頁都塞滿了她無法理解的符號，但她喜歡看，那些符號所代表的每樣東西都是真實且經過證明的，比文字更強烈、更確切。她感覺到丹尼把心思都放在那上面，從一樁論據到另一樁論據，彷彿他用這些論據的堅強連結來表現自己。她看著他動手做三明治，站在廚房的桌子旁邊。他的肩膀看來寬闊厚實，白襯衫下面隱約可見肌肉，他把義大利香腸和乳酪切片放上一大塊黑麥麵包，稍微移動了肩膀。

「特芮絲，妳可以常來這邊。每個禮拜三中午我不在家。我們在這邊絕對不會打擾到菲爾的，就算他在睡覺也是一樣。況且我們只是吃午餐而已。」

「好啊。」特芮絲說。他的椅子有一半轉離了桌面，她坐上去。她曾來這裡吃過午飯，另一次是下班後。她喜歡到這裡來看丹尼，因為她和丹尼之間不必扯些言不及義的話。

菲爾的沙發床就在房間角落，床沒鋪好，上面的毯子和床單糾結成一團。前兩次她來的時候，這張床要不就是亂糟糟的樣子，要不就是菲爾還躺在上面。長長的書架拉了出來，和沙發恰好擺出一個適當的角度，隔出一個角落給菲爾使用，且書架永遠都雜亂不堪，呈現某種失意與神經質的混亂，但又和丹尼在書桌前工作時的混亂狀態不盡相同。

丹尼打開啤酒罐，罐子嘶嘶作響。他靠在牆上笑著，手裡拿著啤酒和三明治，顯然很高興特芮絲出現在這裡。「記不記得妳說過物理學不適用於人類的事？」

「呃，大概記得。」

「嗯，我也不確定妳說的到底對不對。」他咬了一口三明治說：「以友誼為例，有很多情況是兩個人之間毫無共通處。我認為每一段友誼的產生，背後一定有原因，就好像有些原子會結合在一起，但有些原子不會，有時候是一方欠缺了某種因素，有時候是另一方出現了某種因素。妳覺得呢？我認為友誼是需求的結果，而這種需求可能隱藏在雙方的身上，有時候甚至永遠也不會發現這些需求。」

「或許吧，我也可以想到幾個例子。」理查和她自己就是一個例子。理查可以和別人好好相處，用自己的方式打進這個世界，她卻沒辦法。像理查這種有自信的人，一直吸引著她。

「丹尼，你有什麼弱點？」

「我？」他笑著說：「妳想跟我做朋友嗎？」

「想。你大概是我認識的人裡面，最堅強的一個。」

「真的？那我是不是應該把我的缺點列舉出來？」

她一面笑一面看著他，這個年輕人二十五歲，從十四歲開始就知道自己未來的方向，他把所有的精力都集中在自己選定的領域中，而理查卻剛好相反。

丹尼說：「我心裡躲著一個祕密，我亟需一個廚師，還需要舞蹈老師，也要有人提醒我做些生活小事，例如送洗衣物和剪頭髮。」

「我也會忘了把衣服送洗。」

「喔。」他的語氣帶著惋惜：「那就沒希望了。我本來還存著一絲希望呢，本來還覺得我們兩人是上天注定呢。妳知道嗎，我覺得感情這件事，不管是真友誼，或者是在路上偶然和人眼神交會，其實背後都存在著明確的理由。我認為就算是詩人也會同意我的觀點。」

她笑了。「詩人？」她想到卡蘿，然後想到艾比，想到午餐時的對話，也想到那段對話在她心裡激起的連串情緒，讓她很沮喪。「你也必須體諒別人的怪癖，體諒那些沒有太大意義的怪癖。」

「怪癖？那只是藉口而已，詩人才會用的字眼。」

「我以為那是心理學家才會用的字眼。」特芮絲說。

「我的意思是，體諒這個詞一點意義也沒有。生命本身就是一門精確的科學，必須加以探究，加以定義。對妳來講，有哪些事情是沒有意義的？」

「好像也沒有，我想得到的只是一些現在已經不重要的事。」她心裡這時又憤怒起來，就像剛才午餐過後在人行道上的感覺。

「哪些事情？」他皺起了眉頭，堅持問道。

「就像我剛吃的午餐。」她說。

「跟誰吃？」

「不重要，如果重要的話，我就會說了。那頓飯完全不重要，就像我不想丟掉的東西一樣。也許，那個東西從頭到尾根本不存在。」因為卡蘿喜歡艾比，所以她也努力想要去喜歡艾比。

「在妳的心中，它並不存在？這樣可能也是一種損失呀。」

「對，但是有些人或事，是你無力挽回的，因為那些事情都跟你無關。」她現在想談的，其實不是這些事情了。現在不想談艾比或卡蘿，想談的是更早之前，可以產生完全的關連和完全的意義的事。她愛卡蘿。她把額頭靠在手上。

丹尼看了她一會兒，本來靠在牆面上的身子撐起來，走向火爐，又從襯衫口袋裡拿出一根火柴。

特芮絲明白，接下來無論兩人要談什麼，他們的對話注定要懸在那邊，永遠懸在那邊沒有結局。

但她覺得，如果把她和艾比的談話內容一五一十告訴丹尼，他只要用一句話就可以把一切都釐清，彷彿在空中灑了某種神奇的化學藥品，立刻把迷霧驅散。還有哪些事情是邏輯無法解釋的？有些事本身就不帶有任何邏輯。艾比對話裡的嫉妒、猜忌與敵意，全部是出自艾比自己嗎？

「事情不像密碼組合那樣簡單。」特芮絲說。

「有些事情彼此之間不會起反應的，但每件事都有自己的生命力。」他轉頭咧嘴笑了，腦中似乎出現了一串截然不同的想法，手裡的火柴還在冒煙。「就像這根火柴，我並不想用物理學上的物質不滅去認定『煙』。其實我今天覺得充滿了詩意。」

「和火柴有關？」

「我覺得火柴好像正在成長，而不是消失，就像植物。我覺得對詩人而言，世界上每樣東西必然會有植物的結構。甚至是這張桌子，或我自己的血肉，都是如此。」他用手掌碰觸桌緣。「就好像以前我騎馬上山的感覺。當時在賓州，我還不太會騎馬，我記得那匹馬轉頭看著山丘，然後決定自己跑上去。馬的後腿先往下沉，然後才起跑。突然間我們就風馳電掣跑了出去，可是我一點也不害怕，反而覺得自己和馬，還有腳底下的大地融為一體，彷彿我們是棵樹，和風輕輕吹撫樹枝。我還記得當時心裡很篤定，自己當下不會發生意外；儘管未來禍福難料。這讓我非常開心。我想起那些因為恐懼而把自己、把事物隱藏起來的人，接著我又想，如果全世界的人能體會到我爬山時的感覺，將能形成一種關於生活、使用、消耗的正確的經濟體系。妳瞭解我的意思嗎？」丹尼握緊拳頭，但他的眼睛散發光亮，彷彿仍在自嘲。「妳有沒有這樣的經驗，最喜歡的毛衣穿壞了，然後把它丟掉？」

她想到艾莉西亞修女送的綠色羊毛手套，她從沒戴過，也一直保存著。「有。」她說。

「嗯，這就是我的意思。羊被剪毛做成毛衣時，自己並不知道牠失去了多少羊毛，因為牠們往後還會長出更多羊毛。道理很簡單。」咖啡壺已經煮滾了，他轉身過去。

「是的。」她明白了。這也就像理查和風箏一樣，失去了一個風箏，理查可以再做一個新的。她也想到艾比，心裡有點空虛的感覺，彷彿那頓午餐已經消失不見了。一時之間她感覺自己思緒已經滿溢，在太虛之間漂浮游移。特芮絲站起來。

丹尼走到她身旁，把兩隻手放在她肩上，雖然特芮絲認為這只是一個動作，而不是一個字，但魔咒還是打破了。她對他的肢體接觸感到很不自在，那種不自在的感覺很明顯。於是她說：「我應該走了，實在太晚了。」

他把手放下來，抓著她的手肘，讓特芮絲的手肘緊貼在身體兩邊，然後突然吻了她。他的唇緊貼她的唇好一會兒，在他鬆開她之前，她感覺到他上唇溫暖的氣息。

「的確是太晚了。」他看著她說。

「你為什麼……」她停下來，那個吻融合了溫柔與粗暴，她不知道要怎麼解釋這個吻。

「小芮，怎麼了？」他離開她的身體，笑著這樣說：「妳介意嗎？」

「不會。」她說。

「理查會介意嗎？」

「可能會。」她扣好外套，朝著大門走過去：「我得走了。」

丹尼替她開門，臉上掛著笑容，彷彿一切都沒發生過。「明天要不要再來？來吃午餐？」

她搖搖頭。「不行，這禮拜很忙。」

「好吧，下禮拜一妳再來好嗎？」

「好。」她也笑著，而且自動伸出手。丹尼立刻有禮貌地握了她的手。

她往黑貓劇院跑了兩條街。她想，自己有點像那匹馬，可是還不夠完美。丹尼的意思就是完美。

第十一章

「閒人的消遣。」卡蘿說。她坐在搖椅上，雙腿往前伸展。「艾比該出去上班才對。」

特芮絲一句話也沒回。她並沒有把午餐的對話完整轉述給卡蘿，她再也不想談到艾比了。

「妳想不想坐張比較舒服一點的椅子？」

「不用了。」特芮絲說。她坐在搖椅旁的皮製凳子上，兩人幾分鐘前才吃完晚餐，接著走到現在的這個房間，特芮絲以前沒進來過。這個房間，其實就是在那個樸實的綠色房間外面，用玻璃把陽台圍起來形成的空間。

「艾比還說了什麼事讓妳心煩？」卡蘿問，依然看著前方，看著自己穿著深藍色休閒褲的長腿。

特芮絲心想，卡蘿看來有點累了，卡蘿還在擔心其他的事情，其他更重要的事情。「沒有。卡蘿，這樣會困擾到妳嗎？」

「困擾到我？」

「妳今晚對我的態度有點不太一樣。」

卡蘿望著她。「是妳自己的想像而已，」她說。語氣中的愉悅再度消退為一片沉默。

特芮絲想，自己昨晚寫的信，和眼前這個卡蘿無關，並不是寫給眼前這個卡蘿的。她寫道：「我覺得我愛上了妳，也覺得現在應該是春天了。我希望陽光照在我頭上，像音樂一樣跳動。我想到像貝多芬的太陽，像德布西的風，像史特拉汶斯基的鳥鳴聲，可是一切的節奏都是我的。」

「我覺得艾比不喜歡我，」特芮絲說道：「我覺得她不希望我們繼續見面。」

「不是這樣，妳又在想像了。」

「她沒有明說。」特芮絲盡量控制著自己，讓自己的聲音聽起來和卡蘿一樣冷靜。「她人很好，還邀請我去參加雞尾酒派對。」

「誰辦的派對？」

「不知道。她只說在上城，還說妳不會去。所以我也不會特別想去。」

「上城的哪裡？」

「沒說，只說有個出面辦派對的女孩是演員。」

卡蘿把打火機放下，在玻璃桌上發出喀嗒一聲，特芮絲察覺到她的不悅。「她說過了。」

卡蘿輕聲說道，有一半是說給自己聽的。「特芮絲，坐過來這裡。」

特芮絲站起來，然後坐在搖椅的腳邊。

「妳不要自己亂想說艾比對妳有這種感覺。我跟她太熟了，她才不會這樣。」

「好吧。」特芮絲說。

「只是艾比說話的技巧很拙劣，讓人難以想像。」

特芮絲想忘了這整件事。即使卡蘿對她說話，即使卡蘿看著她，卡蘿還是距離她好遙遠。有道光線從綠色房間穿出，橫越卡蘿的頭頂，使她看不清楚卡蘿的臉孔。

卡蘿用腳趾頭戳了戳她。「跳起來。」

不過特芮絲的動作不夠快，所以卡蘿反而搶先一步，抬腳越過特芮絲頭上坐了起來。接著特芮絲聽到隔壁房間女傭的腳步聲，那個看來像愛爾蘭人的胖女傭穿著灰白色的制服，拿著咖啡托盤進來。她快速、積極的小碎步撼動著陽台地板，聲音聽起來就是亟欲討好的感覺。

「夫人，奶油在這裡。」她指著一個大壺子，看起來和小咖啡杯並不相稱。佛羅倫斯用友善的微笑和空洞的圓眼望著特芮絲，她年約四十，脖子後面梳著髮髻，頭上則是漿好的白色帽帶。不知道什麼原因，特芮絲覺得佛羅倫斯這個人的底細深不可測，她的忠誠度也無法確定。特芮絲聽過她提到愛爾德先生兩次，好像仍十分效忠於他。特芮絲不清楚這到底只是職業上的特性，還是發自內心。

「夫人，還有什麼其他事吩咐嗎？」佛羅倫斯問：「把燈熄掉好嗎？」

「不用，我喜歡燈開著。我們不需要其他東西了，謝謝。里爾登太太有沒有打電話來？」

「還沒有，夫人。」

「她打來的話，妳就告訴她說我們出去了。」

「好的，夫人。」佛羅倫斯遲疑了一下又說：「我在想，那本新書您看完了沒有，那本阿爾卑斯山的書。」

「佛羅倫斯，如果妳想看，就直接到我房間拿。那本書我不想看了。」

「謝謝，夫人。晚安，夫人。晚安，小姐。」

「晚安。」卡蘿說。

卡蘿倒咖啡的時候，特芮絲問：「妳決定什麼時候出門旅行了嗎？」

「大概一個禮拜之後。」卡蘿把小咖啡杯拿給她。「怎麼了？」

「我會想妳，一定會想妳。」

卡蘿一動也不動，這個姿勢維持了好一下子，然後才伸手拿盒子裡最後一根菸，還把菸盒壓扁成一團。「其實我在想，妳要不要跟我一起去。大概去個三個禮拜，妳覺得怎樣？」

特芮絲想，就是這樣稀鬆平常，好像她在提議兩人出門散步一樣。

「妳跟艾比提過，是嗎？」

「對。」卡蘿說：「怎麼了？」

怎麼了？特芮絲沒辦法講得很清楚，沒辦法說卡蘿先告訴艾比，其實傷害了她。「我只是覺得，妳還沒對我說之前就先告訴了她，這樣有點很奇怪。」

「我沒有告訴她，我只說我可能會問妳。」卡蘿走過來把手放在特芮絲的肩上。「聽好，妳不要對艾比有這樣的感覺，是不是艾比在午餐的時候，說了很多妳沒有告訴我的事情？」

「沒有。」特芮絲說。艾比沒有明說，但更糟糕的是弦外之音。她感覺到卡蘿的手離開了她的肩膀。

「我跟艾比認識很久了，」卡蘿說：「幾乎每件事都會跟她聊。」

「是。」特芮絲說。

「所以，妳想不想去？」

卡蘿的身子離她更遠了一點。突然間一點意義也沒有了，原因出在卡蘿問她的方式，彷彿卡蘿也不是真的在意她到底去不去。「謝謝妳，這趟旅程，我現在負擔不起。」

「不用太多錢，我們開車去。問題是如果妳現在就找到工作，那情況就不一樣了。」

彷彿卡蘿已經認定，特芮絲不可能拒絕掉芭蕾舞台設計的工作，和她去旅行，一起穿越她從來沒有見過的鄉野，跨越河流、山嶺，隨興地在某處迎接夜晚降臨。彷彿卡蘿也知道如果自己用這種方式問特芮絲，特芮絲就會婉拒。特芮絲忽然覺得，卡蘿現在必然是在嘲弄她。她很討厭這樣，正如同她憎恨別人背叛她一樣。這股憎恨化為決心，她再也不想和卡蘿見面了。她看著卡蘿，卡蘿正帶著挑戰的神情等待她的回應，這股挑戰的神情底下，還有一股冷淡。特芮絲知道，如果她給卡蘿否定的答案，這樣的表情也不會改變。特芮絲起身，想從茶几上的盒子裡拿根菸，但盒子裡什麼東西也沒有，只有一些唱針和一張照片。

「這是什麼？」卡蘿看著她問。

特芮絲感覺到卡蘿已經看穿她所有的思緒。「是琳蒂的照片。」特芮絲說。

「琳蒂的？我瞧瞧。」

卡蘿看著那張小女孩的照片，小女孩有著淡金色的頭髮，還有一張嚴肅的臉孔，膝蓋上纏著白色繃帶。特芮絲此時也觀察著卡蘿的臉。照片中，哈吉站在一艘小船上，琳蒂正要從碼頭上投入他的懷抱中。

「這張照片不太好。」卡蘿說，但她的臉孔已經不同，變得比較柔和。「大概是她三歲的時候照的？妳想抽菸嗎？這裡有一些。接下來的三個月，琳蒂會跟著哈吉住。」

那天早上，從卡蘿和艾比在廚房的對話，特芮絲就猜得出來了。「他們在紐澤西嗎？」

「對。哈吉的家人住在紐澤西，他們有一間大房子。」卡蘿頓了一下：「我想，一個月以後就可以辦好離婚手續。今年三月之後，琳蒂就可以跟我一直住到年底了。」

「喔。可是妳在三月之前，還是有機會再見到她，是吧？」

「應該會見幾次，可能不會太多次。」

特芮絲在卡蘿旁邊的搖椅坐下，漫不經心地看著卡蘿的手握著照片。「她不會想妳嗎？」

「會，但她也很喜歡她爸爸。」

「她比較喜歡爸爸？比較不喜歡媽媽？」

「不是，不算是這樣。可是他現在買了一隻羊給她當寵物。他出門上班時會順道帶她上學，也會在四點下課的時候去接她，甚至願意為了她忽略自己的工作。一個男人做到這樣，還有什麼好苛求的？」

「妳在聖誕節假期的時候沒見到她，對不對？」特芮絲問。

「沒有，因為在律師事務所發生了一件事。那天下午哈吉的律師約見我們兩個人，哈吉也把琳蒂帶去了。琳蒂還不知道我今年不去哈吉家過聖誕節，她一直說她今年想要到哈吉家過聖誕節，因為他們家的草坪上面有一棵大樹，每年都會把那棵樹裝飾起來，所以琳蒂很想去看。總之，妳知道，這種情況使得那個律師覺得太難得、印象太深刻了，小孩子竟然會要求和父親一起過聖誕節。但是我那個時候也不能當面告訴琳蒂說我不會去哈吉家，否則她一定會很失望。反正我在律師面前說不出口。哈吉的手段實在是夠奸詐了。」

特芮絲站在那裡，用手指捏碎還沒點燃的菸。特芮絲想，卡蘿的聲音好平靜，就好像在和艾比談話那樣。以前卡蘿從沒對她說過這麼多事。「可是那個律師瞭解嗎？」

卡蘿聳聳肩。「他是哈吉的律師，不是我的。所以我只好同意這三個月讓琳蒂住哈吉家，因為我不希望琳蒂被丟過來又丟過去。如果我希望每年她和我住九個月，和哈吉住三個月的話，最好從現在就開始實施。」

「妳很少去看她？」

卡蘿等了很久才講話，特芮絲本來以為她不回答了。「不常，他家人不太好相處。可是我每天都會和琳蒂通電話，有時候她也會打給我。」

「為什麼他家人不好相處？」

「他們從來就沒喜歡過我。自從我和哈吉在少女成年禮的社交舞會上認識之後，他們就一直抱怨我；他們批評的功夫很了得。我有時候會想，不曉得誰才有資格通過他們的鑑定。」

「他們批評妳什麼？」

「說我開家具店呀，那家店連一年都維持不到。然後說我不會打橋牌，或是不喜歡打橋牌。他們會挑出很多奇怪的理由，很膚淺的事情。」

「這些人聽起來好可怕。」

「他們不是可怕，只是要求我應該要服從他們。我知道他們想要什麼，他們想要的是一個空白的人，讓他們來填滿。太有主見和個性的人令他們難以忍受。想不想聽音樂？妳喜歡聽收音機嗎？」

「還好。」

卡蘿靠在窗台邊。「琳蒂每天都要看電視。她喜歡看豪帕隆．卡西迪[11]，老是想著要到西部去。特芮絲，那是我最後一次買洋娃娃給她，因為她說很想要，但她其實已超過玩娃娃的年紀。」

卡蘿背後的窗外夜空，蒼白的機場探照燈掃過，然後消失。卡蘿的聲音似乎在黑暗中迴盪著。在圓潤、愉悅的語調中，特芮絲可以聽到她內心深處還是愛著琳蒂，這份愛，可能比她對其他人的都要來得更深。「哈吉不會輕易就讓妳見琳蒂，對吧？」

「妳也知道。」卡蘿說。

「我不明白的是，他以前曾經這麼愛妳。」

「那不是愛，只是一種強迫的作用。我認為他要控制我，我也在想我自己是不是很難駕

11 豪帕隆．卡西迪（Hopalong Cassidy），著名銀幕牛仔。

馭，但是我事事都尊重他，沒有自己的意見，妳瞭解嗎？」

「瞭解。」

「社交場合裡面，我從沒做過什麼讓他尷尬的事情。俱樂部裡有個女人，我真希望他娶的是她。她的生活焦點全放在舉行精緻的小晚宴、在最好的酒吧裡面喝得醉醺醺。她丈夫的廣告事業，多虧有她的協助才大大成功。所以就算她有什麼小缺點，她丈夫也只是置之一笑。哈吉不是這樣，他不笑，他一直在找理由抱怨。我想他會挑上我，就像他在挑客廳的地毯一樣，結果犯了一個大錯。我也懷疑他到底能不能去愛別人，他只有利欲薰心，野心勃勃。不能去愛別人，這樣已經接近一種病態了，不是嗎？」她看著特芮絲。「或許這是這個時代的問題。人類連種族滅絕的事情都做得出來，人類總想搭上自我毀滅的列車。」

特芮絲什麼也沒說。她想到自己和理查之間有過多次類似的對話，理查把戰爭、大企業、國會獵巫[12]，還有他認識的一些人全部合而為一，揉成一個巨大的敵人，一起放置在仇恨這個大標籤下面。卡蘿現在也一樣。特芮絲的內心深處為此震撼了，她的內心深處沒有簡單的文字如死亡、垂死、殺戮。這些好像是未來的事，但她面對的是當下。她的喉頭哽著一種說不清楚的焦慮，一種理解，全然理解萬事的渴望，令自己難以呼吸。心裡開始想著：妳認為……妳認為……妳認為我們兩人將來有一天都會橫死嗎？妳認為我們會突然斷絕來往嗎？這些問題好像又不夠明確。或許她想表達的是一種態度：在好好認識妳之前，我不想離開這世界。卡蘿，妳的感覺也一樣嗎？最後的這個問題她說得出口；但之前的幾個問題，她說不出。

「妳太年輕了，」卡蘿說：「妳想說什麼？」她坐在搖椅上。

「我想說的第一件事就是不要害怕。」特芮絲轉頭看見卡蘿的笑容。「我認為妳在笑的原因，就是妳認為我在害怕。」

「妳大概和這支火柴一樣脆弱。」卡蘿點燃香菸後拿著火柴，讓火柴燒了一會兒。「可是只要條件充足，一根火柴還是可以把整間房子燒掉，對吧？」

「或者燒掉整個城市。」

「妳也在擔憂，要不要和我出門旅行。妳害怕的原因是妳認為自己錢不夠。」

「不是這樣。」

「特芮絲，妳有一些很奇怪的價值觀。我邀請妳跟我一起去，原因是有妳跟我在路上作伴，我一定會很開心，我也認為出去走走對妳和妳的工作都會有好處。可是妳就偏要為了自己對於金錢這件事情所懷抱的愚蠢自尊，破壞了一切。其實這就像妳送給我當禮物的那個手提包：完全不相稱。如果妳需要錢，為什麼不把手提包拿去退？況且我也不需要手提包。我也知道，妳想把手提包送我，這樣會讓妳很開心。妳看，這也是同樣一種情況。我說得有道

12 國會獵巫（congressional witch hunt），即麥卡錫主義（McCarthyism）。五〇年代初，由美國參議員麥卡錫發起，以反共為名義的政治迫害活動。

理，而妳沒有。」卡蘿走過她身邊，然後又轉身走回來，兩腳一前一後站著。她把頭抬高，金色的短髮平貼著，很像雕像的頭髮。「嗯，妳不認為這樣很好笑嗎？」

特芮絲也笑了。「我不在乎錢。」她安靜地說。

「妳是什麼意思？」

「就是這樣。」特芮絲說：「我有錢。我會跟妳會去。」

卡蘿盯著她看。特芮絲看到不悅的神情從她臉上消失，然後卡蘿也開始笑出來，還帶著一點難以置信的訝異。

「嗯，好吧。」卡蘿說：「我很高興。」

「我也很高興。」

「為什麼會出現這種快樂的轉變？」

特芮絲想，她是真的不知道嗎？於是乾脆直說：「因為妳很在意我是不是要跟妳去。」

「我當然在意，所以我才問妳，不是嗎？」卡蘿仍笑著說，但改變了行進的方向，背對著特芮絲走進綠色房間。

特芮絲看著她走出去，手放在口袋裡，便鞋在地板上發出輕微而緩慢的喀嗒聲。特芮絲看著空蕩蕩的門口想，卡蘿等下會用完全一樣的方式走出來，如果她剛才拒絕的話，卡蘿就不會離開。她拿起喝了一半的小咖啡杯，然後再度放下。

她走出去，從走廊到了卡蘿房間門口。「妳在做什麼？」

卡蘿趴在她的梳妝台上寫東西。「我在做什麼？」她站起來，把一張紙塞進口袋。她正在笑，眼睛裡真的滿溢著笑意，就像她在廚房裡和艾比相處的時候一樣。「寫點東西。」卡蘿說：「我們放音樂吧。」

「好。」她臉上浮現微笑。

「妳要不要先準備上床？時候不早了，妳知道嗎？」

「和妳在一起，總是會拖到很晚。」

「這句話的意思是在恭維我嗎？」

「我今晚不想上床睡覺。」

卡蘿又從走廊走到了綠色房間。「準備去睡吧。妳的眼睛底下都已經有黑眼圈了。」

特芮絲在那間放著雙人床的房間裡換了衣服，隔壁房間的留聲機播著〈擁抱你〉這首歌。然後電話響了。特芮絲打開五斗櫃最上方的抽屜，裡面除了幾條男用手帕、一個舊衣刷和一把鑰匙之外，什麼東西也沒有。角落還有幾張紙，特芮絲拿起一張透明紙包著的卡片，發現是哈吉的舊駕照。哈吉·佛斯特·愛爾德；年齡：三十七；身高：五呎八吋半。體重：

一百六十八磅。髮色：金髮。眼睛顏色：藍色。這些細節她都知道。奧斯摩比汽車，一九五〇年出廠。顏色：深藍。特芮絲把駕照放回去，關上抽屜，往門口走過去，聆聽電話的對話。

「對不起，泰絲，我抽不出時間。」卡蘿說得很懊惱，但語氣卻很愉快：「派對還好嗎？嗯，我還沒來得及換好衣服，而且我很累。」

特芮絲走回床前的桌子，從菸盒拿出一根香菸，是菲利普·莫利斯香菸。這包菸是卡蘿放的，不是女傭。特芮絲知道，因為卡蘿記得她喜歡這個牌子。特芮絲全身赤裸，站在那裡聽音樂，是一首她不知道的曲子。

卡蘿又在講電話了？

「嗯，我不喜歡。」她聽到卡蘿半生氣、半開玩笑地說：「一點也不喜歡。」

……如果你在戀愛……日子就很舒服……

「我怎麼知道他們是怎麼樣的人？喔，是這樣嗎？」

特芮絲知道卡蘿一定是在和艾比講話。她把菸捻熄，吸入微帶著甜味的一縷輕煙，想到了自己抽的第一根菸也是菲利普·莫利斯，就在兒童之家宿舍屋頂，四個人輪流抽。

「當然，我們會去。」卡蘿的語氣中帶著強調：「嗯，我是。我的意思聽起來不就是這樣嗎？」

……爲了你……也許我是傻子，但這很有趣……他們說……你輕輕一揮手就控制了我……親愛的，這很重要……他們就是不明白……

這首歌不錯。特芮絲閉上眼，倚在半開的門上聽著。歌聲背後是緩慢的鋼琴聲流洩過鍵盤，還有慵懶的小喇叭聲。

卡蘿又說了：「這是我自己的事，不關別人的事，好嗎？……無聊！」特芮絲聽見卡蘿這麼激動，不禁偷偷笑了。

特芮絲把門關上。留聲機又換了一張唱片。

「妳為什麼不來和艾比打聲招呼？」卡蘿走過來說。

特芮絲躲在浴室門後，因為她全身赤裸。「為什麼？」

「來嘛。」卡蘿說。特芮絲穿上袍子走過去。

「喂，」艾比說：「我聽說妳要跟著出去玩了。」

「對妳來說這是件新鮮事嗎？」

艾比聽起來很愚蠢，好像她想要聊整晚一樣。她祝特芮絲旅途愉快，還告訴她中西部一帶冬天的路況多糟。

「妳能原諒我今天的魯莽嗎？」艾比又說了一次：「特芮絲，我很喜歡妳。」

「掛掉別說了，掛掉別說了！」卡蘿大聲叫著。

「她還想再跟妳說話。」特芮絲說。

「告訴艾比蓋兒我人泡在浴缸裡。」

特芮絲告訴她，然後就收線了。

卡蘿拿了一個瓶子和兩個小玻璃杯進到房間。

「艾比怎麼了？」特芮絲問。

「妳說她怎麼了是什麼意思？」卡蘿把咖啡色的酒倒進兩個玻璃杯中：「我想她今晚喝多了。」

「我知道。但她為什麼會想到要約我吃午餐？」

「嗯，原因可能很多。喝點吧。」

「只是看起來很奇怪。」

「什麼？」

「整個午餐都很奇怪。」

卡蘿拿給她一個杯子。「親愛的，有些事情就是這麼奇怪。」

這是卡蘿第一次叫她親愛的。「哪些事情？」特芮絲問。她想要個答案，一個確切的答案。

卡蘿嘆了口氣。「很多事情，最重要的事情。喝點酒。」

特芮絲啜飲了一口，味道很甜，深褐色，像是咖啡，有酒精的刺激味道。「味道很好。」

「我想也是。」

「如果妳不喜歡，為什麼要喝？」

「因為這種酒不一樣，這是為了敬我們的旅程，所以要來點不一樣的東西。」卡蘿扮了個鬼臉，然後將剩下的酒一飲而盡。

在燈光下，特芮絲可以看到卡蘿半張臉上的雀斑。卡蘿彎彎的眉毛看起來是白色的，彷彿是環繞在她額頭曲線周圍的一對翅膀。特芮絲突然沒來由地興奮起來。「剛剛放的是什麼歌？那首只有歌聲和鋼琴聲的歌？」

「哼哼看。」

她用口哨吹出一小部分旋律，然後卡蘿笑了。

「〈愜意生活〉。」卡蘿說：「老歌。」

「我想要再聽一次。」

「我想要妳上床睡覺。我會再放一次。」

卡蘿走進綠色房間播放了音樂，但她人一直待在綠色房間裡。特芮絲站在門邊，聽著，笑著。

……我絕不後悔……我付出的這些歲月……如果你戀愛了，就很容易付出……我爲你做的事，我無怨無悔……

這首歌彷彿就是她的歌，是她對卡蘿的感覺。歌曲還沒結束，她已經走進浴室，打開浴缸的水，整個人滑進浴缸，讓略帶綠色的水從她腳滑過。

「嘿！」卡蘿叫著：「妳有沒有去過懷俄明州？」

「沒有。」

「妳也該出去見識見識美國了。」

特芮絲把滴著水的毛巾蓋在膝蓋上。水位現在很高了，她的胸部看起來像是浮在水面上的某種平坦東西。她觀察著自己的胸部想著，除了是胸部外，它們看起來像什麼別的東西。

「別在浴缸裡面睡著了。」卡蘿關切地喊著。但特芮絲知道她正坐在床上看地圖。

「不會。」

「嗯，有些人就會。」

「多告訴我一點哈吉的事。」她出來擦乾身體時問道：「他做什麼事？」

「很多事。」

「我意思是，他做哪一行的？」

「房地產投資。」

「他是什麼樣的人？他喜歡到劇院嗎？他喜歡和人相處嗎？」

「他是喜歡一小群打高爾夫球的人。」卡蘿肯定地說，然後用更大的聲音說：「還有呢？他不管做哪件事，都非常非常一絲不苟。但他忘了帶走他最好的那把刮鬍剃刀，就放在醫藥櫃裡，如果妳想的話可以去看，我猜妳應該也會想看。我想我得把那剃刀寄還給他。」

特芮絲打開醫藥櫃，看到那把剃刀。醫藥櫃裡都是男人的東西如刮鬍水和泡沫刷等。「這裡是他的房間嗎？」她走出浴室時這樣問：「他睡哪張床？」

卡蘿笑了。「不是妳的。」

「我可以再來一點嗎？」特芮絲看著酒瓶問。

「當然。」

「我可以親妳，跟妳道晚安嗎？」

卡蘿正在折地圖，她噘起嘴唇，好像要吹口哨一樣，結果卻說：「不可以。」

「為什麼？」今夜無論何事，似乎都有可能成真。

「因為我要把這個給妳，」卡蘿把手伸出口袋。

一張支票。特芮絲看了數目，是兩百元，收款人是她。「為了什麼？」

「為了我們的旅行。我不希望妳把辛苦存下來的工會會員基金給花掉了。」卡蘿拿了根菸：「這些錢妳用不完的，我只是希望妳有這筆錢。」

「我不需要。」特芮絲說：「謝謝。工會會員費用的錢，我不在乎。」

「不准回嘴。」卡蘿打斷她：「把錢收下，我才開心，懂嗎？」

「我不要這筆錢。」她覺得自己聽起來很魯莽，所以當她把支票放回桌上酒瓶旁時，還稍微笑了一下，但她也是重重地把支票放回桌面，希望向卡蘿表明自己的立場。對她來說，這筆錢一點也不重要，但是如果她收下，又會讓卡蘿開心，所以她心底其實是想收這筆錢的。

「我不喜歡這樣。」特芮絲說：「另外出個點子吧。」她看著卡蘿，卡蘿也看著她，沒打算和她爭辯。特芮絲覺得鬆了一口氣，因為卡蘿沒有繼續爭執下去。

「要讓我開心嗎？」卡蘿問。

「是的，」特芮絲笑得更開了，順手舉起小酒杯。

「好吧，」卡蘿說：「我再想想看有沒有其他點子。」卡蘿走到房間門口。

特芮絲想，這麼重要的夜晚，兩人卻是用這種方式說晚安，實在有趣。「晚安。」特芮絲說。

她轉向桌子，又看到那張支票，支票該由卡蘿處理。她把支票塞進深藍色亞麻桌巾底下，遠離她的視線。

第二部

第十二章

一月。

一月可以是所有的事物，也可以只是一種事物，例如一扇穩固的門。一月的寒冷把整個城市包圍成一個灰色的膠囊。一月是好多個瞬間，一月也是一整年。一月的每個瞬間如雨點般傾瀉而下，凝結在她的回憶中：她看到一個女人焦急地藉由火柴亮光看著漆黑門邊的名字；一個男人匆匆寫了個條子，在人行道上把紙條交給朋友，然後兩人道別；一個男人跑過整條街趕搭巴士。每個人的行動看起來都像在施展魔力。一月是一個有雙重面貌的月份，像小丑鈴鐺一樣發出刺耳的聲音，像雪的表面一樣嗶啪碎裂，像萬物的初始一樣純淨，像老人一樣嚴厲，具有神祕的熟悉感，但又讓人感到陌生，就像一個幾乎可以、但又無法完全加以定義的字眼。

一個叫做雷德．馬隆的年輕人和一個禿頭的木匠，和她一起製作《小雨》的場景。唐納修先生非常高興，說他已經邀請巴爾丁先生過來看她的設計了。巴爾丁先生畢業於俄羅斯學院，曾替紐約的劇院設計場景，不過特芮絲從沒聽過他。她想說服唐納修先生替她安排與麥倫．布藍查或艾佛．哈凱維見面，但唐納修先生從未應允。特芮絲猜想，恐怕是他辦不到吧。

有天下午，巴爾丁先生過來了，他是一個怪異的高個子男人，頭戴黑帽，身穿破舊的外套，專注地看著她提出來的作品。她只拿了三、四個自己最好的模型到劇院。巴爾丁先生告訴她，有一齣戲大約六週後就要開始製作，他樂於推薦她擔任助理，特芮絲回答說太好了，因為她那時候應該已經回來了。最後的幾天一切都很順利，安卓尼屈先生答應二月中提供她一個為期兩個禮拜的工作機會，就在費城，而那個時候她也差不多剛和卡蘿旅行回來。特芮絲寫下了巴爾丁先生認識的那人的名字和地址。

「他正在找人，下禮拜一就打給他。」巴爾丁先生說：「只是助手的工作，但他的前任助理是我的一個學生，這個學生現在替哈凱維工作。」

「喔，你……或者他可以安排我去見哈凱維嗎？」

「太簡單了。妳只要打到哈凱維的工作室，說妳想找查爾斯就好，查爾斯．威南，告訴他妳已經和我談過了。我看看是不是禮拜五打給他，禮拜五下午三點左右。」

「好，謝謝。」禮拜五是一個禮拜的結束。特芮絲聽說哈凱維不難找，但他從來不先約時間，更別說遵照約定時間會面了，因為他非常忙碌。或許巴爾丁先生也知道。

「還有，別忘了打給凱特林。」巴爾丁先生離開時這樣說。

特芮絲再看了一次他給她的名字：亞道夫．凱特林，劇場投資公司。上面是一個私人地址。「我會在禮拜一早上打給他。多謝。」

就是那一天，禮拜六，她下班後要和理查在帕勒摩碰面。距離她和卡蘿啟程之前還有十一天。她看到菲爾和理查站在吧台旁邊。

「嗯，那隻老貓如何？」菲爾問她，替她拉來了一張凳子。「禮拜六也要工作？」

「演員不用，只有我的部門要。」她說。

「什麼時候開演？」

「二十一日。」

「瞧。」理查說，指著她裙子上一個深綠色的顏料汙漬。

「我知道。前幾天沾上的。」

「妳想喝什麼？」菲爾問她。

「不知道，啤酒好了，謝謝。」理查轉身背對著菲爾，菲爾站在他的另一側，她感覺到兩人之間有點怪怪的。「你今天畫了什麼？」她問理查。

理查的嘴角下垂。「去幫一個生病的司機代班，結果在去長島的半途車沒油了。」

「喔，真慘，那你明天畫畫好了，哪兒也別去了。」他們本來明天想去霍柏肯市走走，在蛤蠣屋吃飯。但卡蘿明天會到市區裡來，而且答應會打給她。

「妳來當模特兒我就畫。」理查說。

特芮絲猶豫著，感到很不自在。「最近我沒有心情當模特兒。」

「好，這不重要。」他笑了起來：「如果妳不當我模特兒，我要怎麼畫妳呢？」

「你不能憑空畫出來嗎？」

菲爾伸手握住她的杯子。「別喝那個，喝好一點的東西。這個我來喝。」

「好吧，我要裸麥威士忌加水。」

菲爾現在站在她的另一邊，看起來很開心，但眼圈有點發黑。過去一個禮拜裡，他悶悶不樂埋首寫劇本，還在新年派對上唸了劇本的幾個段落，說這個劇本是卡夫卡《變形記》的延伸。她在元旦那天早晨畫了場景的草圖，然後拿給菲爾看。她突然瞭解理查的問題出在哪裡了。

「小芮，我真希望能從妳的草圖裡，做出可以拍攝的模型。我想要有一個配合劇本內容的場景。」

菲爾把裸麥威士忌加水推向她，然後靠在她旁邊的吧台上。

「我可以做到，」特芮絲說：「你真的想要讓那齣戲上演嗎？」

「為什麼不呢？」菲爾微笑著，黑色的眼睛露出挑釁的眼神。

「我來付。」理查說。

「不用。我來付。」菲爾手裡拿著他老舊的黑色皮夾。

特芮絲想，菲爾的戲永遠不會上演，甚至永遠無法完成，因為他的情緒陰晴不定。

「我會繼續下去，」菲爾說：「特芮絲，再見。祝好運，理查。」

她看著他離開，走上前面的小階梯，看起來比之前他穿著涼鞋和破舊馬球衫的樣子還邋遢，但當中自有一股玩世不恭的吸引力。特芮絲想，他就像一個男人穿著自己最喜歡的舊浴袍走過自己的屋子一樣。她透過前面的窗子對他揮手。

「聽說妳在元旦那天拿三明治和啤酒給菲爾。」理查說。

「對，他打電話來說他喝多了。」

「妳怎麼沒提過這件事？」

「我大概忘了，又不重要。」

「不重要？如果妳……」理查僵硬的手緩慢、絕望地比著手勢。「妳待在一個男人的公寓裡老半天，還拿三明治和啤酒給他，這還不重要？妳有沒有想過我也會想吃三明治？」

「如果你想吃，有很多人會拿給你吃。我們把菲爾屋子裡的東西都吃光、喝光了，記得嗎？」

理查的長臉點了頭，他仍然臉朝下笑著，不過那是不高興的笑。「而且妳和他單獨在一起，只有你們兩個。」

「喔，理查……」她想起來了，但真的沒什麼。那天下午丹尼還在康乃迪克州沒回來，他新年待在一個教授家裡。她本來希望丹尼那天下午會回家，但理查很可能永遠猜不到，其實她喜歡丹尼更甚於菲爾。

「如果是其他女孩子，我會懷疑有事情發生，而且我猜的應該沒錯。」理查繼續說。

「我覺得你真傻。」

「我覺得妳太天真了。」理查冷酷、憤怒地看著她，特芮絲想，這一定不是他這麼生氣的唯一理由。他氣的是她不是、也永遠不會成為他所期待的女孩子，不會成為一個熱烈愛著他，渴望和他一起同遊歐洲的女孩。一個長得像她一樣，有相同的臉孔、抱負，但是深深愛慕著他的女孩。「妳知道菲爾不喜歡妳這種類型的女孩。」他說。

「誰說的？菲爾？」

「那個笨蛋，那個乳臭未乾的半調子。」理查喃喃自語：「他今晚還有膽子高談闊論，還說妳根本不在乎我。」

「他沒有權利這樣說，我從來沒有和他談過你。」

「喔，說得好，意思是說如果妳和他談過我，他就會知道妳不在乎我，對不對？」理查冷靜地說，聲音因怒氣而顫抖著。

「為什麼菲爾突然和你作對？」她問。

「那不是重點！」

「那什麼是重點？」她不耐煩地說。

「喔，小芮，我們別吵了。」

「你根本沒講到重點。」她說，但她看到理查轉過身去，換另一隻手肘靠在吧台上，彷彿因為她的話而全身痛苦不已。她同情起他來，令他痛苦的不是現在，也不是上個禮拜，而是過去和未來他對她的感情已經盡付流水。

理查把菸放進吧台上的菸灰缸捻熄。「今晚想做什麼？」他問。

她想，就乾脆告訴他要和卡蘿出門旅行的事情好了。本來她已經兩次準備要告訴他了，但還是擱了下來。「你想做什麼事？」她強調最後一個字。

「當然，」他沮喪地說：「我們一起吃晚餐，然後打給山姆和瓊，妳覺得好嗎？還是我們今晚散步去找他們。」

「好。」她不喜歡這個點子。這兩個人是她見過最無趣的人，一個是鞋店店員，一個是祕書，兩個人快樂地結了婚，住在西二十街，她也知道理查想讓她看看他們美好的生活，提醒她有一天他們也可以這樣快樂地在一起。她不喜歡這個點子，換成別的時候她可能會強烈反對，但她現在對理查滿懷同情，一股無以名狀的罪惡感牽引著她，她覺得有必要補償理查。突然之間，她回憶起他們去年夏天在塔瑞鎮附近小路邊的野餐，她清楚記得理查躺在草地上，慢慢用折疊小刀打開酒瓶上的軟木塞，那時他們聊了什麼呢？她記得的是那段滿足的時光，他們共享了美妙、真實而且珍貴的時刻。她現在想，那些時光都到哪裡去了呢？那些時光是怎麼來的呢？現在即使站在她旁邊的是他瘦長的身軀，也似乎壓迫著她。她抑制住自己的厭惡感，結果只是讓這種感覺在心裡變得更強烈，變成十分具體的東西了。她看著站在吧台旁兩個義大利工人矮胖的身軀，也看著吧台尾端那兩個女孩，她先前就注意到了，現在她們正準備離開。她看到她們穿著便褲，其中一個髮型像男孩子。特芮絲把臉轉開，意識到自己避免看著她們，避免讓人家發現她在看著她們。

「妳想在這裡吃嗎？餓了嗎？」理查問。

「不餓。我們到別的地方去吧。」

於是他們走了出去，往山姆和瓊住處的方向前進。

等到兩人的感覺都平復下來，特芮絲才講出第一句話。「你記得愛爾德太太嗎？那天你在我家遇見的那個女人？」

「當然記得。」

「她請我和她一起出門旅行，開車往西邊走幾個禮拜。我想要跟她去。」

「往西？到加州？」理查詫異地說：「為什麼？」

「為什麼？」

「嗯，妳跟她有那麼熟了嗎？」

「我跟她見過好幾次面了。」

「喔。嗯，妳沒提過這件事。」理查往前走，兩手晃著，看著她。「就只有妳們兩個？」

「對？」

「什麼時候出發？」

「大約十八號。」

「這個月？這樣妳就看不到妳的戲了。」

她搖搖頭。「我覺得損失不大。」

「已經確定了嗎？」

「對。」

他靜默了一下子。「她是什麼樣的人？她不會酗酒或怎麼樣吧？」

「不會。」特芮絲笑了：「她看起來像會酗酒的樣子嗎？」

「不會。其實我覺得她很好看。可是我太驚訝了，就是這樣。」

「為什麼？」

「妳很少下定決心，說不定妳還會改變心意。」

「我覺得不會。」

「或許我改天再和妳一起跟她見見面。妳要不要安排一下？」

「她說她明天會在城裡，我不知道她的時間，也不曉得她到底會不會打電話來。」

理查沒有說話，特芮絲也是。那天晚上他們兩人都沒再提到卡蘿。

整個禮拜天早上理查都在畫畫，大約兩點時才到特芮絲家。到了之後沒多久，卡蘿就打電話過來了。特芮絲告訴她理查在這裡，卡蘿說：「帶他一起來。」卡蘿說她離廣場很近，他們可以在棕櫚之房跟她碰面。半小時後，特芮絲看到卡蘿在裡面的一張桌子後抬起頭看著他們，幾乎像是第一次看到他們的樣子，就像一股巨大衝撞力的回音，特芮絲看到她的時候也吃了一驚。卡蘿穿著黑色套裝，配上綠色和金色相間的圍巾，和她那天吃午餐時的打扮一模一樣。但現在卡蘿對理查的注意力比對她的還要多。

三人閒聊著，特芮絲注意到卡蘿眼中的平靜，卡蘿的眼睛只有一次望向她。她注意到理查的表情和平常沒兩樣；她感到一陣失望。理查和卡蘿見面，特芮絲認為與其說他是出於好奇，不如說是因為他沒有其他事可做。她看到理查看著卡蘿的手：修剪好塗上亮紅指甲油的手指；他注意到卡蘿鑲著澄澈綠寶石的戒指，還有另一隻手上的婚戒。儘管指甲略長，理查還是判斷不出來卡蘿是勞動的手，或是無所事事的手。卡蘿的手很強壯，而且動作很少。她的聲音從周遭其他平板的低語聲中冒了出來，和理查閒聊，有一度她還笑了。

卡蘿看著她，問說：「妳有沒有告訴理查，我們要一起出去旅行？」

「有，昨天晚上說過了。」

「往西？」理查問。

「往西北走，要看路況。」

特芮絲突然間失去了耐性。不明白為什麼他們要坐在這裡聊氣溫，還有華盛頓州。

「華盛頓州是我家鄉。」卡蘿說。

過了幾分鐘，卡蘿問起有沒有人想去公園散步。理查從塞得滿滿的口袋裡抽出一張鈔票付了啤酒和咖啡錢。特芮絲想，他對卡蘿還是很冷淡，好像有點視若無睹，就像有時她指著岩石或雲朵的結構給他看時，同樣無所謂的樣子。他剛才低頭看著桌子，又挺直身子，用手順順頭髮，嘴唇好像滿不在乎似的，要笑不笑。

他們從第五十九街的公園入口走進動物園，然後用散步的速度穿過動物園。步道從第一道橋之後開始彎曲，進入了公園的範圍。空氣冰冷，四周靜悄悄，天空陰陰的，特芮絲覺得一切都靜止了，即使在她們這些步調緩慢的人身上，也有一種欠缺生氣的平靜。

「我去買點花生好嗎？」理查問。

卡蘿在步道邊彎下腰，對著松鼠伸出手指。「我有東西。」她輕柔地說。她的聲音嚇到了松鼠，但松鼠還是往前，小心翼翼攫住了卡蘿的手指，牙齒咬著某樣東西，然後才快速跑開。卡蘿站起來笑著。「今天早上，我就在口袋裡放了東西。」

「妳也會在妳家外面餵松鼠嗎？」理查問。

「松鼠和花栗鼠。」卡蘿回答。

特芮絲想，他們談論的事情真無聊。

然後他們坐在長凳上抽菸。特芮絲看著逐漸變小的太陽，帶著橘色的火焰，落入參差不齊的樹枝中，心裡期盼的夜晚已經來臨，她希望和卡蘿獨處。他們開始往回走。特芮絲想，如果卡蘿現在要回家，她會做出很激烈的事，例如跳下五十九街上的橋，或是吞下理查上禮拜給她的三顆氣喘藥錠。

「你們想不想去其他地方喝茶?」一行人再度接近動物園時,卡蘿問:「卡內基音樂廳那邊的俄國茶館[13]如何?」

「拉姆帕瑪耶[14]也在那裡,」理查喊道:「妳們喜歡拉姆帕瑪耶嗎?」

特芮絲嘆了口氣。卡蘿似乎有些遲疑。但他們還是去了那裡。特芮絲記得他和安傑洛來過這裡一次,她不太喜歡這裡。燈光太亮了,給她一種全身赤裸的感覺,而且不知道是要看著一個真的人還是鏡中倒影,是一件很惱人的事。

「不,都不要,謝謝。」卡蘿說。她對女服務生拿著的一大盤酥皮點心搖搖頭。

但理查挑了些點心。雖然特芮絲婉拒,他還是替她拿了兩塊。

「這是幹什麼?以免我改變心意嗎?」她問理查,理查對她眨眨眼。她注意到他的指甲又髒了。

理查問卡蘿開什麼樣的車,然後兩人便開始討論各種車款的優點。特芮絲看到卡蘿盯著前面那些桌子看。特芮絲想,卡蘿也不喜歡這裡。特芮絲注視著鏡中的男人,他的身影在卡蘿身後傾斜著,背對著特芮絲,身體向前,正與一個女人熱烈交談著,還晃動著左手加強語氣。她看著和他談話的那個瘦小中年女人,又看看他,心裡一直猜想他散發出的熟悉光環是真實的,還是只是像鏡子般的幻影,直到模糊的記憶如泡沫逐漸浮現心頭,然後衝破表面。

13 俄國茶館(The Russian Tea Room):紐約的知名俄羅斯餐廳,內裝金碧輝煌。

14 拉姆帕瑪耶(Rumpelmayer):位在中央公園南路的奧地利餐廳,內裝為裝飾藝術風格(Art Deco)。與俄國茶館均為紐約藝文界人士愛好的流連之所。

那是哈吉。

特芮絲看著卡蘿，但她想，如果卡蘿注意到他，大概也不會知道他其實是出現在她背後的鏡子中。過了一會兒，特芮絲往卡蘿肩膀上方看過去，看到哈吉的輪廓，很像她對卡蘿家的記憶中的影像：短而高的鼻子，臉龐下半部是圓的，金髮糾成一團，髮線逐漸後退，高於平常的髮線。卡蘿一定也看到他了，他在她左邊三張桌子外。

卡蘿先看理查，再看特芮絲，「沒錯。」她說，微微帶著笑意，然後轉向理查繼續說話。特芮絲想，她的態度就像先前一樣，一點也沒有改變。特芮絲看著和哈吉在一起的女人，有點年紀了，也不是很有吸引力，可能只是他的親戚。

然後特芮絲看到卡蘿捻熄一根長長的香菸，理查已經不講話了，他們正準備離開。特芮絲在哈吉看到卡蘿那一刻注視著哈吉。在他看到她第一眼時，他的眼睛幾乎閉了起來，彷彿必須瞇著眼才能相信她出現，然後他對身旁的女人說了些話，站起來走向卡蘿。

「卡蘿。」哈吉說。

「嗨，哈吉。」她轉向特芮絲和理查。「你們能等我一下嗎？」

特芮絲從她和理查站著的門口看過去，想看清楚全部情形，看到哈吉焦急、前傾的身軀散發的高傲與激動之外的東西。哈吉的身材還沒有卡蘿帽子那麼高。哈吉說話時，卡蘿默默點頭。她推測他們說的不是他們現在談的事情，而是他們五年前、三年前、划船照片拍攝時他們彼此交談聊的事情。卡蘿曾經愛過他，這一點已成如煙往事了。

「小芮，我們現在可以走了嗎？」理查問她。

特芮絲看到卡蘿與哈吉同桌的女人點頭道別，然後轉身背對哈吉。哈吉目光越過卡蘿，看著她和理查。他沒有明顯表現出認出她來的樣子，反而走回他的桌子。

「對不起。」卡蘿回來時這樣說。

在人行道上，特芮絲把理查拉到一邊說：「我得跟你說晚安再見了。卡蘿希望我今晚和她一起去看她的朋友。」

「哦，」理查皺起眉頭：「妳知道，我有今晚音樂會的票。」

特芮絲突然想起來。「艾力克斯的音樂會。對不起，我忘了。」

他悶悶不樂地說：「這不重要。」

真的不重要。理查的朋友艾力克斯在一場小提琴音樂會替人伴奏，她還記得幾個禮拜前他給了理查幾張票。

「妳寧願和她見面，而不是和我，是嗎？」他問。

特芮絲看見卡蘿在找計程車。卡蘿馬上就要離開他們兩人了。「理查，你今天早上為什麼不提音樂會這件事呢？至少可以提醒我。」

「剛才那是她丈夫嗎？」理查的眼睛在緊皺的眉頭下變小了。「小芮，到底是怎麼回事？」

「什麼怎麼回事？」她說：「我不認識她丈夫。」

理查等了一會兒，不悅之情才從眼中消失。他笑了，彷彿也承認自己不講道理。「對不起，我只是以為我今晚一定會見到妳。」他走向卡蘿。「晚安。」他說。

他看起來好像是要自己離開一樣，然後卡蘿說：「你要不要到市區？我可以順道送你一程。」

「我走路就好，謝謝。」

「我以為你們兩個要約會。」卡蘿對特芮絲說。

特芮絲看到理查還在猶豫著，於是走向卡蘿，理查聽不到她說話。「不是什麼重要約會，我寧可和妳在一起。」

有輛計程車在卡蘿身邊停下。卡蘿把手放在門把上。「嗯，我們的約會也不是那麼重要，妳今晚要不要和理查在一起？」

特芮絲望著理查，看見他正想聽她說話。

「再見，特芮絲。」卡蘿說。

「晚安。」理查叫道。

「晚安。」特芮絲看著卡蘿把計程車門關上。

「那……」理查說。

特芮絲轉身面向他。她不想去音樂會，也不會做任何激烈的反應，她知道現在最激烈的反應，就是趕快回家，完成那個她想在星期二交給哈凱維的場景。理查走過來時，她心裡一半帶著沮喪，一半感嘆命運乖舛，預見了自己整個晚上的情形。「我不想去音樂會。」她說。令她詫異的是，理查往後退，滿懷怒氣地說：「好，那就別去！」然後轉身離去。他往西走在第五十九街上，步伐散漫、不協調，右肩比左肩突出，雙手在身旁毫無節奏地擺動。

她光從他的腳步就可以知道他很生氣，他的身影消失在她視線範圍之外。上禮拜一被凱特林拒絕的情形浮現心頭，她盯著理查消失在漆黑中。她對今晚的事並沒有罪惡感，而是其他東西在作怪。她羨慕他，羨慕他總是懷抱理想，相信總有一個地方、一個家、一個工作、一個其他的東西屬於他。她羨慕他這種態度。她快要因為他的這種態度而恨起他了。

第十三章

理查開始了。

「妳為什麼那麼喜歡她？」

那個晚上她沒有答應理查的邀約，只因為卡蘿也許會過來，不過可能性不大。後來卡蘿沒出現，反而是理查來了。晚上十一點五分，地點在萊辛頓大道上那個有一大片粉紅色牆壁的餐館裡。她本來準備要開始說話，但理查搶先一步。

「我喜歡和她在一起，我喜歡和她聊天，我喜歡任何我可以聊天的對象。」她腦海中浮現出自己寫給卡蘿，但從未寄出的某封信裡的字眼，彷彿要回答理查的問題。我感覺到自己站在沙漠中，雙手展開，妳讓雨水降臨在我身上。

「妳瘋狂地迷戀上她了。」理查憤恨地說。

特芮絲深吸了一口氣。她應該直接了當承認，還是試著去解釋？即使她用千言萬語解釋，他又能瞭解什麼呢？

「她知道嗎？她當然知道。」理查皺起眉頭，點燃香菸。「妳難道不覺得這樣很蠢嗎？就像女學生之間的迷戀。」

「你不瞭解。」她說。她對自己很確定。我會梳理妳的頭髮，就像音樂縈繞在森林中樹木的頂端……

「有什麼好瞭解的？但她瞭解啊，她不應該讓妳陷下去啊，她不應該這樣和妳玩。對妳不公平。」

「對我不公平？」

「她在做什麼？和妳一起開心享受？然後有一天她會厭煩了妳，把妳一腳踢開。」

她想，把我一腳踢開。踢進來還是踢出去？人要怎麼把一種情緒踢開呢？她很生氣，但她不想吵，她什麼也沒說。

「妳昏頭了！」

「我清醒得很，我從來沒有這麼清醒過。」她拿起餐刀，拇指在刀鋒底部突出的部分來回摩擦。

「你讓我靜一靜好嗎？」

他皺起眉頭。「讓妳靜一靜？」

「對。」

「妳是說歐洲的事？」

「對。」她說。

「聽著，小芮……」理查在椅子上扭動著，身體往前，猶疑了一下，然後又拿起另一根菸，用一種令人討厭的方式點燃，還直接把火柴丟在地板上。「妳已經著了魔！這比……比什麼還糟！」

「就只因為我不想跟你吵？」

「這比害相思病還糟，因為這樣完全沒有道理。妳還不瞭解嗎？」

不，她一個字也不瞭解。

「妳大概只要一個禮拜就會恢復正常。我希望是這樣，老天！」他又扭動起來。「妳是說，妳就是因為那種愚蠢的迷戀，想要和我說再見？」

「我沒有說，是你說的。」她瞪了回去，看著他那僵硬的臉龐，平坦的兩頰開始變紅。「如果你一直拿這件事做文章，為什麼我還要跟你在一起？」

他坐回去。「禮拜三，或下禮拜六，妳的想法就會完全變了。妳和她認識還不到三個禮拜呢。」

她看著蒸汽保溫食檯，顧客在那裡慢慢移動，挑選菜餚，走到櫃檯轉彎的地方才散去。

「我們最好說再見了，」她說：「因為我們兩個都不會改變目前自己的狀況。」

「特芮絲，妳發狂了，妳覺得自己比任何時候都清醒！」

「不要再說了！」

理查手上的指節包覆在白色、長著斑點的皮膚下，擱在桌上緊握著，一動也不動，就像是照片裡的手，敲打著某個沒有作用，也聽不見的點。「我告訴妳，我認為妳的朋友知道自己在做什麼，我認為她在對妳做犯法的事。我想報警舉發她，但麻煩的是妳已經不是小孩子了。只是妳的行為舉止像小孩子。」

「你幹嘛小題大作？」她問：「你簡直瘋了。」

「是妳太過分，還想要跟我分手！妳瞭解她多少？」

「那你又知道她多少？」

「她有跟妳眉來眼去嗎？」

「老天！」特芮絲說。她覺得自己已經說過好多次。這總結了一切她在此時此地如囚鳥般的困境。「你不瞭解。」但是他瞭解，那正是他生氣的原因。可是他是否瞭解，就算卡蘿從來不曾與她接觸，她也會有一樣的感覺？是的，就算在店裡那段談論娃娃行李箱的簡短對話後，卡蘿沒再跟她說過話，情形也是一樣。事實上，就算卡蘿根本從未和她講話，當她看見卡蘿站在那層樓中間，看著自己的那瞬間，一切依舊會發生。然後她意識到，那次邂逅之後發生的許多事，其實幸運得難以置信。男人和女人要尋得彼此，要找到適合的人非常容易，但她要找到卡蘿……

「我想我對你的瞭解，比你對我的瞭解更多。你其實並非真的想再見到我，因為你自己也說過，我已經變得不一樣了。如果我們繼續見面，你只會愈來愈……像這樣。」

「小芮，暫時忘掉我說過我希望妳愛我，或我愛妳這一類的話。我是說，我喜歡妳這個人，我想……」

「有時候我會想，為什麼你認為你喜歡我，或真的喜歡我；你甚至不瞭解我。」

「妳也不瞭解自己。」

「但我瞭解，我也瞭解你。你總有一天會放棄畫畫，連我一起放棄，在我看來，就像你放棄那些你曾經做過的事情一樣，像是乾洗店，或是二手車行。」

「那不是事實。」理查惱怒地說。

「但為什麼你認為你喜歡我？因為我也會畫點東西，我也能談論畫畫？對你來說，我只是個沒有實用價值的女朋友，就像繪畫對你來說只是沒有價值的事業一樣。」她遲疑了一下子，然後把剩下的話說完，「總之，你對藝術的認識足以讓你知道，你永遠不會成為優秀的畫家。你就像個小男孩一樣，能逃避責任就逃避。你一直知道你應該做什麼事，也知道你最後還是會替你父親工作。」

理查的藍眼睛在剎那間變得冰冷。他嘴巴的線條現在成了一條很短的直線，薄薄的上唇略微捲了起來。「現在這些都不是重點，是嗎？」

「對，你知道沒有希望了，只是你的掙扎。一旦等你知道沒有希望，你就會放手。」

「我不會！」

「理查，不要這樣講……」

「妳知道妳會改變心意的。」

她知道。這就像一首他一直唱給她聽的歌。

一個禮拜後，理查站在她的房間，用同樣面帶惱怒、生氣的表情，同樣的語調說話。他在下午三點打電話來，這不是他平常打來的時間，而且堅持要見她。那時她正在整理行李，要到卡蘿家度週末。她想，若不是她要去卡蘿家，理查的心情可能完全不同，因為這個禮拜已經跟他見了三次面，而且他心情非常好，對她也非常體貼。

他說：「妳不能就這樣下令要我離開妳的生活。」他的兩隻長手揮動著，帶著落寞的語氣，彷彿他已踏上了離開她的路程。「最讓我難過的是，妳表現得好像我一文不值，好像我完全沒有用一樣。小芮，這樣對我不公平。我沒辦法跟她競爭！」

特芮絲想，他當然沒辦法跟卡蘿競爭。她回答：「我不想和你吵。是你要在卡蘿的問題上吵的。她沒有從你這裡奪走任何東西，因為這些東西你根本未曾擁有。要是你無法繼續跟我見面……」她停了下來，她知道他能繼續跟她見面，也很可能這麼做。

他說：「這是什麼邏輯。」他用手揉著眼睛。

特芮絲看著他，想到剛剛才出現的想法，她突然瞭解這個想法就是事實。前幾天在劇院時為什麼沒想到？上禮拜幾百個動作、言語、姿態及眼神中，她就應該知道了。但她特別記得在劇院那晚（他帶給她一個驚喜，送她票去看一齣她非常想看的戲），他握著她手的方式，還有他在電話裡的語氣，不只是告訴她在何處碰面，而是非常溫柔地問她能不能去。她不喜歡這樣。這不是愛意的表達，反而像是為了讓他自己開心，像是為了鋪陳好那天晚上他看似不經意的問題：「妳說妳喜歡她是什麼意思？妳想和她上床嗎？」特芮絲回答：「要是我想的話，你認為我會告訴你嗎？」之後一連串的情緒接踵而來：羞辱、憎恨、對他的厭惡，令她無言，令她幾乎不可能再與他並肩而行。她看著他，注意到他望著她，臉上帶著熟悉的柔和、空洞的笑容，如今看起來卻冷酷又病態。她想，要不是理查直率說出她很病態，她可能不會發現理查的笑容也一樣。

特芮絲轉頭，把牙刷和梳子丟進袋子裡，然後才想起她在卡蘿家有一把牙刷。

「小芮，妳到底想從她那裡得到什麼？這樣下去會有什麼結果？」

「你為什麼這麼想知道？」

他盯著她看，在盛怒之下，特芮絲一度看到她之前看過的那種固執的好奇心，彷彿他正從鑰匙孔窺探某種奇景。但她知道他沒有那麼不帶感情。相反地，她感覺到他從來沒有像現在這麼在乎她，那麼堅定地不願放棄她。所以她覺得好害怕，害怕理查的決心會變成恨意，然後變成暴力。

理查嘆了口氣，把手裡的報紙揉成一團。「我對妳有興趣，妳不能就這樣對我說：『去找別人。』我從沒有像對別人那樣對妳，從沒那樣想著妳。」

她沒有回答。

「該死！」理查把報紙丟到書架上，然後背對著她。

報紙輕輕碰到了聖母像，聖母像往後傾斜碰到牆壁，彷彿受到震驚，然後倒下滾向邊緣。理查衝上前用雙手攔住。他看著特芮絲，不由自主笑了起來。

「謝謝。」特芮絲從他手上接過聖母像，將它立起歸回原位，但又迅速鬆手，讓聖母像摔在地板上。

「小芮！」

聖母像四分五裂。

「不用管它。」她說。她的心跳得很快，好像在生氣或打架一樣。

「但……」

「去他的！」她一邊說話，一邊用鞋子把碎片推到一邊。

理查用力甩上門離開。

特芮絲想，這是因為安卓尼屈那件事還是因為理查？約一個小時以前，安卓尼屈先生的祕書打電話來告訴她，安卓尼屈先生決定雇用一個費城本地的助理而不是她。所以和卡蘿旅行結束後，就不用去做那份工作了。特芮絲低頭看著破掉的聖母像，內側的木頭真的很好看，木頭沿著紋理整齊地裂開來。

卡蘿那天晚上仔細問了她和理查的談話，卡蘿這麼擔心理查有沒有受到傷害，令特芮絲覺得有點不太高興。

「妳還不習慣考慮別人的感受。」卡蘿直言不諱地說。

今晚卡蘿讓女傭放假，她們在廚房準備晚餐。

「妳為什麼認為他不愛妳?」卡蘿問。

「或許我只是不瞭解他愛我的方式,但對我來說,不像是愛。」

晚餐吃到一半,討論到旅行時卡蘿說:「妳根本不應該跟理查講。」

這是特芮絲第一次告訴卡蘿她和理查在餐館的對話。「為什麼?難道要我騙他嗎?」

卡蘿不吃了,把椅子往後推,站了起來。「妳太年輕了,沒辦法瞭解妳自己真正的想法,也不瞭解自己在講什麼。沒錯,在那種情況之下就是要說謊。」

特芮絲也放下叉子,看著卡蘿拿了根菸點燃。「我必須跟他道別,而且我也跟他道別了,我已經這麼做了;我不會再見到他了。」

卡蘿打開書架底部的鑲板,拿出酒瓶,倒了一些威士忌到空玻璃杯裡,然後把鑲板用力關上。

「妳為什麼要『現在』和他分手?為什麼不是兩個月前,或兩個月以後?還有,為什麼妳要提到我?」

「我知道,我認為他很困惑。」

「很可能是這樣。」

「如果我就是乾脆不再跟他見面……」她沒辦法把話講完,關於理查無法察覺她的心思、監視她，她不希望把這些事跟卡蘿講。此外，她還想到理查的眼睛。「我覺得他會放棄，他說他無法競爭。」

卡蘿用手敲著額頭。「無法競爭。」她重複特芮絲的話，然後回到桌子，從她的玻璃杯裡倒了些水摻入威士忌中。「說得真對。把晚餐吃完。我不知道，我可能太小題大作了。」

但特芮絲一動也沒動。她做錯事了。就算她現在做對了，她也無法像卡蘿讓她快樂一樣，令卡蘿快樂。這種想法之前已經在她腦海轉了一百次了。卡蘿快樂的時候不多，特芮絲也感受過這些罕有的時刻，而且珍藏在心裡。卡蘿有一次在整理聖誕裝飾的時候顯得很快樂，那次卡蘿把一串天使重新折疊起來，夾在書中說：「我要留著這個東西，有二十二個天使保護我，我絕對不會輸。」特芮絲看著卡蘿，雖然卡蘿也看著她，但那是透過橫阻於兩人面前的薄紗看到的。特芮絲常看到那個薄紗，將她倆與現實世界隔開。

卡蘿說：「我無法競爭，這只是一種台詞。大家常講到經典，這種台詞才真是經典，一百個不同的人可能會用同樣的字眼。母親有母親該說的台詞，女兒有女兒該說的台詞，丈夫和愛人也有該說的台詞。這是重複上演的戲碼，只是演員不同。特芮絲，他們說戲劇是怎麼變成經典的？」

「經典作品，」她的聲音聽起來既沉悶又緊繃：「經典作品處理的主題，就是人類的基本處境。」

特芮絲醒來時，陽光灑滿了她的房間。她又躺了一下子，看著如水波般的陰影在暗綠色的天花板上漾開，聽著房子裡其他地方傳來的聲音，看著上衣掛在五斗櫃旁。為什麼自己在卡蘿家裡，會是這麼懶散呢？卡蘿不喜歡這樣。車庫後斷斷續續傳來小狗的吠叫，昨晚有個令人愉快的小插曲，那就是琳蒂打來的電話，當時是晚上九點半了，琳蒂剛參加完一個生日宴會。她在電話裡問，能不能在四月自己生日時舉行生日宴會，卡蘿說當然可以。琳蒂來電話之後，卡蘿整個人就變了，還開始談起歐洲、拉帕洛的夏天情景。

特芮絲起身走到窗邊，把窗子抬高，靠在窗台上，身體緊繃著，抵擋外面的寒風。從這扇窗看出去的清晨景象非常奇特：陽光灑在車道後面的草地上，有如散落的金針；潮濕的樹籬葉子上也有點點陽光，天空則是清新純正的藍色。她看著車道，那天早晨艾比站著的地方。她也看著樹籬外冒出的一小塊籬笆。冬天已經把綠草變成枯乾的褐色，但整片大地看起來還是像在呼吸一樣，而且青春蓬勃。以前在蒙克萊爾的學校也有樹林和圍籬，但那片綠色始終無法跨越紅磚牆，以及學校的灰色石頭建築（醫務室、柴房、工具間），使得每年春天的綠色看來都暮氣沉沉，飽經風霜，由這一代的孩子傳給下一代，就像教科書和制服等學校用品一樣。

她穿著家裡帶來的格子便褲，還有上次留在這裡的襯衫，襯衫已經洗熨好了。現在是八點二十分，卡蘿習慣在八點半左右起床，也喜歡有人端杯咖啡去叫醒她，但她從不叫佛羅倫斯這樣做。

特芮絲下樓時，佛羅倫斯正在廚房裡準備咖啡。

「早安，」特芮絲說：「妳介意我自己弄早餐嗎？」之前有兩次，佛羅倫斯進廚房時候發現特芮絲在準備早餐，她並沒有介意。

「請便，小姐。」佛羅倫斯說：「我只做我自己的炒蛋。您喜歡親手替愛爾德太太弄東西，是嗎？」她的話像是一種聲明。

特芮絲從冰箱裡拿出兩顆蛋。「對。」她笑著說。她把一顆蛋丟進正在燒熱的水裡，答案聽起來雖然很平板，但又還能有哪種答案呢？早餐碟子擺好之後，一轉身卻看到佛羅倫斯剛把第二顆蛋放進熱水裡煮。特芮絲直接用手指把蛋撈了出來。「她只要一顆蛋，」特芮絲說：「這顆要做我的蛋餅。」

「是嗎？她一直都習慣吃兩顆蛋。」

「嗯，她現在不這樣吃了。」特芮絲說。

「小姐，不管怎樣，您不是應該計算一下煮蛋的時間嗎？」佛羅倫斯對她投以職業性的愉悅笑容：「爐子上面有煮蛋計時器。」

特芮絲搖搖頭。「我用猜的比較準。」她對卡蘿的蛋還沒有猜錯過，卡蘿喜歡吃比較熟一點的。特芮絲看著佛羅倫斯，佛羅倫斯正專心地煎鍋子裡的兩顆蛋。咖啡快過濾好了。在沉默中，特芮絲準備好杯子拿上去給卡蘿。

接近中午時分，特芮絲幫卡蘿從房子後面的草地搬進幾張白色鐵椅子和搖椅。卡蘿說叫佛羅倫斯做會比較快，但剛剛已經派她去採買東西了，後來才一時興起想把這些椅子搬進來。她說，只有哈吉才會整個冬天都把家具留在外面，而她自己覺得這些家具實在飽受風雨。最後，只剩下一張椅子還留在圓形噴泉旁邊，一張白色金屬的小椅子，有著隆起的椅座，以及四隻花邊椅腳。特芮絲看著那張椅子，猜想以前是誰曾經坐在上面。

「我真希望外面有更多戲可以演出。」

「妳設計場景時，最先想到的是什麼？」卡蘿問：「妳從哪裡開始著手？」

「應該是整齣戲的氣氛吧，妳的意思是什麼？」

「妳是先考慮那齣戲究竟是什麼種類的作品，還是會先考慮到妳自己想要看到的東西？」

特芮絲的心裡回想起上次唐納修先生的評論，隱約勾起一絲不快。卡蘿今天早上好像很喜歡找人辯論。「我想妳已經預設立場，認為我是外行人了。」特芮絲說。

「我覺得妳真的很主觀。太主觀的話，就是外行，不是嗎？」

「不一定。」但她知道卡蘿的意思是什麼。

「妳必須先知道很多東西，才能完全主觀，對不對？從妳給我看過的那些作品我就知道，妳這個人太過主觀，但是知識還不夠。」

特芮絲的雙手在口袋裡握緊成拳頭，她非常希望卡蘿無條件喜歡她的作品，但現在卡蘿卻不喜歡她給她看過的幾件作品，讓她覺得受到了打擊。卡蘿或許對於舞台場景的製作技術一無所知，但她光用一句話就摧毀了一個場景。

「我一直在想，到西岸去或許對妳有幫助。妳說妳什麼時會會回來紐約，二月中？」

「嗯，現在情況不同了，我昨天才得到消息。」

「妳的意思是什麼？工作泡湯了？不用去費城了？」

「他們打電話給我了，他們想雇用某個費城的本地人。」

「喔，親愛的，我很遺憾。」

「這一行就是這樣。」特芮絲說。卡蘿的手放在特芮絲的頸部，手指揉著她的耳朵後面，就像撫弄小狗一樣。

「妳怎麼不告訴我。」

「我本來想告訴妳。」

「什麼時候？」

「旅行的時候。」

「妳覺得很失望嗎？」

「不會。」特芮絲肯定地說。

她們把剩下的咖啡熱一下，然後拿到外面白色椅子那邊共享。

「我們要不要出去吃午餐？」卡蘿問她：「去俱樂部吧，然後我要去紐華克買點東西。買件外套好不好？妳想不想要一件花呢外套？」

特芮絲坐在噴泉邊緣，一隻手壓著耳朵，耳朵冷得刺痛起來。「我不需要外套。」她說。

「但我特別想要看妳穿件花呢外套。」

特芮絲上樓換衣服時，聽到電話鈴響，佛羅倫斯說：「早安，愛爾德先生。好，我現在去叫她。」特芮絲走過房間，關上房門，感到煩躁不安，便開始整理房間，把她的衣服掛在衣櫃裡，又整理了一下她剛剛才鋪好的的床。接著卡蘿敲門，頭探了進來。「等下哈吉會過來，應該不會待很久。」

特芮絲不想看到他。「要不要我先出去散個步？」

卡蘿笑了笑。「不用，妳可以留下來，先看看書好了。」

特芮絲拿了昨天買的《牛津英文詩歌手冊》，想要讀進去裡面的內容，但字與字之間是分裂的，毫無意義。她有股無處可躲的不安感，於是把門打開。

卡蘿也才剛從自己的房間出來，特芮絲見到卡蘿臉上同樣帶著猶疑不決的表情。從她第一次來到卡蘿的家，就看過這種表情。卡蘿告訴特芮絲：「下來。」

兩人走進客廳時，哈吉的車剛到。卡蘿走到門邊，特芮絲聽到他們打招呼的聲音。卡蘿的招呼很友善，但哈吉卻很興奮。然後卡蘿進門，手裡捧著一個長長的紙盒，裡面裝著鮮花。

「哈吉，這位是貝利維小姐。你應該見過她一次。」卡蘿說。

哈吉的眼睛瞇起來一點點，然後又打開來。「喔，對，妳好。」

「你好。」

佛羅倫斯走進來，卡蘿把花盒交給她。

「把這些花找個花器裝起來好嗎？」卡蘿說。

「啊，菸斗在這裡，我就知道。」哈吉從壁爐架上常春藤後面拿出一根菸斗。

「家裡一切都還好嗎？」卡蘿坐在沙發上問。

「很好。」哈吉笑得很緊張，頭一直轉來轉去，散發出友好而自滿的氣息。佛羅倫斯把紅玫瑰花放進花瓶，擺在沙發前的咖啡桌上，哈吉帶著一種主人般的愉悅心情觀察著佛羅倫斯的動作。

特芮絲突然希望自己也替卡蘿帶花來，或是前幾次見面時，曾經帶過花。她想起以前丹尼順道經過劇院，拿花進來送給她。她看著哈吉，他的眼睛避開她的目光，聳起的眉毛揚得更高了一點，眼睛到處張望，彷彿在尋找房間中的小變化。特芮絲想，他愉快的外表可能只是假裝，如果他在乎到足以裝腔作勢的地步，那他一定也在乎卡蘿。

「我可以替琳蒂拿一朵花嗎？」哈吉問。

「當然可以。」卡蘿起身拔花，好像快要把花弄碎了。但哈吉往前跨了一步，拿小刀刀片抵住花梗，把花切下來。「花很漂亮，謝謝你，哈吉。」

哈吉將花拿到鼻子前聞。他半對卡蘿、半對特芮絲說：「今天天氣不錯，妳們想要出去走走嗎？」

「對，本來要去。」卡蘿說：「對了，下禮拜找一天下午我會開車過去。可能是禮拜二。」

哈吉想了一下。「好，我會告訴她。」

「我也會在電話上告訴她，我是說告訴你的家人。」哈吉點了一下頭默默答應，然後看著特芮絲。「對，我當然記得妳，大概三禮拜前妳在這裡出現過，聖誕節之前。」

「對，某個禮拜天。」特芮絲站起來，想要讓他們兩人獨處。「我上樓去了。」她對卡蘿說：

「再見，愛爾德先生。」

哈吉稍微鞠躬了一下。「再見。」

她上樓時聽到哈吉說：「每年都要慶祝一次，卡蘿。我這麼說妳介意嗎？」

特芮絲想，卡蘿的生日。當然，卡蘿不會告訴她。

她關上門，環顧房間，意識到自己正在尋找著房裡是否有她在此過夜的跡象，不過什麼也沒有。她停在鏡子前端詳自己，眉毛皺了起來。她已經不像三個禮拜之前，哈吉第一次看到她時那麼蒼白了。她覺得自己不再是哈吉當時見到的精神萎靡、受到驚嚇的小東西。她從最上面的抽屜取出手提袋，然後拿出口紅，接著聽到哈吉敲門，於是關上抽屜。

「請進。」

「不好意思，我來拿個東西。」他快速走入房間，進了浴室，回來時手裡拿著剃刀微笑著。「上禮拜天是妳和卡蘿一起在餐廳裡，是嗎？」

「對。」特芮絲說。

「卡蘿說妳是做舞台設計的。」

「對。」

他從她的臉掃視到她的手，再到地板，然後又往上看。「我希望妳能帶卡蘿多出去走走。」他說：「妳看起來年輕又有活力。讓她多散點步。」

然後他走出去，留下一股微弱的刮鬍皂香味。特芮絲把口紅丟在床上，雙手沿著身體的兩側往下抹。她在想，哈吉為何要故意表現出來他早就曉得自己和卡蘿常常見面。

「特芮絲！」卡蘿突然叫道：「下來！」

卡蘿坐在沙發上，哈吉已經走了。她微笑著，接下來佛羅倫斯走進來，卡蘿說：「佛羅倫斯，把這些東西拿到其他地方，放在餐廳裡好了。」

「是的，太太。」

卡蘿對特芮絲眨了眨眼。

特芮絲知道餐廳很少有人去，卡蘿喜歡在別的地方吃飯。「妳為什麼不告訴我今天是妳生日？」特芮絲問她。

「喔！」卡蘿笑了起來：「今天不是我生日，是結婚週年紀念。拿著外套，我們出門吧。」

她們從車道倒車出去時，卡蘿突然說：「假如說世上有什麼事是我不能忍受的，那就是偽君子。」

「他說了什麼？」

「沒什麼重要的。」卡蘿仍然笑著。

「但妳說他是偽君子。」

「最會裝的偽君子。」

「假裝他很有幽默感？」

「還會其他的。」

「他說了什麼跟我有關的事嗎？」

「他說妳看起來是個好女孩。這很新鮮嗎？」卡蘿開車直往格林威治村的小路。「還說離婚手續會比原先預期的時間還要長大約六個禮拜，原因是需要辦一些繁瑣的手續。這倒新鮮。他還是認為我可能會在這段時間改變心意。真虛偽。他喜歡自欺欺人。」

特芮絲猜想，生命、人際關係是不是一直像這樣，腳下永遠沒有穩固的立足點，永遠像砂礫一樣；有時妥協一點，有時吵鬧到整個世界都聽得到，所以我們也總是聽見闖入者響亮、刺耳的腳步聲。

「卡蘿，妳知道嗎，那張支票我一直沒拿。」特芮絲突然提起：「我把支票塞在床旁邊桌子的桌布底下。」

「妳怎麼會突然想到這件事？」

「我也不知道。妳要我把支票撕掉嗎？我那天晚上本來已經準備好要撕了。」

「如果妳想的話，就撕吧。」卡蘿說。

第十四章

特芮絲看著那個大紙箱。「我拿不動了，」她的手上已經抱滿東西：「我請奧斯朋太太把食物拿出去，剩下的東西就留在這裡。」

「帶過來吧。」卡蘿一面說一面走出門口。她把最後一點東西和書籍等雜物抱在手上，還有特芮絲最後一刻才決定帶走的外套，一起拿到樓下去。

特芮絲再上樓一次去拿箱子。那個箱子是一小時前信差帶過來的，裡面有好多包覆在蠟紙裡面的三明治、一瓶黑莓酒、一塊蛋糕，還有一個盒子，裝著桑姆科太太答應做給她的白色洋裝。她知道這個箱子不是理查寄來的，否則裡面就會放一本書或者是另外的紙條。

她不想拿的一件洋裝放在沙發上，地毯的一角也捲了邊，但特芮絲急著要走。她把門拉上，拿著那個箱子衝下階梯，經過凱利夫婦家，這對夫妻永遠在辛苦工作。她也經過奧斯朋太太家門口，一個小時前她預付下月房租時，已經先對奧斯朋太太道別。

「電話！」奧斯朋太太大聲叫道，特芮絲不情願地走出來，猜想應該是理查打來的。

結果是菲爾．麥克艾洛伊，來問她昨天和哈凱維面談的事。她和丹尼昨晚共進晚餐時，她告訴了丹尼。哈凱維沒有答應給她工作，但說會保持聯絡，特芮絲覺得他是說真的。他帶她到劇院後台，看他正在指導的《冬季小鎮》場景製作情形。他選了她的三個紙板模型，而且看得非常仔細，其中一個他認為有點無趣，第二個他則指出幾個不實用的地方。他最喜歡的是那個大廳的場景，這個場景是特芮絲第一次去卡蘿家之後回來的那個晚上開始製作的。哈凱維是第一個認真評估她那些風格比較特殊的場景的人。事後她立刻打電話給卡蘿，告訴她會面的情況。她把自己和哈凱維面談的情況告訴了菲爾，但並沒有提到安卓尼屈的工作已經泡湯。她之所以沒有講這件事，她自己明白，是她不想要理查聽到這個消息。特芮絲還跟菲爾說，如果哈凱維決定了下一齣需要場景設計的劇作，請菲爾一定要通知她。因為哈凱維當時提到，他自己還在兩齣戲間猶疑不決。假如他的選擇是他昨天提到的英國劇，那麼他雇用她擔任當見習生的機會就大多了。

「我還不知道要留給你哪裡的地址。」特芮絲說：「我只知道我們會去芝加哥。」

菲爾說他可能會用存局待領的方式寄信給她。

「是理查打來的電話嗎？」她回來時，卡蘿問道。

「不是，是菲爾．麥克艾洛伊。」

「所以妳還沒收到理查的消息？」

「這幾天都沒有，不過今天早上他寄了封電報給我。」特芮絲猶豫了一下，然後從口袋裡取出電報，讀了出來：「我沒有變。妳也沒有。寫信給我。我愛妳。理查。」

「我想妳該打個電話給他。」卡蘿說：「到我家打。」

她們明天一早才啟程，今晚在卡蘿家過夜。

「妳今晚會不會試穿那件洋裝？」卡蘿問。

「可以呀，那件洋裝看起來很像結婚禮服。」

特芮絲在晚餐前就穿好了洋裝，裙襬垂在她小腿下，腰間用長長的白色腰帶繫緊在背後，白色帶子縫在正面，繡了花紋。她走下樓去給卡蘿看。卡蘿正在客廳寫信。

「妳看。」特芮絲笑著說。

卡蘿看了她好一會兒才走過來，仔細檢視腰部的花紋。「真漂亮，妳看起來好可愛，今晚就穿這件，好嗎？」

「這件衣服好精緻。」其實她不想穿這件衣服，因為這件衣服讓她想起理查。

「這究竟是他媽的什麼風格，俄羅斯風嗎？」

特芮絲笑出聲來。她喜歡卡蘿講髒話的方式，總是那麼自然，而且都是在沒有外人的時候才講。

「是嗎？」卡蘿重複問題。

特芮絲正準備上樓去。「是什麼？」

「妳什麼時候出現這種不回答人家問題的壞習慣的？」卡蘿的聲音突然變得嚴酷，且帶著怒氣。

卡蘿目露凶光，上次特芮絲拒絕彈鋼琴的時候，卡蘿也是同樣的眼神。而這次令她生氣的事竟是那麼微不足道。「對不起，卡蘿。我沒聽到妳的問題。」

「去吧，」卡蘿轉過身：「上樓把衣服脱下來。」

特芮絲想，也許她還在為了哈吉的問題煩心。特芮絲遲疑了一下子才上樓去，解開腰身和袖口，看著鏡子中的自己，然後又把這些地方重新扣緊。假如卡蘿希望她繼續穿這件洋裝，她就會照做。

佛羅倫斯已經開始休假三個禮拜，所以今晚她們自己做晚餐，開了一些奇怪的罐子，卡蘿說這些罐頭已經儲存好一陣子。晚餐前兩人還調了雞尾酒，特芮絲認為卡蘿的情緒已經平復下來，可是等她替自己倒第二杯雞尾酒的時候，卡蘿立刻説：「我覺得妳不該再喝了。」

特芮絲帶著笑容聽從，卡蘿的怪情緒還是繼續著，不管特芮絲怎麼説或怎麼做，都沒有改變。

特芮絲則把責任推到那件使人開不了口的洋裝，穿上這套洋裝之後，好像就無法説出適當的話。晚餐後，她們把酒漬栗子和咖啡帶到樓上陽台，可是在半昏暗的燈光下，兩人交談的機會甚至更少，特芮絲只感覺到睡意，而且情緒非常低落。

隔天早晨，特芮絲在後面的門階上找到一個紙袋，裡面是一隻玩具猴子，毛色灰白夾雜。特芮絲把玩具猴子拿給卡蘿看。

「天啊，」卡蘿溫柔地說，而且笑了。「賈克波。」她把猴子拿過去，用食指揉著猴子有點髒的白色臉頰。「艾比和我以前常把它掛在車子後面。」卡蘿說。

「艾比拿來的？昨天晚上？」

「我想是。」卡蘿把猴子和一個行李箱帶到車邊。

特芮絲想起昨晚在搖椅上打盹時一度醒來，四周一片安靜，而卡蘿坐在黑暗中，在她面前直視前方。卡蘿昨晚一定有聽到艾比的車聲。特芮絲幫忙卡蘿把後車廂的行李箱和毯子整理好。

「為什麼她不進來？」特芮絲問。

「喔，艾比就是這樣。」卡蘿笑著說，她一閃而過的羞澀神情總是讓特芮絲感到驚訝。

「妳為什麼不打給理查？」

特芮絲嘆了口氣。「反正我現在打去也沒用，他已經出門了。」現在是八點四十分，他的課九點開始。

「那就打給他家人啊，妳不去謝謝他們送給妳的盒子嗎？」

「我寫信給他們就好了。」

「現在打給他們，這樣就不必寫信。總之，打電話比較有禮貌。」

桑姆科太太接了電話。特芮絲對洋裝以及桑姆科太太的針黹功夫大大讚美了一番，也感謝她送的食物和酒。

「理查才剛離開家，」桑姆科太太說：「他一定會很寂寞的，他已經開始漫無目的到處閒逛了。」但她笑了起來，特芮絲知道她正站在廚房裡，而她充滿活力又尖銳的笑聲會充滿整個廚房，穿過整個房子，甚至達到理查樓上的空房間裡。「妳和理查都還好嗎？」桑姆科太太有點懷疑地問，不過特芮絲知道她一定還是在微笑著。

特芮絲說都還好，她也承諾會寫信過去。之後，她感覺比較好了，因為她已經打過電話。卡蘿問她有沒有把樓上的窗戶關好，特芮絲又走上去檢查一遍，因為她忘了。窗戶沒有關好，床也沒整理好，可是現在沒時間了。禮拜一佛羅倫斯會過來把房子鎖好，到時候會順便整理床。

特芮絲下樓的時候卡蘿正在講電話。她帶著笑容往上看著特芮絲，並且把電話指向她。

特芮絲從她說出的第一個字就知道是琳蒂打來的。

「……在……啊……拜倫先生家。那是個農場。媽媽，妳去過那裡嗎？」

「在哪裡，親愛的？」卡蘿說。

「在拜倫先生家。他家有養馬，但不是妳喜歡的那種馬。」

「為什麼？」

「嗯，那些馬很重。」

琳蒂尖銳、就事論事的聲音和卡蘿的聲音很類似，特芮絲想要從中聽出一些什麼，卻沒辦法。

「哈囉，」琳蒂說：「媽？」

「我還在。」

「我得說再見了，爸爸準備要走了。」然後她咳了一聲。

「妳在咳嗽嗎？」卡蘿問。

「沒有。」

「那就不要在電話上咳嗽。」

「我好想和妳一起出去旅行。」

「嗯，妳還要上學，我不能帶妳去。可是今年夏天我們一起出去旅行好嗎？」

「妳還會打電話給我嗎？」

「旅行的時候？當然會每天打。」卡蘿拿著電話坐下。講完之後，盯著特芮絲看。

「她聽起來很認真。」特芮絲問。

「她告訴我昨天那個大日子的事情，哈吉讓她蹺課了。」

特芮絲記得卡蘿前天去探望琳蒂。從卡蘿在電話中告訴特芮絲的情形來看，這次母女會面一定很愉快，但她沒提到細節，特芮絲也沒問。

就在她們準備出門之際，卡蘿決定再打最後一通電話給艾比。特芮絲走回到廚房裡，因為車上太冷了，無法久坐。

「我不知道伊利諾州有哪個小鎮，」卡蘿說：「為什麼是伊利諾州？……好，羅克福德……我會記住。我當然會照顧他。傻瓜，我希望妳能進來……嗯，妳錯了，錯得很離譜。」

特芮絲把廚房桌上卡蘿喝了一半的咖啡端起來啜了一口，就從卡蘿留著口紅印的地方喝。

「一句話也沒有，」卡蘿拖長語調說：「就我所知沒有半個人，甚至連佛羅倫斯也沒有……嗯，親愛的，去做吧。再見了。」

五分鐘後，她們從卡蘿家駛出市區，開在高速公路上。地圖上，這條高速公路用紅色標示出來，可直達芝加哥。天空雲層密布，特芮絲看著四周的鄉村景象，現在她已經感到熟悉，看見左邊往紐約的方向有一叢叢小樹林，更遠處的旗杆標示著卡蘿參加的俱樂部名稱。

特芮絲開了一點窗戶讓空氣進來。天氣很冷，腳踝附近吹出的暖氣讓她覺得非常舒服。儀器板上的時鐘顯示是九點四十五分，她突然想起在法蘭根堡工作的那些人，早上九點四十五分時還囚禁在店裡，日復一日，時鐘的指針控制了他們的每個動作。但此刻儀表板上時鐘的指針對卡蘿和她而言，都不具意義。不管喜不喜歡，她們想睡就睡，想開車就開車。她想到羅比樹克太太此時此刻正在三樓賣毛衣，在那裡展開另一年，她的第五年。

「為什麼不說話？」卡蘿問：「怎麼了？」

「沒什麼。」她不想說話。但她覺得有千言萬語哽在她的喉頭，或許只有距離，幾千萬英里的距離，才可以讓她理出一些頭緒。或許讓她如鯁在喉的，是她現在享有的自由。

車行經過賓州，有個地方偶爾露出微弱的陽光，彷彿天空出現了缺口。但中午左右又開始下雨。卡蘿咒罵著，雨水在擋風玻璃和車頂上不規則地發出叮叮咚咚的聲音，又讓人心情愉快。

「妳知道我忘了什麼嗎？」卡蘿說：「雨衣。我看還是要買一件才行。」

突然之間，特芮絲想起來她忘了帶正在讀的書。裡面有寫給卡蘿的信，那是一張薄紙，信紙的邊緣在書的兩端露了出來。糟糕！這本書和其他書分開來放，所以她忘了把它從床邊的桌子上拿走。她希望佛羅倫斯不會去碰那本書。她試著回想信中有沒有寫到卡蘿的名字，但就是想不起來。

還有支票，她也忘了把支票撕掉。

「卡蘿，妳有拿那張支票嗎？」

「我給妳的支票？妳說妳要撕掉。」

「我還沒撕，還放在桌布底下。」

「嗯，那不重要。」卡蘿說。

她們停下加油時，特芮絲想在加油站隔壁的雜貨店買點黑啤酒，因為卡蘿有時候喜歡喝黑啤酒。

但那家店只有賣普通啤酒，卡蘿不太喜歡，所以只買了一瓶。接著她們開到高速公路分岔出去的一條小路上停下來，打開理查媽媽準備的三明治。裡面有醃黃瓜、義大利白乾酪和幾個水煮蛋。特芮絲忘了帶開罐器，所以現在連啤酒都打不開，幸好保溫瓶裡還有咖啡。她把啤酒罐放在車後面的地板上。

「魚子醬。他們人真是太好、太好了。」卡蘿看著三明治這樣說。「妳喜歡魚子醬嗎？」

「不喜歡。可是我希望我喜歡。」

「為什麼？」

特芮絲看著卡蘿吃了一小口三明治，卡蘿把最上面的那片麵包拿掉。她吃的那一口是魚子醬最多的地方。「大家只要曉得魚子醬多好吃，就會開口猛吃。」特芮絲說。

卡蘿笑了，然後繼續慢慢一小口、一小口地吃。「這就是後天養成的習慣，習慣的味道總是比較令人愉快，而且很難擺脫。」

特芮絲又倒了些咖啡進去她們共用的杯子裡。她已經習慣了黑咖啡的味道。「我第一次握著這杯子時真不知道有多緊張。妳那天拿給我咖啡，還記得嗎？」

「我記得。」

「妳那天為什麼要把奶油倒到咖啡裡？」

「我以為妳喜歡。妳為什麼這麼緊張？」

特芮絲看著她。「因為妳，我感到很興奮。」她舉起杯子說。然後她又看了卡蘿一下，而且注意到卡蘿的臉靜止下來，就像休克似的。特芮絲之前也看過這種表情，都是她向卡蘿說出類似的內心話，或稱讚卡蘿的時候。特芮絲不知道她高不高興，只是看著卡蘿折起三明治旁邊的蠟紙。

還有蛋糕，咖啡色的香料蛋糕，特芮絲常在理查家吃這種蛋糕。但現在卡蘿不想吃，於是她們把這些東西、香菸及一瓶威士忌都放進行李箱中。行李箱擺得十分整齊，除了卡蘿之外，任何人這樣一絲不苟地放東西，都會惹惱特芮絲。

「妳說過妳老家在華盛頓州？」特芮絲問她。

「我在那裡出生，父親現在還住那裡。我寫信告訴他說，要是我們這次走得夠遠，就會去拜訪他。」

「他長得像妳嗎？」

「我長得像他嗎？對，比較像他，不像我母親。」

「只要想像妳的家人，就會給我一種很奇怪的感覺。」特芮絲說。

「為什麼？」

「因為我就是把妳想成妳，獨特而自成一格。」

卡蘿笑了，一面開車還把頭抬了起來。「好，想問什麼儘管問。」

「兄弟還是姊妹？」特芮絲問。

「一個姊姊。我猜妳也想知道她的一切事情吧？她叫伊蓮，生了三個小孩，住在維吉尼亞州，年紀比我大，我不知道妳會不會喜歡她。妳可能會認為她很無趣。」

沒錯，特芮絲可以想像伊蓮的樣子，就像卡蘿的影子一樣，具有卡蘿的一切特徵，只是沒有那麼明顯。

傍晚時分，她們停在路邊的餐廳。餐廳窗子前面放著一座迷你的荷蘭村莊模型。特芮絲靠在圍欄上看著，一邊有水流出來，形成橢圓形的小河流推動著水車，穿著荷蘭服飾的小人偶站在村莊旁邊的草地上。她想起了法蘭根堡玩具部的電動火車，還有推動火車在橢圓形軌道上行駛的動力。橢圓形軌道的圓周，就和這裡的小河流差不多。

「我沒告訴過妳法蘭根堡玩具火車的事，」特芮絲對卡蘿說：「妳有沒有注意到妳……」

「玩具火車？」卡蘿打斷她。

特芮絲本來一直在笑，但有個東西突然揪住她的心。這個東西複雜又難以測度，兩人的對話就停了下來。

卡蘿點了熱湯，她們一路坐在車上，已經覺得又冷又僵硬。

「我在想，妳是不是真正喜歡這次旅行，」卡蘿說：「妳喜歡鏡子照映出來的反影，是嗎？妳對每種東西都有非常獨特的感受，就好像那個水車，對妳來說，水車實際上就跟真正的一樣好。我甚至在想，妳到底喜不喜歡看到真的山和真的人。」

特芮絲覺得自己大受打擊，彷彿卡蘿指控她說謊。她也感覺到卡蘿的意思是她對卡蘿抱著奇異的想法，而卡蘿不喜歡這樣。真的人？她突然想到羅比榭克太太，特芮絲會從她身邊逃開，原因就是她很可怕。

「假如妳的經驗都是二手的，怎麼能預期自己創作出東西來？」卡蘿問她。她的聲音柔和平順，但卻很無情。

卡蘿讓她感覺自己一事無成，什麼也不是，就像一縷輕煙。而卡蘿，是個真正的人，結了婚，也有了小孩。

櫃檯後面的跛腳老人走過來，站在她們的桌旁，雙手交叉。「去過荷蘭嗎？」他和藹地問。

卡蘿回答：「沒有，我沒去過。我猜你一定去過。窗子裡的模型村莊是你做的嗎？」

他點頭。「花了我五年時間。」

特芮絲看著那人瘦削的手指，纖細的手臂上可見青筋在薄薄的皮膚下交纏，其實她比卡蘿更清楚製造那個小村莊要花費多少工夫，但她沒把話說出。

男人對卡蘿說：「如果妳喜歡道地的賓州口味，可以到隔壁買點好吃的香腸和火腿。我們自己養的豬，在這裡殺的，香腸也是在這裡醃的。」

她們走進餐廳旁邊粉刷成白色的商店，裡面有煙燻火腿的美妙味道，混合著燻煙和香料。

「我們選點不必煮的東西吧，」卡蘿看著冷藏櫃裡面說：「我們買一點這個。」她對戴著蓋耳帽的年輕人說。

特芮絲想起和她和羅比榭克太太站在熟食店裡的情景，那時她買了幾片義大利蒜味香腸和肝腸。現在這家店的牆上有個標示說，貨品可以配送到任何地方。於是特芮絲想要寄一份大香腸給羅比榭克太太；她想像羅比榭克太太用顫抖的手打開包裹，看見裡面的香腸時臉上出現愉悅的神情。但特芮絲想，她寄香腸的這個舉動，究竟是出自憐憫或罪惡感，還是自以為是？特芮絲皺起了眉頭，她在一片沒有方向，沒有重力的汪洋中掙扎。在這片汪洋中，她確定的事情只有一件，那就是別相信自己的衝動。

「特芮絲……」

特芮絲轉頭，卡蘿的美就像勝利女神像，匆匆一瞥便令她震懾不已。卡蘿問她要不要把整份火腿買下來。

年輕人從櫃檯後面把一捆一捆的貨物全都推過來，收下了卡蘿的二十元鈔票。然後特芮絲想到那天晚上，羅比榭克太太顫抖地把一張一元鈔票和兩毛五分錢推過櫃檯。

「想買其他東西嗎？」卡蘿問。

「我本來想送東西給別人。有個在店裡工作的女人。她很窮，而且她曾招待我晚餐。」

卡蘿拿起找回來的錢。「什麼女人？」

「我不是真的想送她什麼東西，」特芮絲突然想要離開。

卡蘿透過她的煙圈對她皺起眉頭。「去買吧。」

「我不想。走吧，卡蘿。」她逃不開羅比榭克太太的惡夢好像又重現了。

「寄給她，」卡蘿說：「先把門關上，送她一點東西。」

特芮絲關上門，選了一個價值六元的香腸，在卡片上寫著：「來自賓州，希望香腸可以保存幾個禮拜。特芮絲．貝利維送來的愛。」

之後在車上，卡蘿問起羅比榭克太太的事，特芮絲的回答一如往常簡短，雖然不是很情願，但極為誠實，事後特芮絲總會因此而沮喪。羅比榭克太太所處的世界和卡蘿截然不同，因此特芮絲好像在描述另一種動物一樣，一種居住在另一個星球的怪獸。卡蘿並未評論特芮絲的描述，只是在開車時一個問題接著一個問題不停地問。等到沒有東西可問，她就不再有任何意見了，但她傾聽時嚴肅、若有所思的表情還留在臉上，等到她們談論其他事情時也是如此。特芮絲用大拇指緊抓著手掌內側，懷疑自己為什麼要讓羅比榭克太太縈繞心頭。現在她把這件事告訴了卡蘿，再也無法收回。

「卡蘿，請不要再提到她了好嗎？答應我。」

第十五章

卡蘿赤腳踩著小小的步伐走到浴室，抱怨著天氣寒冷。她的腳趾擦了紅色指甲油，藍色的睡衣有點太大。

「是妳的錯，誰叫妳把窗戶開這麼大。」特芮絲說。

卡蘿把浴簾拉上，特芮絲聽到一陣陣的水聲急速落下。「啊，真是太燙了！」卡蘿說：「比昨晚好。」

這間房間設備豪華，鋪著厚地毯，四周還有木板牆。從玻璃紙包著的擦鞋布到電視一應俱全。

特芮絲穿著袍子坐在床上看地圖，用手測量距離。理論上一指半的距離大約要開一天，但她們可能不會開這麼快。「我們今天可以橫跨整個俄亥俄州。」特芮絲說。「俄亥俄州。以河流、橡膠及鐵路聞名。我們左邊是知名的契利科提吊橋。曾經有二十八個休倫族在此裡屠殺了一百多人……白癡啊。」

特芮絲笑了。

「那裡也是路易斯和克拉克[15]曾經紮營的地方。」卡蘿補充：「我今天要穿便褲。我的

15 指「路易斯與克拉克遠征」（Lewis and Clark expedition），是由傑佛遜總統發起，從東岸橫越西部抵太平洋沿岸的考察活動。

便褲在不在行李箱裡？不在的話，我就得跑回去車上拿。不是那個輕的箱子，是藍色斜紋布的箱子。」

特芮絲走到卡蘿放在床腳的大行李箱，裡面裝滿了毛衣、內衣褲和鞋子，但沒有便褲。她看到一根鍍鎳的管子伸出折好的毛衣之外，於是把毛衣拿出來。毛衣很重，她把毛衣打開，裡面的東西差點掉下來。原來是把手槍，槍柄是白色的。

「找不到嗎？」卡蘿問。

「沒有。」特芮絲把槍放回去，毛衣折好，然後放回原來的地方。

「親愛的，我忘了拿毛巾，好像在椅子上。」

特芮絲把毛巾拿給卡蘿。她把毛巾交給卡蘿時非常緊張，眼睛從卡蘿的臉孔往下看，看到卡蘿未加遮蔽的胸部，然後又繼續往下看。等她轉身過去，看見卡蘿眼神中一閃即過的驚訝之情。特芮絲緊閉雙眼，慢慢走回床邊，在閉上眼睛之前，她看到卡蘿裸體的影像。

接著換特芮絲洗澡，等她出來時，卡蘿正站在鏡子前，幾乎打扮好了。

「怎麼了？」卡蘿問。

「沒什麼。」

卡蘿轉向她，梳理因淋浴的濕氣而顯得更加亮麗的頭髮，嘴唇剛擦上口紅而發光，唇間夾了根菸。「妳知道我一天裡要問妳多少次『怎麼了』嗎？」她說：「妳難道不認為這樣有點不體貼嗎？」

後來在早餐時，特芮絲問：「卡蘿，妳為什麼帶槍出來？」

「原來就是這件事讓妳困擾。那是哈吉的槍，他忘了帶走。」卡蘿的聲音一派輕鬆。「我想最好還是帶著槍，不是放在家裡。」

「裝了子彈嗎？」

「是啊。哈吉有許可證，因為我家以前遭過小偷。」

「妳會用槍嗎？」

卡蘿對著她笑。「我不是安．歐克利[16]，但我會用槍。妳會擔心嗎？我預期不會用到這把槍。」

特芮絲沒再多說什麼，但她只要一想到這件事就覺得很困擾。她隔天晚上又想到那把槍，那時有個侍者把行李箱重重放在人行道上。她在想，那把槍會不會因震動而走火。

她們在俄亥俄州拍了些照片。由於次日早上沒時間沖印照片，所以她們前一晚就在一個叫迪范恩斯的小鎮，花了整晚的時間洗照片，還在街道上看著商店窗戶，走過安靜的住宅區街道。那些街道的店家前面都有燈光，住宅區則像鳥巢一樣舒適安全。特芮絲一直擔心卡蘿

16 安．歐克利（Anne Oakley），美國神射手。

會無聊，可是建議再多走一條街的卻是卡蘿。卡蘿一路走到山丘上，想看另一邊有什麼東西。卡蘿談到自己和哈吉的事，特芮絲想用一個字詞來總結卡蘿和哈吉分開的原因，但她覺得這些字眼都不對：無趣、憎恨、冷淡。卡蘿說過，有次哈吉帶琳蒂去釣魚，連續好幾天都沒和她聯絡。那是一種報復，報復卡蘿不肯與他在他家人麻州的夏日小屋度假。這是雙方都要負責的事情，以前也發生過。

卡蘿將兩張照片放進皮夾，一張是琳蒂穿著騎馬褲，頭戴圓頂窄邊禮帽。另外一張是特芮絲，照片裡特芮絲叼著菸，頭髮隨風飛揚。有張照片是卡蘿蜷縮在外套裡，她說那張拍得不好，打算送給艾比。

兩人在傍晚時分抵達芝加哥，跟著一輛肉品配送公司的大卡車進入芝加哥灰暗、蔓生的混亂交通當中。特芮絲坐直身體，把臉湊近擋風玻璃，很久以前她曾和父親來過這裡，現在已經完全沒印象了。卡蘿對芝加哥的瞭解似乎和她對曼哈頓一樣熟悉，介紹著知名的芝加哥市中心建物。她們停下來看著火車經過，以及五點半的下班人潮，但是情況不能和紐約五點半時如瘋人院般的情景相提並論。

特芮絲在郵政總局找到丹尼捎來的明信片，菲爾什麼也沒寄，另外還有理查寄來的一封信。特芮絲瞄了那封信一眼，看到開頭和結尾的地方都很深情。這一點早已經預期到了，理查向菲爾要來存局待領郵件的地址，然後寫給她一封充滿深情的信。她把信放進口袋。

「有什麼東西嗎？」卡蘿說。

「只有一張明信片。丹尼寄來的。他考完試了。」

卡蘿開到德瑞克飯店，飯店大廳有黑白格子的地板，還有噴泉，特芮絲覺得很豪華。在房間裡，卡蘿脫下外套，撲到兩張單人床的其中一張。

「我在這裡有朋友，」她充滿睡意地說：「我們要不要去看看他們？」

兩人還沒決定，卡蘿就已經入睡了。

特芮絲看著窗外四周圍著燈光的湖泊，也看著灰濛濛的天空下，櫛比鱗次、陌生的高聳建築。外面的景象模糊且單調，就像畢沙羅[17]的畫。她認為卡蘿可能不喜歡她做出這種對比。她靠在窗台上，注視著這個城市，看著遠處的車子通過後面的樹林時，燈光碎成一個一個小點，以及一條一條長長的線條。她很快樂。

「妳要不要點雞尾酒來喝？」卡蘿的聲音從背後傳來。

「妳想喝什麼？」

「妳呢？」

「馬汀尼。」

17 畢沙羅（Camille Pissarro），印象主義時期的法國作家。

卡蘿吹了口哨。「雙份桀布生雞尾酒。」她在打電話時卡蘿插嘴進來補充：「還有一盤開胃菜。最好拿四杯馬汀尼來。」

卡蘿洗澡時，特芮絲讀著理查深情款款的信。妳跟其他女孩不一樣，他寫著。他一直在等待，也會一直等下去，因為他相信他們能快樂生活在一起。他要她每天寫信給他，至少寄張明信片。他告訴她，他有天晚上是怎麼坐著，重讀去年夏天她寫給他的信。理查寫來的信裡流露出感傷，一點也不像他，特芮絲第一個念頭就是他在惺惺作態。或許是為了打動她。她的第二個反應則是嫌惡。她堅持自己原來的決定，不再寫信給他了，結束一切最快的方式，就是不再多說任何事。

雞尾酒端到房門口，特芮絲沒有簽帳，而是付現。只要卡蘿在，她絕對沒有機會付帳。

「妳要不要穿那件黑色套裝？」卡蘿進來時特芮絲這樣問。

卡蘿看著她。「在箱子底，」她走向行李箱時說：「把衣服拉出來，輕刷幾下，用蒸氣蒸半小時消除皺折。」

「我們會待在這裡半小時喝這些東西。」

「妳的說服能力真是令人難以抗拒。」卡蘿把套裝拿到浴室，把浴缸裡的水轉開。

那是她們第一次共進午餐時卡蘿穿的套裝。

「妳知道這是離開紐約後，我第一次喝酒嗎？」卡蘿說：「妳當然不知道。妳知道我為什麼喝酒嗎？因為我很快樂。」

「妳很美。」特芮絲說。

卡蘿投給她一個輕蔑的微笑，特芮絲就愛這種笑容。然後卡蘿走到梳妝台，把黃色絲巾鬆鬆地圍在脖子上，接著開始梳頭。燈光環繞著她的身形，整個景象就像一幅畫，特芮絲有一種似曾相識的感覺。她想起那個在窗戶把長髮往上梳的女人，想起牆上的磚瓦，那天早晨煙雨濛濛的感覺。

「來點香水？」卡蘿把瓶子拿向她。她用手指撫摸著特芮絲的額頭髮線，她那天就親吻了這裡。

「妳讓我想起我見過的一個女人，」特芮絲說：「在萊辛頓附近。是燈光的關係。她的頭髮也是往上梳。」特芮絲停了下來，但卡蘿等著她說下去。卡蘿永遠在等待著，而她總是無法精準地表達想說的話。「有天一早我上班途中，我記得那時快下雨了。」她吞吞吐吐地說：「我看到她在窗子後面。」

她真的說不下去了，無法說她在那裡站了三、四分鐘，那種感覺強烈到幾乎耗盡了她所有的力氣；她希望自己認識那個女人，希望自己走近那幢房子，敲門，而且受到歡迎。希望自己可以這樣做，而不是繼續前往鵜鶘出版社上班。

「我的小孤兒。」卡蘿說。

特芮絲笑了。卡蘿說話的時候沒有一絲失望，話裡面也沒有帶刺。

「妳媽媽是什麼樣子？」

「她以前留黑髮，」特芮絲很快地說：「一點也不像我。」特芮絲總是用過去式談論著母親，雖然母親還在世，住在康乃迪克州某處。

「妳真的認為她不想再見到妳？」卡蘿站在鏡子旁。

「我認為她不想。」

「那妳父親的家人呢？妳不是說他有個哥哥？」

「從沒見過他，大概是地質學家之類的，替石油公司工作。我不知道他在哪裡。」談論她素未謀面的伯父還比較容易。

「妳母親現在的名字是什麼？」

「艾斯特·尼可拉斯·史楚力太太。」這個名字對她的意義不大，好像只是她在電話簿上看到的名字。她看著卡蘿，後悔說了這個名字。卡蘿可能有一天會……。有種失落、無助的震驚向她襲來。畢竟她對卡蘿知道的太少了。

卡蘿望著她。「我不會再提這件事，」她說：「以後不會再提。如果第二杯酒讓妳難過，那就別喝了。我不希望妳今天晚上難過。」

她們吃飯的餐廳可以俯看湖面，晚餐後有香檳和白蘭地。這是特芮絲生平第一次有微醺的感覺，事實上，她醉的程度超過她希望卡蘿看到的。她對湖岸大道的印象一直都是有寬廣的道路，一棟棟的大建築物林立，像華盛頓的白宮。在記憶中她聽到卡蘿的聲音四處指點，說她曾經去過哪裡；還有令她焦慮的體會，體會到這裡曾經是屬於卡蘿的世界，就像巴黎和其他特芮絲不知道的地方一樣。卡蘿有一段時間常常在這些地方跑來跑去。

那天晚上，卡蘿坐在她床邊，在熄燈之前抽著菸。特芮絲躺在自己的床上，帶著睡意望著她，想要解讀出卡蘿焦躁不安、困惑眼神中的意義。卡蘿的眼睛盯著房間裡的某樣東西好一會兒，然後又移開。她想的是她，還是哈吉？或者是琳蒂？卡蘿要求明天早上七點叫她起床，這樣才能在琳蒂上學前打電話給她。特芮絲記得她們在迪范恩斯時，卡蘿和琳蒂的電話對話。琳蒂和另一個小女生有爭執，卡蘿花了十五分鐘處理整件事，說服琳蒂主動道歉。特芮絲仍能感覺到酒醉的影響，香檳的刺激讓她痛苦地接近卡蘿。她想，假如她要求的話，卡蘿今晚會讓她和她睡同一張床。她想要的不只這樣，她想親吻她，想感覺到彼此身體依偎在一起。特芮絲想到她在帕勒摩酒吧看到的那兩個女孩。她知道她們就是這樣，而且還不只這樣。假如她只是想要把卡蘿擁入懷中，卡蘿會突然厭惡地推開她嗎？如果這樣的話，卡蘿對她的好感會消逝無蹤嗎？卡蘿冷淡喝叱拒絕的景象令她喪失勇氣，但她的勇氣又卑微地回到那個問題：她能不能直接了當要求和她睡同一張床？

「卡蘿，妳會介意……」

「明天我們會去牲畜飼養場。」卡蘿同時說，特芮絲突然大笑。「這有什麼好笑？」卡蘿熄掉菸時問道，但她也在笑。

「就是這樣。真的很好笑。」特芮絲還在笑，她要用笑來抹除今夜的渴望和企圖。

「香檳害妳一直發笑。」卡蘿關上燈時這樣說。

隔天傍晚她們離開芝加哥，往羅克福德的方向開。卡蘿說她在那裡也許會收到艾比寄來的信，但也很可能不會，因為艾比是個很糟糕的聯絡人。特芮絲到一家修鞋店把便鞋縫補好。她回來時，卡蘿正在車裡讀信。

「我們要走哪條路？」卡蘿看起來更高興了。

「二十號往西。」

卡蘿調整著收音機頻道找音樂。「我們到明尼亞波里途中，有什麼好的地方可以待一晚？」

「杜布克，」特芮絲看著地圖說：「或者是滑鐵盧。滑鐵盧看起來很大，距離這裡大約兩百哩。」

「我們應該趕得到。」

她們從二十號公路往自由港和加利納的方向走，在地圖上，加利納標上了星號，是格蘭特總統[18]的家。

「艾比說什麼？」

「沒說太多。只是一封寫得很好的信。」

卡蘿在車上的話不多，她們停下來喝咖啡時也沒說什麼。卡蘿走到點唱機前站著，慢慢投入銅板。

「妳希望艾比也可以一起來，是嗎？」特芮絲說。

「不是這樣。」卡蘿說。

「妳收到她的信之後就變了。」

卡蘿看著桌子對面的她。「親愛的，只是一封愚蠢的信。如果妳想的話，妳看看也沒關係。」卡蘿伸手拿手提包，但並沒有把信拿出來。

18 格蘭特（Ulysses Simpson Grant），美國第十八任總統。

那天晚上，特芮絲在車裡睡著了，醒來時城市的燈光已經映照在臉上。卡蘿疲憊地將兩隻手靠在方向盤上面，停下來等紅燈。

「這就是我們要過夜的地方。」卡蘿說。

特芮絲走過飯店大廳時仍帶著睡意。她搭電梯上樓，非常敏銳地感覺到卡蘿在她身邊，彷彿她正在作夢，而在夢中，卡蘿就是主角，而且是唯一存在的人。進了房間，她把行李箱從地板拿到椅子上打開就不管了。然後她站在寫字桌旁看著卡蘿。過去幾個小時或幾天裡，她的情緒彷彿已經中止，她看著卡蘿打開行李箱，如往常一般先拿出放著盥洗用具的小包包，然後把小包包放在床上。此時特芮絲的情緒才如潮水般湧來。她看著卡蘿的手，看著從環繞在卡蘿頸項的圍巾下露出的一綹頭髮，看著她便鞋上刮到的擦痕。

「妳站在那裡做什麼？」卡蘿問：「貪睡蟲，快上床。」

「卡蘿，我愛妳。」

卡蘿挺直了身子。特芮絲用熱切、帶著睡意的雙眼盯著她看。然後卡蘿把睡衣從行李箱裡拿出來，再把行李箱合上。她走向特芮絲，把手放在她的肩上。她繃緊肩膀，彷彿她要向特芮絲要求一個承諾，也像在探詢她，看看她說的話是否屬實。然後她親吻了特芮絲的雙唇，彷彿兩人之前已經吻過千千萬萬回。

「妳不知道我愛妳嗎？」卡蘿說。

卡蘿把睡衣帶到浴室去站了一會兒，看著洗手台。

「我要出去。」卡蘿說：「馬上回來。」

卡蘿出去時，特芮絲在桌旁等待。時間似乎永無休止地流逝，但也好像停滯不前，一直等到門打開，卡蘿走進來。她拿了個紙袋放在桌上，特芮絲知道她只是去買瓶牛奶，就像卡蘿和她自己在夜裡常做的事情一樣。

「我可以和妳一起睡嗎？」特芮絲問。

「妳看到床了嗎？」

房裡只有一張雙人床。她們穿著睡衣坐下，喝牛奶，分享卡蘿早先因為疲憊而沒有吃完的柳橙。特芮絲把牛奶瓶放在地板上，看著已經睡著的卡蘿。卡蘿俯臥著，一隻手抬高過肩，她睡著的時候就是這樣。特芮絲熄了燈，接下來卡蘿的手臂滑到她的頸子下，她們的身體緊密接觸貼近，彷彿已經先安排好。幸福就像是綠色的藤蔓爬滿她的全身，伸展纖細的卷鬚，從她的血肉中生出花朵。她看到灰白色的花朵在閃爍，好像出現在黑暗中或在水面底下一樣。她想起人們談論天堂的原因。

「睡覺吧，」卡蘿說。

特芮絲希望她別睡著。但她感覺到卡蘿的手在她肩上移動時，她知道卡蘿已經睡著了。卡蘿的手在她的頭髮上握緊，卡蘿吻了她的唇，愉悅之情再度躍上特芮絲心頭，彷彿此刻延續了剛剛卡蘿的手滑到她頸子下方的那種感覺。特芮絲想再說一次我愛妳，卡蘿的唇落在她的頸項、肩上，刺激而令人害怕的愉悅消除了語言，急速貫穿全身。她的雙臂緊緊環繞著卡蘿，她只感覺到卡蘿，再也感覺不到其他事物。她感覺到卡蘿的手沿著她的肋骨滑動，卡蘿的秀髮拂過她赤裸的胸部，然後她的身體似乎也消失在愈來愈大的圓圈中。這些圓圈跳得愈來愈遠，超出思緒可以跟隨的範圍。上千個回憶、時刻、字句、初戀，與卡蘿在店裡的第二次相遇，上千個卡蘿的臉孔與聲音的回憶，憤怒與笑聲的時光……，就像彗星的尾巴般穿越她的腦海。而現在那是一段灰藍色的距離和空間，一個逐漸擴展的空間。在這個空間中，她像一枝長箭般倏忽往前奔去。那枝箭輕而易舉橫跨了寬廣的、不可思議的深淵，在空間中不斷畫出弧形，沒有止盡。她曉得自己仍然緊緊貼著卡蘿，身體顫抖得很厲害，而那枝箭就是她自己。她看到卡蘿淡色的頭髮遮蓋住眼睛，現在卡蘿的頭緊貼著她的頭。她不必去問這是對是錯，也沒有人可以告訴她，因為這樣子再正確、再完美不過了。她把卡蘿抱得更緊，感覺到卡蘿的嘴貼在她自己微笑的嘴上面。特芮絲一動也不動地躺著，看著她，看著離她僅幾公分遠的卡蘿的臉，她從沒見過她的眼睛那麼平靜，不過感覺很奇怪，因為這還是卡蘿的臉，上面有雀斑，熟悉的彎曲金色眉毛，那張嘴現在就像她的眼睛一樣平靜，就像特芮絲看過的那樣。

「我的天使，」卡蘿說：「從天而降。」

特芮絲抬頭看著房間，現在房間明亮多了。她看著前端突出、抽屜拉出來的五斗櫃，看著無框、邊邊呈斜角的鏡子，看著綠色圖案的窗簾直直掛在窗戶上，兩棟建築物的灰色頂端剛好出現在窗台之上。她會永遠記得這間房間的一景一物。

「這裡是哪個鎮？」她問。

卡蘿笑了。「這裡？這裡是滑鐵盧，」她伸手拿了根菸：「還不太糟。」

特芮絲微笑著，手肘把身體撐了起來。卡蘿把香菸放入唇間。「每一州都有好幾個滑鐵盧。」特芮絲說。

第十六章

卡蘿穿衣服打扮的時候，特芮絲走出去買報紙。她進到電梯，在正中間轉過身來，感覺到有點奇怪，彷彿一切都已經變了，相對的距離、平衡感也不太一樣。她走過大廳，來到角落的書報攤。

「《郵報》和《論壇報》。」她拿起報紙，告訴賣報紙的人。奇怪，連說話也變得像報紙的名字一樣奇怪。

「八分錢。」賣報紙的人說。特芮絲低頭看他找零給她，覺得八分錢和兩毛五分錢之間，一樣存在著奇特的差異。

她走回大廳，從玻璃窗看進理髮店裡面，有幾個男人在那裡刮鬍子，還有一個黑人正在替別人擦鞋。有個高大的男人抽著雪茄，帶了頂寬邊帽，穿著西部靴子走過她身邊。她會永遠記得這個大廳、這些人、旅館櫃檯下方樣式老舊的木頭雕花，還有那個穿著黑色大衣的男人。那男人從報紙上方看她，然後突然坐了下來，繼續在黑色及乳白色的大理石柱旁邊讀報紙。

特芮絲打開房門時看到卡蘿，卡蘿的影像就像銳利的長矛，猛然貫穿了她。她在那裡站了一會兒，手還放在門把上。

卡蘿站在浴室裡看著她，握著梳子的手還停留在頭上，卡蘿從頭到腳打量著她。「不要在公開場合這樣做。」她說。

特芮絲把報紙丟到床上，然後走向卡蘿。卡蘿突然緊緊抱住她，她們站著，互相擁抱著彼此，好像永遠不願分開。特芮絲在發抖，眼眶盈滿淚水，搜索枯腸還是找不出適當的字眼來表達當下的感覺。她在卡蘿的懷裡，比接吻更親密。

「妳為什麼等了這麼久？」特芮絲問。

「因為，我以為我們之間沒有第二次機會。我以為我不希望我們這樣。結果我錯了。」

特芮絲想到艾比，這個想法就像一陣輕微的苦澀，掉落在她們兩人中間。卡蘿放開了她。

「還有別的。直到妳在我身邊，才讓我意識到，其實要認識妳，要體會到我們之間的情愫，真的不難。對不起。我以前對妳不公平。」

特芮絲咬緊牙關。她看著卡蘿慢慢走過房間，看著空間逐漸擴大，又想起以前在百貨公司第一次遇見卡蘿，看見卡蘿走開的那個模樣。這個景象，特芮絲已經回想過千千萬萬遍了。特芮絲不禁懷疑，卡蘿也曾愛過艾比，但現在卡蘿卻因為這樣而不斷責怪自己；總有一天，特芮絲猜想，卡蘿也會因為愛上她而自責。特芮絲現在瞭解了，為什麼十二月和一月的那幾個禮拜之內，是一種充滿憤怒、猶豫，責備和寬容互相交替的場景。她現在也瞭解了，不管卡蘿嘴上怎麼說，從現在起，再也沒有界線阻隔，也沒有猶豫不決了。無論卡蘿和艾比以前發生過什麼事，從今天早上開始，再也沒有艾比了。

「是嗎？」卡蘿問。

「打從我認識妳那一刻開始，妳就讓我非常快樂。」特芮絲說。

「我倒覺得妳自己不知道。」

「我今天早上知道了。」

卡蘿沒有回話，只有門鎖刺耳的聲音回答了特芮絲。卡蘿鎖好門，兩人現在能獨處了。

特芮絲走過去，直接投入她的懷裡。

「我愛妳。」特芮絲說道，覺得自己只想聽見這幾個字：「我愛妳，我愛妳。」

不過今天卡蘿似乎刻意忽略她，她斜叼著香菸的姿態顯得更加高傲了，她從人行道一邊倒車一邊咒罵著，並不像在開玩笑。「可惡！以後如果看見路邊有空位，我一定不會把零錢投進這些該死的計時收費器裡。」卡蘿說。可是等到特芮絲真的瞥見卡蘿偷瞄著自己的時候，卡蘿的眼睛裡果真有笑意。卡蘿一直在逗她玩，兩人站在香菸販賣機前面的時候，卡蘿故意靠在她的肩膀上；在餐桌底下，卡蘿又用腳去碰她的腳。特芮絲整個身體都放鬆了，但同時又覺得很緊張，想起她在電影院裡面看到好多人手牽著手看電影，她和卡蘿為什麼就不能這樣子呢？就連她們在店裡買盒糖果，特芮絲只不過是抓著卡蘿的手臂，卡蘿就告訴她說：「別這樣。」

在明尼亞波里的糖果店裡，特芮絲寄了一盒糖果給羅比榭克太太，也寄了另一盒給凱利一家。她還寄了個特別大盒的糖果，木製附隔板的雙層盒子，給理查的媽媽。她知道糖果吃完後，就可以用這個盒子來放針線工具。

「妳以前有和艾比這樣子？」那天晚上，特芮絲在車上直接發問。

卡蘿忽然露出了然於心的眼神，眨了眨眼睛。「這是什麼問題嘛，」她說：「當然有。」

當然有。她早就知道了。「那現在……」

「特芮絲……」

她僵硬地問：「那……和跟我一樣嗎？」

卡蘿笑了。「不一樣，親愛的。」

「妳難道不覺得，我們這樣，比和男人睡覺更開心嗎？」

她露出頑皮的微笑。「不一定，要看情況。除了理查外妳還跟誰睡過？」

「沒有。」

「嗯，妳沒想過要試試別人嗎？」

特芮絲一時為之語塞，但又想要故做輕鬆，於是手指敲起放在大腿上的書。

「親愛的，我是說將來有一天。妳可是來日方長呀。」

特芮絲什麼也沒說。她也無法想像有天她會離開卡蘿。這個可怕的問題早就出現在她腦海裡，而且揮之不去，迫切需要一個解答。卡蘿會想離開她嗎？

「我是說，妳跟誰睡覺，其實是被習慣所限定了，」卡蘿繼續說：「妳還年輕，不懂得做決定，也還沒機會培養習慣。」

「就只是習慣嗎？」她笑著問，但她聽到自己聲音裡帶有憤恨：「妳的意思是說，跟誰在一起只有這樣，沒有其他的？」

「特芮絲，妳怎麼這麼容易就多愁善感起來。」

「我沒有多愁善感。」她抗議著。但腳底下又出現了那層薄冰，那種不確定的感覺。還是說，不管她已經擁有多少東西，她自己總是希望擁有更多一點？她一時衝動，脫口而出：「艾比也愛妳，不是嗎？」

卡蘿動了一下，然後放下叉子。「艾比可以說愛我愛了一輩子，像妳一樣。」

特芮絲瞪著她。

「總有一天，我會把這件事情告訴妳。不過這件事都已經過去了，好幾個月前的事了。」

她的聲音很輕，特芮絲幾乎聽不見。

「只有幾個月？」

「對。」

「現在就告訴我。」

「現在時間或地點都不對嘛。」

「永遠都不會有對的時間的。」特芮絲說：「這不是妳說的嗎，妳不是說永遠都不會有對的時間嗎？」

「我這樣說過？我怎麼會這樣說？」

此時她們兩人有好一下子都沒有說話，原因是一陣強風帶著暴雨猛然落下，就像百萬顆子彈打在引擎蓋和擋風玻璃上。有好一會兒，她們什麼聲音都聽不到。雷聲不見了，彷彿在高天之上的雷神已經謙卑地放棄與雨神的對抗。她們開到路邊一個斜坡上，找了個不太適合躲雨的地方等著。

「我可以告訴妳中間的部分。」卡蘿說：「因為中間比較好玩。去年冬天我們一起開了家具店，可是我又必須告訴妳一開頭的故事，才能接下來告訴妳中間的事情。很久以前，我們都還是小孩子的時候，我們兩家住在紐澤西州住得很近，所以每次放假的時候就會一起玩。我猜艾比從六歲或八歲開始就一直喜歡我。她十四歲那年離家住校，還寫了好幾封信給我。早在那個時候我就聽說過有女孩子喜歡女孩子的事，但是書上總是告訴妳，那段年齡過去後，女孩子就不會喜歡女孩子了。」她一面講話，偶爾還停頓了一下，彷彿遺漏了幾個句子。

「妳和她上同一個學校嗎？」特芮絲問。

「從來沒有。我父親把我送到其他的學校，另一個城市。艾比十六歲那年去了歐洲，她回來的時候我不在家，後來我結婚前後曾在某個派對上看過她一次。艾比那時候看起來很不一樣，再也不像男孩子了。結婚後我和哈吉住在別的地方，有好幾年都沒有看到她，直到琳蒂出生很久之後才又見面。她偶爾會去我和哈吉以前常去騎馬的馬場，還有幾次我們三個人一起騎馬。而我從來沒有回想過艾比以前對我的迷戀，畢竟我們兩人都長大了，也經歷了很多事情。我之所以想要開店，原因是我不想天天看到哈吉。我以為我和哈吉既然已經彼此厭倦，那我開個店，或許會對情況有點幫助。所以我才問艾比，看她想不想和我合夥開店，接著我們就開了家具店。過了幾個禮拜，我開始感到驚訝，我覺得我被她吸引了。」卡蘿用同樣平靜的語氣說。「我不瞭解，也有點害怕，我還記得以前艾比的模樣，而且我知道她可能也有同樣的感覺，或者說我們兩人都有。我一直設法不要讓艾比發現我心裡的感覺，而且我還以為我成功了。等到最後——最後就是最好玩的部分，去年冬天有個晚上在艾比家裡，路上積了雪，艾比的母親堅持叫我留下來過夜，和艾比一起待在她的房間裡。當時天色很晚了，本來安排我住的房間沒有棉被，艾比說她來處理棉被的事情。我們兩個當時還不想同住一間房呢，可是艾比她媽媽堅持。」

卡蘿略微笑了一下，朝她看過來，但特芮絲知道卡蘿的眼光甚至沒有看見自己。「所以我才跟艾比住在同一間房。假如不是那天晚上，什麼事情都不會發生，這一點我很確定，都要怪艾比的母親。這樣說起來很諷刺，因為她媽媽對於我們的事情一無所知，可是事情就是這樣發生了。我想我的感覺跟妳很像，和妳一樣快樂。」卡蘿不經意冒出最後一段話，但她的聲音還是很平穩，幾乎不帶情緒。

特芮絲盯著她，心裡不知道究竟是嫉妒、震驚或是憤怒，讓現在的情況變得一團混亂。

「然後呢？」她問。

「之後，我曉得我愛上了艾比。我也不知道，乾脆就把這種感覺叫做愛好了，反正它看起來就是愛。可是這樣只持續了兩個月，就像一場病一樣。」卡蘿講話的語調變了：「親愛的，這跟妳沒有關係，而且現在也結束了。我也能體諒妳想知道，只是我先前找不到任何理由告訴妳，這件事情其實微不足道嘛。」

「可是，如果妳對她有一樣的感覺……」

「才兩個月的時間？」卡蘿說：「妳有丈夫和小孩的話，情況會不一樣了。」

卡蘿是說，現在和她在一起的時候，情況不同，因為現在卡蘿已經沒有責任在身了。「就是這樣嗎？妳可以就這樣開始，然後結束？」

「如果妳沒有選擇的話，就是這樣。」卡蘿回答。

雨勢減弱了，她這才看清楚，原來眼前是雨水，而不是一片堅實綿密的銀白色布幕。「我不相信。」

「妳可不可以好好說話？」

「為什麼妳要這樣挖苦人？」

「挖苦？我有嗎？」

特芮絲遲疑著無法回答。愛上一個人究竟是怎麼一回事？愛情又是什麼？為什麼愛情會停止，或者繼續發展？

「別說了。」卡蘿說。「我們去找瓶不錯的白蘭地好嗎？這個州不曉得有沒有好酒。」

她們開車到前面的小鎮，在當地最大的飯店裡找到一家酒吧，裡面沒什麼客人，但是白蘭地還不錯，所以她們又點了兩杯。

「這是法國白蘭地。」卡蘿說：「總有一天，我們兩個要一起去法國。」

特芮絲的小玻璃杯在她的手指間轉著，吧台另一頭有時鐘滴答響著的聲音，遠方傳來火車鳴笛聲。卡蘿清了清喉嚨。這些聲音沒本來什麼特別，但搭配在這個時間，這個空間底下，就顯得與眾不同了。自從滑鐵盧那天早晨之後，接下來的每一分每一秒都不再平淡無奇。特芮絲看著白蘭地杯子裡閃爍的褐色光芒，突然間再也不懷疑自己總有一天會和卡蘿一起去法國。然後在玻璃杯發亮的褐色陽光之中，浮現了哈吉的臉孔，他的嘴、鼻，還有他的眼睛。

「哈吉也知道艾比的事，對嗎？」特芮絲說。

「對。幾個月前他問過我艾比的事，我把事實全部告訴他了。」

「妳真的……」她想到了理查，想像理查如果知道的話，會有什麼反應。「這就是妳離婚的原因？」

「不是，艾比這件事和離婚無關。這是另一件非常反諷的事情，我是在婚姻已經要結束了，才告訴哈吉的。這樣的誠實態度其實於事無補，我和哈吉之間已經不能挽回了，那個時候我們已經談到要離婚了。請妳不要再拿我犯過的錯誤來提醒我！」卡蘿皺起眉頭。

「妳的意思是……他一定很嫉妒。」

「對。不管我選擇用怎樣的方式來告訴他，對他來說，這就代表曾經有過一段時間，我對艾比的關心，高於我對他的。也代表著曾經有過某個時刻，即使我已經有了琳蒂這個小孩，我也會不顧一切和艾比一起離開。我為什麼沒有這樣做，我也搞不清楚。」

「也把琳蒂一起帶走？」

「我不知道。我確實知道的是，因為有了琳蒂的存在，所以我無法離開哈吉。」

「妳後悔嗎？」

卡蘿緩緩搖頭。「不，我和艾比的關係不會長久，也不會持續下去，或許我當時就已經知道會這樣了。我的婚姻瀕臨失敗，所以我太害怕，也太脆弱，無法……」她停了下來。

「妳現在會害怕嗎？」

卡蘿沉默不語。

「卡……」

「我不害怕。」她抬起頭，倔強地說。

特芮絲在微弱的光線中看著她的臉。她想問卡蘿，現在她對琳蒂又有什麼想法？將來會發生什麼事？但她知道卡蘿正處於崩潰的邊緣，所以一定會給她一個粗率的答案，或者根本不回答。特芮絲想，以後再找其他時間問吧，現在貿然開口的話，只會讓事情變得更糟，毀了一切，毀了她身邊卡蘿實實在在的軀體，而世上好像只有卡蘿穿著黑色毛衣的身軀弧度，才是唯一實在的事物。特芮絲用拇指撫摸著卡蘿的身體，從手臂下方一直摸到腰際。

「我記得哈吉最生氣的是，有次我和艾比去康乃迪克州替家具店補貨，只不過出門兩天而已，但是他告訴我：『妳跑到我的背後了，妳就是想要離開我。』」卡蘿的語氣冰冷，但她的聲音裡，自責多於模仿哈吉。

「他後來還有談到這件事嗎？」

「沒有。還有什麼好談的？有什麼好驕傲的嗎？」

「有什麼好羞恥的嗎？」

「有，妳很清楚，不是嗎？」卡蘿以平穩、清楚的聲音這樣問：「在世人的眼中，這是大逆不道的事。」

卡蘿說話的這種態度，令特芮絲也嚴肅起來。「妳才不相信世人的觀點呢。」

「哈吉他們家的人就會相信。」

「他們不是全世界。」

「足夠代表全世界了。而妳，必須生活在世界裡面，我不是說現在妳就必須決定要愛誰。」她看著特芮絲，最後特芮絲終於看到一絲笑容緩慢從她眼中浮現，笑容帶著卡蘿一起出現。「我是說，在其他人居住的那個世界裡，縱使不是妳的世界，當中還是帶有責任的。

這也就是為什麼在紐約那個世界裡，我絕對不是妳該認識的人，因為我會帶壞妳，阻礙妳的成長。」

「那妳為什麼要繼續這樣做？」

「我也不想這樣啊。但麻煩的地方就是，我喜歡帶壞妳。」

「妳絕對是我應該認識的人。」特芮絲說。

「我是嗎？」

特芮絲在大街上繼續說：「假如哈吉知道我們一起出門旅行，他也會不高興，是嗎？」

「他不會知道的。」

「妳還想不想去華盛頓？」

「當然想，如果妳有時間的話。妳二月都有空嗎？」

特芮絲點頭。「除非到了鹽湖城有新消息。我已經告訴菲爾，叫他把信寄到那裡。不過機會很渺茫。」她猜想，菲爾可能連寫信都不會寫。但假如在紐約有工作的機會，她就應該回去。

「如果沒有我，妳自己會去華盛頓嗎？」

卡蘿看著她。「說真的，我不會。」她帶著一點笑意說。

她們那天晚上回到旅館時，房間內非常悶熱，她們把窗戶打開了一下子。卡蘿靠著窗台咒罵天氣悶熱，想要逗特芮絲開心。她說特芮絲是兩棲類動物，可以忍受這樣的熱浪。然後卡蘿突然問：「昨天理查說什麼？」

特芮絲甚至不曉得，原來卡蘿已經知道了上一封信的事了。那封信，就是他更早在芝加哥寄來的那封信裡面承諾過的，會寄到明尼亞波里和西雅圖的信。「沒什麼。」特芮絲說：「只寫了一頁，他還是希望我寫信給他。但我不想寫了。」她雖然早就把信給丟掉了，但她還記得內容：

我好久沒有妳的消息了，我不禁想到，妳這個人是多麼難以想像的矛盾。妳很體貼，又很不體貼；充滿想像力，但又欠缺想像力……如果妳那位奇怪的朋友讓妳陷入困境，請讓我知道，我會去找妳。小芮，妳這樣子不可能繼續下去的。我知道一點這方面的事。我碰見丹尼，他也想知道我這邊有沒有妳的消息，妳正在做什麼等等。假如我眞的告訴他，那妳會怎麼樣？爲了妳，我一句話也沒說，因爲我知道有一天妳會爲此羞愧。我還是愛著妳，我承認。我會走向妳，讓妳看看美國眞正的面貌，如果妳還關心我，願意寫信給我的話……

信裡的話，對卡蘿簡直是一種侮辱，特芮絲已經把信撕了。現在她坐在床上，雙臂環抱著膝蓋，抓著睡袍袖子裡的手腕。卡蘿把空調開得太大，房間變得太冷，明尼蘇達的寒風占領了房間，控制了卡蘿的香菸，將煙化為無形。特芮絲看著卡蘿平靜地在洗手台邊刷牙。

「妳是說，妳不想寫信給他是妳的決定？」卡蘿問。

「對。」

特芮絲看著卡蘿敲掉牙刷上的水滴，從洗手台走回來，用毛巾擦乾臉。理查的任何事，對她而言，都比不上卡蘿用毛巾擦乾臉的方式來得重要。

「那就別再說了。」卡蘿說。

她知道卡蘿不會再說什麼，也知道直到剛剛，卡蘿都還想把她推回理查身邊。現在看來，一切似乎都是為了這一刻——卡蘿轉身走向她，她的心向前躍進了一大步。

她們繼續向西行，穿過睡眼鎮、崔西和派普史東，有的時候一時興起，便撿一條曲折的小路前進。西邊的世界就像條魔毯般在她們眼前展開，遠遠就可以看見農舍、穀倉和儲藏窖，整齊地緊密相連，點綴其中，而且在這些東西映入眼簾之後，還要繼續再開半小時，才會抵達它們的腳下。她們一度停在一個農舍前面，詢問當地人在哪裡可以買到汽油，好讓她們開往下一站。她們停下的農家聞起來有種新鮮的冷凍起司味道，她們的腳踩在地板的褐色木條上，聽起來空洞而孤寂。特芮絲突然湧起一股濃烈的愛國心：這就是美國。牆上有一幅公雞的彩色圖案，縫在黑色的底布上，美得足以掛在博物館中收藏。農人警告她們，直接往西的路上結了冰，所以她們朝南改走了另一條路。

那天晚上，她們在一個叫做西屋瀑布的小鎮鐵軌旁，發現有個小型馬戲團在演出，特芮絲和卡蘿坐在第一排的木板箱子上欣賞，但演出的水準稱不上專業。表演結束後，有位特技演員邀請她們參觀演員的帳棚，還堅持要送給卡蘿十餘張馬戲團海報，因為她很讚賞他們。卡蘿把其中一些海報寄給艾比，也寄了一些給女兒琳蒂，還把一隻綠色的變色龍玩偶放在硬紙板箱裡，寄給了琳蒂。這個夜晚，特芮絲永生難忘；和其他的夜晚不同，因為這夜還沒有結束的時候，特芮絲就已經曉得今夜會令她永生難忘。她們共享一袋爆米花，一同欣賞了馬戲團，卡蘿還在演員帳棚裡的小隔間，回吻了特芮絲。這一夜，卡蘿散發出某種特殊的魔力（雖然卡蘿好像認為兩人共度的美好時光並沒有特殊之處），魔力在她們周遭的世界發揮了作用，讓一切事情都按照她們的期待順利進行，沒有失望，沒有阻礙。

特芮絲低著頭和卡蘿一起離開馬戲團，陷入沉思。「我在想，我還能不能發揮我的創意。」她說。

「怎麼會說到這件事？」

「我的意思是，我追求的，到底是什麼？我現在好快樂。」

卡蘿握著她的手臂捏了一下，大拇指壓得很用力，痛得特芮絲叫了起來。卡蘿抬頭，看著街頭的標誌後說：「第五大道和內布拉斯加，我們就這樣走。」

「我們回紐約以後會怎樣？不可能和以前一樣，是不是？」

「對，」卡蘿說：「直到妳厭倦了我。」

特芮絲笑了。她聽到卡蘿圍巾的尾端在風中發出的劈啪聲。

「我們縱使不能住在一起，可是一定會和現在一樣。」

特芮絲知道，她們兩人絕不可能和琳蒂住在一起，這只是痴心妄想。但是卡蘿願意在口頭上承諾一切不變，這樣就夠了。

在內布拉斯加州和懷俄明州的邊界，她們在一家大餐廳吃晚餐。那家餐廳蓋得很像森林小屋，而且裡面幾乎沒有別的客人。兩人選了靠火爐的位置坐下，攤開地圖研究，決定直接前往鹽湖城。卡蘿說那裡很好玩，而且她也開車開得煩了，所以可以在鹽湖城待個幾天。

「路斯克，」特芮絲看著地圖說：「這個地名聽起來多性感！」

卡蘿笑了起來，頭往後仰。「在哪裡？」

「在路上。」

卡蘿拿起酒杯說：「內布拉斯加州的新教皇城堡。我們為誰乾杯？」

「為我們。」

特芮絲想，此刻就像那天早晨在滑鐵盧的感覺，那段時光太獨特、太完美了，儘管真真實實存在過，但是想起來又好像不太真實；這段時光，不只是戲劇裡的道具而已，不只是她們放在壁爐架上的白蘭地酒杯，上面還有一排鹿角，還有卡蘿的打火機和火。有時她真覺得自己像個演員，只不過偶爾帶點驚訝的感覺，猛然想起自己的身分，彷彿這陣子以來她一直在扮演其他人的角色，一個太幸運、太讓人難以置信的角色。她抬頭往上，看見固定在屋頂椽子上面的冷杉枝條，看著一對男女在靠牆的桌子那邊，用聽不見的聲音談話，看著獨坐另一張桌子的男人，慢慢抽著菸。她想起滑鐵盧飯店那個拿著報紙坐著的男人，他不是也有著同樣無神的眼睛以及嘴角兩側長長的皺痕？或者只是此刻的感覺與那時太過相似？

當晚，她們住在九十哩外的路斯克。

第十七章

「H.F.愛爾德太太？」櫃檯人員在卡蘿簽了登記簿之後看著她：「是卡蘿．愛爾德太太嗎？」

「是的。」

「有您的訊息。」他轉身從架上的小格子中拿了個東西：「是電報。」

「謝謝。」卡蘿還沒打開電報，眉毛倒是先微微揚起，瞅了特芮絲一眼。她讀著電報，眉頭也皺了起來，然後轉向櫃檯人員。「貝爾維德飯店在哪裡？」

櫃檯人員指引了方向。

「我要去那裡拿另一封電報，」卡蘿對特芮絲說：「我不在的時候，妳想不想自己在這等等？」

「誰拍來的電報？」

「艾比。」

「好，我等妳。是壞消息嗎？」

她的眉頭仍然深鎖。「要看到才知道。艾比只說貝爾維德飯店有我的電報。」

「我先把行李拿上去嗎？」

「嗯，在這裡等我就好。車停好了。」

「為什麼不讓我跟妳去？」

「妳想去的話當然可以。我們走路去吧，只有幾條街。」

天氣寒冷刺骨，卡蘿走得很快。特芮絲看著平緩、秩序井然的街景，想起卡蘿曾經說過，鹽湖城是全美國最乾淨的地方。貝爾維德飯店出現在眼前的時候，卡蘿突然告訴她：「說不定艾比突發奇想，決定坐飛機過來跟我們一起走。」

卡蘿走近貝爾維德飯店的櫃檯，特芮絲則抽空買了份報紙。特芮絲走到卡蘿身邊的時候，她才剛讀完電報，把電報放下，一臉驚訝。她慢慢朝特芮絲走過來，特芮絲心頭閃過「艾比死了」這個念頭，說不定這封電報是艾比的父母拍來的。

「怎麼了？」特芮絲問。

「沒什麼，現在還不知道。」卡蘿四下張望，電報在手掌拍呀拍。「我先去打個電話，可能要花幾分鐘。」她看著手錶說。

現在是下午一點四十五分，飯店櫃檯人員告訴卡蘿說，二十分鐘內電話就可以接通到紐澤西。

卡蘿在等待的時候，又想喝杯酒，於是兩人走進飯店裡的酒吧。

「怎麼了？艾比生病了？」

卡蘿微笑。「沒有，待會再告訴妳。」

「是琳蒂嗎？」

「不是！」卡蘿把白蘭地一飲而盡。

特芮絲在大廳來回走著，而卡蘿則在電話亭裡。她看到卡蘿慢慢點了好幾次頭，看到她手忙腳亂地點菸，但等到特芮絲到她旁邊準備為她點菸時，她已經點好了，揮手示意她走開。卡蘿講了三、四分鐘，然後走出來付了帳。

「卡蘿，怎麼了？」

卡蘿站著，朝飯店門口望出去好一會兒。「我們現在去坦波廣場飯店。」她說。在那裡她們又拿了一封電報。卡蘿打開電報，走向大門離去時，把電報給撕掉。

「我們今晚不住這裡了，」卡蘿說：「回車上。」

她們走回卡蘿收到第一封電報的飯店。特芮絲一句話也沒說，但是感覺到一定有事情發生了，也就是說，卡蘿必須立刻趕回東部。卡蘿告訴櫃檯服務員說，她要取消預定的房間。

「我想留個轉寄地址，如果有其他訊息，請幫我轉達，」她說：「丹佛市的布朗宮大飯店。」

「沒問題。」

「非常感謝。下個禮拜我都會在那裡。」

回到車上，卡蘿說：「往西走，距離這裡最近的市鎮是哪個？」

「往西？」特芮絲看著地圖：「溫多佛，從這裡過去，一百二十七哩。」

「老天！」卡蘿突然叫起來，把車完全停住，將地圖拿過去看。

「那丹佛呢？」特芮絲問。

「我不去丹佛。」卡蘿把地圖折好，重新發動車子：「嗯，反正我們遲早會去。親愛的，替我點根菸好嗎？注意接下來我們可以在哪個地方找點東西吃。」

現在已經過了下午三點，她們還沒吃午餐呢。昨晚兩人就已經討論過這段路程，從鹽湖城向西直行，跨越大鹽湖沙漠。特芮絲知道油量還夠，而且這裡看似鄉下，其實也不是完全荒涼。但是卡蘿已經累了，那天早上從六點就在開車，開得很快，有時還會把油門踩到底好一陣子才放開。特芮絲有點擔心，看著卡蘿，感覺她們似乎正在逃跑。

「我們後面有什麼東西在追嗎？」卡蘿問。

「沒有。」特芮絲在兩人之間的座位上看到一張電報，從卡蘿的手提包中露出來，她只能看見上面寫著「接招。賈克波。」她記得賈克波是車子後面那隻小猴子的名字。

她們在一家加油站兼餐廳前面停住。這家餐廳孤寂矗立在天地之間，就像平緩的地景上突出來的一塊東西。說不定這幾天以來，只有她們兩個客人。卡蘿看著她穿過白色的油布桌，坐進長椅，還沒開口，就有位圍著圍裙的老人從後面廚房走出來，跟她們說現在只剩下火腿和蛋，所以她們點了火腿、蛋和咖啡。卡蘿點了菸，彎下腰來看著桌子。

「妳知道發生什麼事嗎？」她說：「哈吉雇了個偵探，從芝加哥開始就沿路跟蹤我們。」

「偵探？找偵探做什麼？」

「妳還猜不到嗎？」卡蘿幾乎是用耳語的音量說。

特芮絲咬緊舌頭。對，她應該能猜到的，哈吉已經發現她們兩人一同出遊。「艾比告訴妳的？」

「艾比發現的。」卡蘿的手指滑下香菸，被菸頭燙到。她把香菸從嘴邊拿開，嘴唇已經在流血了。

特芮絲朝周圍看了一下，餐廳空無一人。「跟蹤我們？」她問：「和我們在一起？」

「他現在可能在鹽湖城，一家接一家飯店搜尋。親愛的，偵探這行是非常非常骯髒的行業。我很抱歉、很抱歉、很抱歉。」卡蘿焦躁地坐在椅子上：「也許我應該送妳上火車，把妳送回家。」

「好……如果妳覺得這樣比較好的話。」

「妳沒有必要蹚這渾水。如果他們想要的話，就讓他們跟蹤我到阿拉斯加好了。我還不知道他們現在掌握到什麼資料，我覺得應當不會太多。」

特芮絲僵硬地坐著。「他在做什麼？針對我們做記錄嗎？」

老人走回來，端給她們兩杯水。

卡蘿點頭。「說不定會有竊聽錄音機，」老人走開之後她這樣說，「我還不確定他們會不會做得那麼過分，我也不確定哈吉會不會做出這種事，」她的嘴角在顫抖，往下盯著磨損的塑膠桌布。「我在猜，不曉得他們有沒有時間在芝加哥用錄音機竊聽，只有在芝加哥我們停留了十個小時以上。我還真希望他們有時間。真是諷刺啊，記不記得芝加哥？」

「當然啦，」她努力讓自己的聲音維持平靜，但這只不過是假裝罷了，就像珍愛的人在眼前死去，還要假裝能夠自我控制一樣。兩人必須在這裡分道揚鑣了。「那滑鐵盧呢？」她突然想到她在大廳裡看到的那個男人。

「哪裡？」

「第一次是在滑鐵盧的大廳那天早上，然後我認為我在那家有火爐的餐廳看到同一個男人。」那也只不過是昨晚發生的事情而已。

卡蘿要特芮絲盡量詳細說明這兩次的時間，盡量完整描述那個男人是什麼樣子。其實很難描述，但是特芮絲絞盡腦汁也要擠出一絲細節，連他鞋子的顏色也不放過。這很奇怪，也很可怕，說不定她是從臆想的事物中挖掘，再套用到真實的情境裡。當她看著卡蘿愈來愈急切的眼神時，她感覺自己甚至可能欺騙了卡蘿。

「妳覺得怎麼樣？」特芮絲問。

卡蘿嘆了氣。「該怎麼想呢？如果有第三次的話，好好注意他就是了。」

特芮絲低頭看著盤子，這頓飯根本吃不下了。「這些都和琳蒂有關，是嗎？」

「對。」卡蘿連一口都沒吃就放下叉子，伸手掏出了菸。「哈吉想要完全擁有她的監護權。說不定他認為派個偵探就可以達到他的目的。」

「只因為我們兩個人一起出遊？」

「對。」

「我應該離開妳。」

「去他的。」卡蘿安靜地說，一面看著餐廳的角落。

特芮絲等著。但又有什麼好等的？「我可以從這裡搭巴士，然後轉火車回去。」

「妳自己想走嗎？」卡蘿問。

「當然不想，我只是認為這樣子比較好。」

「妳會怕嗎？」

「怕？才不會。」她感覺到卡蘿的眼睛和上次在滑鐵盧一樣，對她展開嚴厲的評斷，那次她告訴卡蘿說她愛上了她。

「假如妳走掉，我就完了。我希望妳留下來陪我。」

「妳說真的？」

「對，把妳盤子裡的蛋吃掉，別說傻話了。」接著卡蘿甚至笑了一下：「我們要不要照計畫繼續往雷諾走？」

「哪裡都可以。」

「那就慢慢來。」

幾分鐘之後，她們又開車出發了。特芮絲說：「我還是不能確定，第二次到底是不是同一個男人。」

「我覺得妳很肯定。」卡蘿說。然後突然之間，就在這條又長又直的路上，卡蘿把車停住，坐在那裡好一陣子沒說話，只是朝下盯著路面，然後又望著特芮絲。「我不去雷諾，去那裡太可笑了。我知道有個很棒的地方，就在丹佛的南邊。」

「丹佛？」

「丹佛。」卡蘿肯定地說，然後倒車。

第十八章

清晨，陽光曬進了房間好久好久之後，她們兩人還依偎在彼此的懷裡。陽光穿越小鎮飯店的窗戶，溫暖了她們。兩人也沒特別留意這個小鎮叫什麼名字。外頭的地面上有積雪。

「艾斯特斯公園也會下雪。」卡蘿對她說。

「艾斯特斯公園是哪裡？」

「妳一定會喜歡的，那裡和黃石公園不太一樣。那邊一年到頭都開放。」

「卡蘿，妳好像不太擔心，是嗎？」

卡蘿把她拉近。「我看起來像是擔心的樣子嗎？」

特芮絲並不擔心。一開始經歷的恐慌已經消失了，她還在密切留意著，但已經不像昨天下午在鹽湖城之後那樣了。卡蘿希望她跟著她，無論發生什麼事，她們都會坦然面對。特芮絲心裡想，要談戀愛的話，心裡就不要懷著擔憂懼怕。愛情和擔憂這兩件事情，是搭不在一塊的。她們兩人每天在一起相處，愈來愈堅強，怎麼有可能害怕呢？還有每個夜晚，每個夜晚都不一樣；還有每天早晨。她們只要在一起，就一定能夠擁有奇蹟。

往艾斯特斯公園的下坡馬路蜿蜒曲折。積雪在兩邊愈堆愈高，接著出現了燈光，沿路懸掛在冷杉樹上，在路上形成一個拱形。她們接近一個小村落，裡面有著褐色的木屋，還有商店、旅館。路上可以聽見音樂，行人走在明亮的街道上，每個人都把頭抬高，彷彿著了魔似。

「我真的很喜歡這裡。」特芮絲說。

「這不代表我們不需要再去提防那個小子。」

她們把手提唱機拿到房間，放了一些剛買的唱片，也播一些從紐澤西帶出來的唱片。特芮絲放了〈愜意生活〉好幾次，卡蘿雙手環抱胸前，坐在房間對面椅子的扶手上，兩眼看著她。

「我所能給妳的時光，多麼糟糕呀，不是嗎？」

「喔，卡蘿，」特芮絲勉強擠出笑容。卡蘿只是暫時情緒不好，但還是讓特芮絲感到無助。

卡蘿轉頭望著窗外。「我們當初為什麼不去歐洲，例如瑞士？至少飛離這裡。」

「我一點也不喜歡這個主意。」特芮絲看著卡蘿買給她的黃色麂皮襯衫，正掛在椅背上。卡蘿也寄給琳蒂一件同款的綠色襯衫。她還買了幾對銀耳環、幾本書，還有一瓶柑香白酒。半小時前她們一起走在街上，還很快樂。「那瓶是妳在樓下買的裸麥威士忌嗎？」特芮絲說：

「裸麥威士忌酒會讓妳覺得沮喪。」

「會嗎？」

「比白蘭地更糟。」

「我帶妳去一個最棒的地方，在太陽谷[19]一帶。」她說。

「太陽谷有什麼特別的？」她知道卡蘿喜歡滑雪。

「確切的說，不是太陽谷。」卡蘿有點神祕地說：「那地方靠近科羅拉多泉市。」

經過丹佛時卡蘿停下來，把自己的訂婚鑽石戒指賣給珠寶商。特芮絲隱約覺得不妥，但是卡蘿說這個戒指對她已經沒有意義了，反正她也不喜歡鑽石，而且賣戒指還比銀行匯錢快。卡蘿想去科羅拉多泉幾哩外一家她以前曾經去過的飯店。但兩人才剛抵達，卡蘿又改變了心意，說這邊太像度假勝地。所以她們又跑到小城後面，找到一家面山的飯店住下來。

房間自入門處延伸至方形落地窗，縱深寬廣，從窗戶可俯瞰庭園，以及庭園後面紅色、白色交錯出現的山巒。庭園裡點綴著白色的奇特小石堆及凳子或椅子。在四周壯觀的山色襯托下，小庭園顯得平凡無奇。廣闊的大地向前延伸，隆起峰峰相連的高山，填滿遠處的地平線。房間裡的家具是金色的，接近卡蘿的髮色。而書架就像特芮絲喜歡的那樣平滑，上面好書、壞書夾雜。特芮絲知道，住宿的這段期間，自己根本不會去讀架上的任一本書。書架上

19 太陽谷（Sun Vally）：美國西部有兩處地方均名為太陽谷，此處指愛達荷州的太陽谷，是個滑雪勝地。另一處位於亞利桑納州的荒涼沙漠中。

掛了一幅圖畫，畫中的仕女戴著黑色大帽子和紅色圍巾。靠門的牆邊則鋪著一片褐色的毛皮地毯，不是真正完整的毛皮，只是從一塊褐色麂皮割下的一部分，地毯上放著金屬燭台。卡蘿把緊鄰的房間也租下，兩個房間有道門可以相互連通，不過她們當然沒有使用緊鄰的房間，連行李箱也沒放進去。她們計畫在這裡停留一整個星期，如果喜歡的話，繼續待下來也沒關係。

第二天早晨，特芮絲把飯店周圍環境勘查了一下，回來發現卡蘿坐在床頭的桌子旁。卡蘿瞥望她一眼，便走至梳妝台打探底下，然後走到牆板後的內鑲式長壁櫥。

「就這樣了，」卡蘿說。「現在忘了那回事吧。」

特芮絲知道她想找的是什麼。「我早已不再想了，」她說：「我覺得我們似乎已經甩掉他了。」

「除非他也到了丹佛。」卡蘿平靜地說。她笑了，但她的嘴型有點扭曲。「而且說不定他也會住到這家旅館。」

當然也有這個可能。她們往回開穿過鹽湖城的時候，說不定有萬分之一的機會被那個偵探看見，然後就一直跟蹤她們。如果他在鹽湖城找不到她們，他可能會問遍每家飯店。特芮絲知道，卡蘿之所以故意在鹽湖城的旅館留下丹佛的聯絡地址，原因就是如此，因為她們兩人根本不打算去丹佛。特芮絲坐在扶手椅上看著卡蘿。卡蘿大費周章在房子裡找尋竊聽錄音機，但其實她們兩人身在這裡，簡直就是自找麻煩。只有卡蘿自己才知道該如何解決這些矛盾的狀況。卡蘿的心意游移不定，時而緩慢又焦躁地朝著門來回踱步，時而冷靜抬起頭，她緊張的眉毛一下子流露出怒氣，下一秒又出現了平靜。特芮絲看著這個大房間，從上方的天花板，到巨大、樸實的方形床，房間的現代傢俱有種奇異的懷舊、寬敞氛圍，令人聯想起美國西部，就像她在樓下看到的特大型西部馬鞍。總之，是一種素淨感。卡蘿仍在尋找竊聽錄音機，特芮絲觀察她正往後走向自己，還穿著睡衣和睡袍。特芮絲有一股衝動，想要走到卡蘿身邊，撲進她懷裡，把她壓倒在床上。但她沒有這樣做，她既緊張又警戒，全身充斥著一股壓抑、但又魯莽的興奮感。

卡蘿抬頭把煙噴向空中。「不管了，我希望我們被報紙爆料出來，讓哈吉臉上無光，讓哈吉白花五萬元請偵探。妳想不想參加今天下午的爛英文導覽行程？妳問了法蘭西太太沒有？」昨晚兩人在飯店休閒廳認識了法蘭西太太，卡蘿當時問她想不想和她們一起開車兜風。

「我問她了。」特芮絲說：「她說午餐後就可以準備好。」

「那就穿上麂皮襯衫吧。」卡蘿用手捧著特芮絲的臉，先壓壓她的雙頰，然後親吻她。

「現在就穿上。」

她們準備前往跛腳溪金礦，車程就要六、七個小時，中途會穿越烏特關口，然後朝山下前進。沿路上法蘭西太太一直說個不停。她年約七十，說話帶馬里蘭州的腔調，還戴著助聽器，興致勃勃想要下車到處走，但她整趟路每一步都必須有人攙扶。特芮絲氣死了，連扶都不想扶她一下。她覺得如果法蘭西太太摔倒的話，她一定會碎成幾千幾萬碎片。卡蘿卻和法蘭西太太談著華盛頓州的情形。法蘭西太太這幾年來和兒子就住在華盛頓州，所以對當地相當熟悉。卡蘿問了幾個問題，法蘭西太太則把丈夫去世後到現在十年間她去過的地方，一一詳細介紹，還附帶說明她兩個兒子的事情，一個在華盛頓州，一個在夏威夷的鳳梨公司上班。法蘭西太太顯然很喜歡卡蘿，接下來她們還會再見到法蘭西太太好多次。一行人回飯店時，已經接近晚上十一點。卡蘿邀請法蘭西太太一起在酒吧用餐，但法蘭西太太說太累吃不下東西，只想回房間吃壓碎的小麥穀物和熱牛奶。

「太好了，」法蘭西太太離開時，特芮絲說：「我只想和妳獨處。」

「真的嗎，貝利維小姐？妳這是什麼意思？」卡蘿推門帶她走進酒吧的時候問道：「妳趕快坐好，把情況講給我聽。」

結果兩人在酒吧獨處連五分鐘都不到。有兩個男人走來，其中一位叫戴夫的邀請她們一起用餐，另一個傢伙叫什麼名字，特芮絲既不知道，也沒有興趣知道；昨晚在休閒廳裡，這兩人就曾邀請她們一起玩金羅美[20]。卡蘿昨天婉拒了，現在她卻說：「當然沒問題，請坐。」卡蘿和戴夫的對話聽起來很有趣，但特芮絲在一旁無法完全融入。坐在特芮絲旁邊的男人想和她聊點別的事，他提到他在汽船泉市參加了騎馬之旅。吃完飯以後，特芮絲一直等待卡蘿示意離開，沒想到卡蘿的談興正濃。特芮絲以前不曉得在哪裡讀過，如果自己愛的人在別人眼中也具有吸引力，那會讓人產生一股愉悅的感覺。但她現在就是沒有這種感覺。卡蘿偶爾看著她，對她眨眨眼。特芮絲呆坐著一個半小時，努力維持自己的社交禮貌，她知道卡蘿希望她表現得體。

這些偶然在酒吧裡或餐廳裡巧遇的人，其實不像法蘭西太太那樣令特芮絲感到不悅。法蘭西太太幾乎每天都和她們一起出遊，特芮絲心裡出現的憤怒與厭惡，連自己都感到羞愧，原因是竟然有人阻礙了她和卡蘿的獨處。

「親愛的，妳有沒有想過，總有一天妳也會長到七十一歲？」

「沒想過。」特芮絲說。

有幾天，她們獨自開車上山隨興走著。某次兩人偶然途經一個迷人的小鎮，於是就在那裡過夜。沒有睡衣或牙刷，沒有過去或未來，那個夜晚成了時光裡眾多島嶼中的一座，懸掛在心頭的某處或記憶裡，完好、獨特。也許幸福就是這樣子，特芮絲覺得，完美的幸福肯定

20 金羅美（ginrummy），一種雙人紙牌遊戲。

非常罕見，僅有少數人得以體驗。如果幸福就是這樣子，那它早已超越了幸福的原始界限，變成其他東西，變成一種極度的張力，如此，手上咖啡杯的重量、小貓跑過庭園的速度、兩片雲朵無聲的接觸，幾乎都超出她能承受的範圍。就像一個月前的她無法理解這份突如其來的幸福；現在的她也不能理解自己所處的狀態，像是某種餘波盪漾。痛苦的時間遠比快樂的時間多，最後她竟擔心自己患有嚴重且罕見的缺陷，擔心自己彷彿拖著斷裂的脊背四處走動。就算她曾出自衝動，想要把這種感覺告訴卡蘿，但這些話語也早在開口之前，被她的恐懼以及她向來疑慮的反應所淹沒；她擔心自己的反應是如此無可比擬，甚至連卡蘿也無法理解。

早晨，她們通常會把車子開到山上停好，然後走路登山。她們漫無目標，開過蜿蜒曲折的山間道路，它們就像白色的粉筆線一樣，連結著山上一個又一個地點。遠處可以看到雲朵臥在突出的山巔，它們看起來就像飛舞在蒼穹中，距離天堂更近於人間。特芮絲最喜歡的地點，是跨越跛腳溪的公路，路面驟然低屈貼近巨大凹地的邊緣。底下幾百呎處，就是略顯不平整的廢棄礦城。眼睛和腦袋在這裡互相使詐，一眼望去，很難曉得底下的景物相對大小，光憑肉眼難以衡量。她自己舉在眼前的手，可能就像侏儒一樣小，也很可能異常龐大。整個巨大的凹陷地面上，廢棄的礦鎮只占據了很小一部分，像個單純的經驗，一個單一的尋常事件，出現在腦海中某個無法估量的空間上。眼睛在空間中來回游動，最後停駐在一個點上。

這個小黑點看起來像車子碾過的火柴盒，這個小黑點，就是人造的小城鎮。

特芮絲一直在尋找嘴角有皺紋的男人，但卡蘿從來沒留意過。兩人抵達科羅拉多泉的第二天開始，卡蘿就沒提過他，現在已經過了十天。她們投宿的旅館餐廳很有名，每天晚上都有新的客人前來，特芮絲總是四處留意。她並不真的期待會看見他，只是一種習慣成自然的預防措施。但卡蘿不會注意任何人，除了侍者華特，因為他總會走過來問她們當晚想喝哪種雞尾酒。很多人會盯著卡蘿瞧，因為她通常是餐廳裡最引人矚目的女人。特芮絲很開心能夠在她身邊，並為她感到驕傲，除了卡蘿，她誰也不看。當她看菜單時，卡蘿會在桌子底下輕壓她的腳，逗她發笑。

「妳覺得夏天去冰島玩怎樣？」卡蘿問道。兩人在沉默時，就會開口談旅行。

「妳一定要選那麼冷的地方嗎？我什麼時候才可以去上班？」

「別那麼憂鬱。我們邀請法蘭西太太一起去好嗎？我猜她會介意我們兩人手牽手。」

有天早上出現了三封信，分別是琳蒂、艾比和丹尼寄的。卡蘿已經接過二封艾比寄來的信，艾比先前沒提到進一步消息，但特芮絲注意到卡蘿先拆的就是琳蒂的信。丹尼在信中說，他還在等那兩份工作面試的結果。他另外說，菲爾提到哈凱維三月間需要設計一齣英國劇《軟弱之心》的場景。

「聽好，」卡蘿說：「『妳在科羅拉多有沒有看到犰狳？妳寄一隻給我好不好？因為變色龍不見了，爸爸和我在房子裡到處找。如果妳寄給我一隻犰狳，犰狳長得夠大，就不會搞丟了。』下一段是這樣的：『我的拼字拿了九十分，可是代數只有七十分。我好討厭代數，討厭那個老師。我得停筆了。我愛妳，也愛艾比。琳蒂。還有，附註：謝謝妳送我那件襯衫。爸爸買了一輛兩輪的腳踏車給我，腳踏車不會太大，聖誕節的時候他還說我太小，不能騎車。現在我長大了。那輛腳踏車很漂亮。』就這樣。有什麼辦法呢？哈吉永遠超越我。」卡蘿把信放下，然後拿起艾比的信。

「為什麼琳蒂說：『我愛妳，也愛艾比』？」特芮絲問：「她認為妳和艾比在一起嗎？」

「不是。」卡蘿的木製拆信刀正在拆艾比的信，她停了下來：「我猜她以為我會寫信給艾比。」

她說，然後把信封完全拆開。

「我的意思是，妳和艾比的事情，哈吉不會跟她講，對不對？」

「不會，親愛的。」卡蘿說，然後開始全神貫注讀艾比的信。

特芮絲起身，走到窗戶邊站著眺望遠山。她想，今天下午該寫封信給哈凱維，問是否有機會在三月的時候，到他的團隊裡擔任助理。她開始在腦中構思信的內容。山峰有如雄偉的獅子，鼻子朝下注視著她。她聽見卡蘿笑了兩聲，但她並沒有把信裡的內容大聲讀出來給她聽。

「沒消息嗎？」她看完信，特芮絲問道。

「沒消息。」

在山腳附近車行稀少的道路上，卡蘿教她開車。特芮絲學開車的速度，比她以前學任何東西都要快，幾天後卡蘿就放心讓她在科羅拉多泉開車。到了丹佛，她順利考上駕照。卡蘿還說如果她願意，回程紐約的路上，她可以幫忙開車。

他一個人獨自坐在餐桌旁。晚餐時分，他就坐在卡蘿的左邊，特芮絲的後面。特芮絲雖然沒有噎到，還是把叉子放下了，心跳加速，猛烈敲擊，彷彿要跳出身體外面了。她怎麼會飯都吃了一半，竟然沒有看到他？她抬起眼睛看著卡蘿的臉，看見卡蘿正注視著她，用灰色的眼睛端詳著她，那雙眼睛，已經不像剛才那樣平靜了。卡蘿的話才說了一半就停下。

「抽根菸。」卡蘿邊說邊遞給她一根，替她點燃。「他還不知道妳認得他，是嗎？」

「不知道。」

「嗯，別讓他發現。」卡蘿對她微微一笑，點了自己的菸，往偵探的反方向看過去。「放輕鬆就好。」卡蘿又用同樣的語調補充說明。

說得很容易。預想自己如果再見到他，一定要用眼睛直視他，這也很容易。可是都只是紙上談兵。現在的感覺就像被砲彈迎面打中。

「今晚沒有火燒霜淇淋嗎？」卡蘿看著菜單說：「真讓我傷心。妳知道我們要吃什麼嗎？」接著她對著服務生大喊。「華特！」

華特笑著過來，熱切地提供服務，正如他每天晚上所做的事。「是的，夫人。」

「華特，請給我兩杯人頭馬白蘭地。」卡蘿告訴他。

如果白蘭地有幫助的話，那麼幫助也有限。那個偵探連看也沒看她們，他正在讀書，把他的書用金屬餐巾架支撐著。特芮絲現在的不確定感，和她在鹽湖城外咖啡店時同樣強烈。這種不確定的感覺遠比確切知道他就是偵探，還要來得可怕。

「卡蘿，我們會經過他身邊嗎？」特芮絲問。她後面就有一個門，可以直接走進酒吧。

「會，我們就這樣走出去。」卡蘿的眉毛隨著微笑揚起，這幾天晚上都是這樣。「他不敢怎樣。妳以為他會開槍嗎？」

特芮絲跟著她，經過那個男人的身旁，距離他不過一呎，那個人還低著頭看書。在她的前方，她看到卡蘿的身影正在向法蘭西太太打招呼，優雅地彎著身子，法蘭西太太則獨自坐在桌旁。

「妳要不要過來跟我們一起坐？」卡蘿問她。特芮絲才想起，這幾天一直和法蘭西太太坐在一起的兩位女性已經離開了。

卡蘿甚至站在那裡，和法蘭西太太閒聊了好幾分鐘，特芮絲覺得非常訝異，不敢自己一人站在那裡，所以就往前走到電梯旁等卡蘿。

回到樓上房裡，卡蘿發現床頭桌的下面有個小小的儀器固定在那裡。卡蘿拿出剪刀，用手將隱藏於地毯下的電線切斷。

「妳覺得是飯店的人讓他進來我們房間的嗎？」特芮絲害怕地問。

「他可能有鑰匙可以開門。」卡蘿用力拉扯那個小儀器，把那個東西從桌子下扯出來丟在地毯上。那是個黑色小盒子，上面還有一條電線。「妳看，就像鼠輩，」她說：「哈吉就是這種人。」她的臉突然脹紅。

「電線會連到哪裡？」

「連到某個在錄音的房間，很可能就在走廊對面。妳看看這些地毯！」

卡蘿把竊聽麥克風踢到房間中間。

特芮絲看著那個小小的長方形盒子，想起這盒子裡面完全收錄了她們昨晚所說的話。「我在想，這個東西裝在那裡有多久了？」

「妳想，在妳發現他之前，他已經在這裡待多久了？」

「最糟糕的狀況下，他應該是昨天才出現的。」即使自己這樣說，特芮絲知道自己也可能錯了，她不可能看遍出現在這個飯店裡的每一張臉。

卡蘿搖搖頭。「他從鹽湖城一路跟蹤我們到這裡，需要花兩個禮拜的時間嗎？不會，他只是決定今晚和我們共進晚餐。」卡蘿拿著一杯白蘭地，從書架那邊走回來，臉上的脹紅已經消失了，甚至還對特芮絲稍微笑了一下。「笨拙的傢伙，不是嗎？」她坐在床上，把一個枕頭擺到背後，然後朝後躺著。「嗯，我們在這裡已經夠久了，不是嗎？」

「妳認為我們什麼時候離開？」

「或許明天吧。我們用早上整理行李，午餐後出發。妳覺得怎樣？」

當晚稍後，兩人走到樓下，開車向西進入一片漆黑中。特芮絲想，我們不應該繼續往西走。她無法壓抑內心深處跳躍徘徊的恐慌，她是為了很久以前自己失去的東西而感到恐慌，為了很久以前發生的事而恐慌，不是現在，不是這件事。她覺得非常不自在，但是卡蘿好像神態自若。卡蘿並不是假裝冷靜，她是真的不害怕。卡蘿說過，他不敢怎樣，但是特芮絲就是不想要被人跟監。

「還有一件事。」卡蘿說：「我們來看看他開哪輛車。」

那天晚上，她們研究地圖，規劃隔天要走的路，兩人就像陌生人一樣交談。特芮絲認為，今晚已經和昨晚不一樣了。但就在兩人在床上親吻互道晚安時，特芮絲察覺到她們突然放鬆起來，兩人之間的互動出現了巨大變化，彷彿她們的身體裡具有某些特質，這些特質只要相遇，就無可避免會製造出慾望。

第十九章

特芮絲找不出那個偵探開的是什麼車，原因是車子都停在單獨的車庫裡。而且她在日光浴的時候，雖然觀察過車庫，但當天早上沒有看到那個偵探從車庫裡走出來。午餐時刻也沒看到他。

法蘭西太太一聽到她們準備離開了，便力邀她們到她房間喝甘露酒。「妳們一定要來喝杯餞別酒。」法蘭西太太對卡蘿說：「對了，我還沒有抄妳的地址呢！」

特芮絲想起她們曾約定以後要交換種花的心得，還想起有天她們在車裡聊種花聊了很久，因此增進了不少友誼。現在，卡蘿更是展現出高度的耐心，她端坐在沙發上，手中拿著玻璃酒杯，法蘭西太太不斷往杯裡斟酒，外表上絕對猜不出她正急著要離開。她們和法蘭西太太道別時，法蘭西太太還吻了她們兩人的臉頰。

她們從丹佛朝北，先往懷俄明前進。途中還在一家風格兩人都喜歡的餐廳停下來喝咖啡。餐廳其實很平常，有櫃檯和點唱機，她們在點唱機裡面投了五分錢點歌。不過整個感覺已經和以前不一樣了，雖然卡蘿嘴裡還說著要開到華盛頓，或者往北開到加拿大，但特芮絲知道，接下來的這段旅程已經不同了。特芮絲清楚感覺到，卡蘿的目的地是紐約。

離開之後的第一天晚上，兩人找了個度假營區投宿，建物的樣式很像圍成一圈的印地安圓錐型帳棚。她們脫衣服時，卡蘿往上看著天花板，帳棚的竿子在天花板上匯聚成為一個點，然後才百般無聊地說：「白癡自找的麻煩。」也不知為何緣故，特芮絲就覺得非常好玩，一直笑，笑到連卡蘿都覺得厭煩了，威脅著說要是她再不停下來，就要灌她喝一整杯白蘭地。可是特芮絲還是在笑，站在窗戶旁邊，手上拿一杯白蘭地。就在她等待卡蘿從浴室出來的時候，她看到一輛車往上開到營區辦公室的大帳棚那裡。幾分鐘後，那個男人又從辦公區走出來，張望著圍成一圈的帳棚建物四周。特芮絲被他四處尋覓的步伐所吸引，就在這一瞬間，就算沒看見他的臉，沒清楚看見他的身軀，特芮絲還是非常肯定，那個人就是那個偵探。

「卡蘿！」她大喊。

卡蘿把浴簾拉開看著她，身體擦到一半。「那是……」

「我不確定，但我想就是。」她說。她看到怒意慢慢爬上卡蘿的臉，凝結在臉上，特芮絲嚇得清醒過來，彷彿她這下才明白，這是一種侮辱，對卡蘿和特芮絲來說都是。

「老……天！」卡蘿說。然後把大毛巾丟到地上。她穿上袍子，繫好帶子。「嗯，他到底在做什麼？」

「我認為他今晚也要住這裡，」特芮絲站回窗邊窺探：「他的車還在停辦公室前面。假如我們把燈關掉，那我就能看得更清楚。」

卡蘿抱怨說：「喔，不要。我不想這樣，讓我覺得很煩。」她的口吻全是厭煩和厭惡。特芮絲怪裡怪氣地笑了起來，然後克制自己想要再度大笑的瘋狂衝動，她怕如果自己大笑的話，卡蘿一定會很生氣。接著她看到那輛車子開到對面帳棚的車庫門口。「沒錯，他要停下來了，一輛黑色的雙門轎車。」

卡蘿嘆了口氣，坐在床上對特芮絲笑了笑，露出一個短促的笑容，充滿疲憊和不耐，充滿消極、無助和憤怒。「先洗好澡，然後再穿好衣服。」

「但我還不確定到底是不是他。」

「親愛的，就是他。」

特芮絲洗好了澡，然後穿著衣服躺在卡蘿旁邊。卡蘿關了燈，兩人在黑暗中抽著菸，一句話也沒說。最後卡蘿碰碰特芮絲的手臂說：「走吧。」已經三點半了，她們開車離開了度假營區。住宿費用已經預付，營區到處都是一片黑暗。除非那個偵探正躲在房間裡，關了燈觀察她們，否則不會有人注意到。

「妳想做什麼呢？要不要再找別的地方住一晚？」卡蘿問她。

「不要，妳呢？」

「我也不要。我們先看看可以跑多遠。」她把油門踩到底，車頭燈照亮了前方毫無障礙的路面。

破曉時刻，她們因為超速而被公路警察攔停，卡蘿因此必須前去內布拉斯加一個叫做中央市的小鎮支付二十元罰鍰。她們跟著警察回到小鎮，行程也因此延誤了。但卡蘿什麼也沒說，幾乎變了一個人，卡蘿以前曾經說服、哄騙公路警察不再追究她的超速，也曾經在紐澤西州做過同樣的事情。

「真煩！」兩人回到車子時，卡蘿終於開口說話，這也是好幾個小時以來她第一次開口。

特芮絲提議由她來開車，但卡蘿說她還想開。平坦的內布拉斯加大草原在她們面前展開，草原上的小麥殘梗染黃了大地，而荒蕪的地面和石頭則呈現出褐色的斑點，在白色的冬日太陽之下，看起來給人一種十分溫暖的錯覺。由於她們的車速較慢，令特芮絲產生一種停止移動的恐慌，彷彿她們靜止不動，而是地面在她們底下漂移。她看著後面的路，想要尋找警車，尋找那個偵探的車，尋找那個從科羅拉多泉市就一路追逐他們的無名、無形的東西。她看著地面和天空，看見一些本身沒有特殊意義、但被她的思緒強行附加上意義的事情：美洲鷲在空中緩慢滾轉飛行，一團種子被風吹動，在滿布輪痕的農田上翻飛的方向，有冒煙或沒有冒煙的煙囪。上午八點左右，不可抗拒的睡意壓著她的眼皮，籠罩在她的頭頂，等到她看到有輛車就在她們正後方時，幾乎已經感覺不了一絲驚訝。那輛車就是她一直放眼搜尋的車，一輛黑色的雙門轎車。

「那輛車在我們後面，」她說：「黃色牌照的那輛。」

整整一分鐘，卡蘿一句話也沒說，只是注視著照後鏡，用噘起的的雙唇呼氣。「我很懷疑。如果真是這樣，這個人比我想像的還要好。」她放慢了速度。「如果我讓他超車，妳覺得妳能認出他嗎？」

「可以。」到了現在，就算是這個人最模糊的身影，特芮絲也能輕易指認。

卡蘿把車放慢到快要停止的速度，然後拿出地圖攤開在方向盤上面研究。後面那輛車靠近——就是他——然後開走。

「沒錯。」特芮絲說。那男人連看也沒看她。

卡蘿踩下油門。「妳確定？」

「很確定。」特芮絲看著計速器指針已經到達六十五哩了：「妳想要怎麼辦？」

「跟他說話。」

卡蘿在兩車距離貼近時放慢速度，與偵探的車平行，他轉過頭來看著她們兩人，那張既寬闊又平直的嘴巴沒有變化，眼睛則像灰色的圓點，和嘴巴一樣沒有表情。卡蘿往下揮手，那個男人的車也慢了下來。

「把妳的窗子搖下來。」卡蘿對特芮絲說。

偵探的車開到路邊，停在路肩。

卡蘿也停下車，後輪還在路面上，然後隔著特芮絲對那個偵探喊話：「你想要我們作伴，還是怎樣？」她說。

那個偵探下了車，關上車門。兩輛車之間大概距離三碼，偵探往前跨越了大概一半的距離，然後站定不動。那雙死氣沉沉的小眼睛裡，灰色的虹膜四周有暗色的邊，就像娃娃空洞而固定的雙眼。偵探有把年紀了，臉上看起來飽經風霜，鬍鬚的陰影加深了嘴巴兩邊彎曲的皺紋。

「我只是在執行任務，愛爾德太太。」他說。

「顯然是這樣。一件骯髒的任務，是嗎？」

偵探拿著一支香菸敲打自己的拇指指甲，一陣大風突然吹起，他在大風中虛張聲勢般地緩緩點菸。「至少，我的任務已經接近尾聲了。」

「那你為什麼還不放過我們？」卡蘿說。她的聲音緊繃，就像她撐在方向盤上的手臂。

「因為我接到命令，必須在整趟旅程當中都跟著妳。可是如果妳要回紐約，我就沒必要繼續。我建議妳趕快回去，愛爾德太太。妳現在要回去嗎？」

「不，我不想。」

「我這裡聽到了一點消息，我覺得妳最好趕快回去處理一下，比較符合妳的利益。」

「謝了。」卡蘿尖酸地說：「很感謝你告訴我。我的計畫裡面，還沒有回去這個項目。我可以告訴你接下來我的旅行計畫內容，讓你不要再管我們了，你繼續去睡覺吧。」

偵探看著她，臉上帶著虛假又沒有意義的微笑，一點也不像人，反而像是一台上了發條的機器。「我認為妳一定會回去紐約。給妳誠心的忠告，免得失去孩子的監護權。我想妳也明白，對吧？」

「我的孩子是我的財產！」

他臉頰的皺紋還在抽動著：「人不是財產，愛爾德太太。」

卡蘿的音量提高了：「接下來的行程裡面，你都要這樣跟著我們嗎？」

「妳要回紐約嗎？」

「不要。」

「妳一定會回去的。」偵探說完轉了個身，慢慢走回他的車上。

卡蘿踩下油門，伸手握住特芮絲的手，捏了一下讓自己安心，然後車子便直衝向前。特芮絲坐直，手肘放在膝蓋上，雙手緊壓著額頭，屈服於她之前從未知曉的羞愧與震驚中——早在那個偵探出現以前，就已經壓抑在心中了。

「卡蘿！」

卡蘿無聲地哭泣著。特芮絲看著她雙唇向下拉出的弧度，一點都不像卡蘿的雙唇，反倒像個小女孩扭曲的哭臉。她狐疑地看著淚水滾下卡蘿的顴骨。

「拿根菸給我。」卡蘿說。

特芮絲把點好的菸拿給她時，她已經擦乾淚水，然後一切便結束了。卡蘿慢慢開了一會兒，一面抽著菸。

「去後座把槍拿出來。」卡蘿說。

特芮絲僵在那裡，好長一段時間。

卡蘿看著她。「妳要不要去？」

穿著便褲的特芮絲敏捷地滑到後面的座椅，拖出一個藍色手提箱放在座位上。她打開釦子，然後拿出包著槍的毛衣。

「拿給我。」卡蘿平靜地說。「我要把它放在旁邊的袋子裡。」她把手抬高過肩，特芮絲把手槍的白色槍柄交到卡蘿手上，然後爬回前座。

偵探還在跟蹤她們，距她們大約半哩，離開了農用搬運車和拉車的馬匹的景象，路面也從泥濘的鄉間小變成鋪面公路。卡蘿握著特芮絲的手，只用左手開車。特芮絲往下看著那些略帶斑點的手指，強韌而冰冷的指尖嵌入她的手掌。

「我還要再跟他談談。」卡蘿說。然後她穩穩踩下油門。「如果妳不想在現場，我可以在下一個加油站之類的地方放妳下來，之後再回去找妳。」

「我不想離開妳。」特芮絲說。卡蘿要去找那個偵探把話說明白，特芮絲可以預見卡蘿會受傷，那個偵探用熟練的速度，早在卡蘿扣下扳機前就先開槍。但她轉念一想，這些事情沒有發生，也不會發生，於是咬緊了牙關，用手指間揉捏卡蘿的手。

「好，不要擔心。我只是想跟他談談。」她突然把車開進公路左邊的一條小路，那條路往上通到一片梯田，然後轉彎穿過森林。雖然路況不佳，卡蘿還是開得很快。「他來了，是嗎？」

「對。」

在起伏的山丘上有一座農舍，眼前只有布滿小樹叢與岩石的地面和道路，不斷消失在她們前面的彎曲路面上。那條路連接到一個斜坡，卡蘿沿著路開上去，然後就把車停在路中間。

她把手伸進身旁的口袋拿出槍，打開了上面的某樣東西，特芮絲看到裡面有幾顆子彈。

卡蘿透過擋風玻璃看出去，把拿槍的雙手放在大腿上。「最好不要這樣，最好不要這樣。」她很快地說，然後又把槍放回旁邊的口袋，把車子停在山邊。「留在車裡。」她對特芮絲說，然後出去。

特芮絲聽到偵探的車聲接近，卡蘿慢慢走向那個聲音，偵探的車已經開到路彎處了，速度不快，但煞車的聲音很尖銳。然後卡蘿走到路邊，特芮絲輕輕開了門，靠在窗台上。

偵探下了車。「現在又怎麼了？」他在風中提高聲音說。

「你想呢？」卡蘿更接近他一點：「我要你把你從我這裡得到的一切資訊，竊聽錄音帶還有其他東西，全部交出來。」

偵探蒼白無光澤的小眼睛上面，眉毛幾乎連動也沒有動。他靠在車子前面的擋泥板上，用他那張又寬又薄的嘴巴不自然地笑了起來。他看著特芮絲，然後又看著卡蘿。「所有東西都交出去了，我只有一些筆記，其他東西都沒有。筆記裡面只寫了時間和地點。」

「好，那些東西給我。」

「妳是說妳想買？」

「我沒這樣說，我說我要那些東西。還是你比較想用買賣的方式嗎？」

「我不是讓妳收買的人。」他說。

「要不是為了錢，你現在這樣做又是為了什麼？」卡蘿不耐煩地問。「為什麼不多賺一點？你手上有的東西要賣多少？」

他雙手交叉。「我已經告訴過妳，所有東西都送出去了。妳現在只是在浪費自己的錢。」

「我認為你在科羅拉多泉市竊聽到的東西，還沒寄出去。」卡蘿說。

「沒有嗎？」他語帶諷刺地問。

「沒有。你要多少錢，我會給你。」

他上下打量著卡蘿，又看著特芮絲，然後他的嘴張得更大了。

「把那些東西都拿來，不管是錄音帶、記錄或什麼東西。」卡蘿說，然後那男人動了一下。

他走到車子後面，打開行李箱，特芮絲聽到他鑰匙發出的叮噹聲。特芮絲在車裡待不住了，乾脆下車走到卡蘿身旁，距離她幾呎之遙才停下。偵探伸手進去一個大行李箱裡面找東西。等他挺直身體時碰到了汽車行李箱蓋，把他的帽子打掉了。他踩住帽簷，免得被風吹走，一隻手拿著某個東西，不過太小了，看不清楚是什麼。

「總共有兩樣東西。」他說：「這些東西價值五百元。要不是遠在紐約已經有更多資料的話，我相信這些東西的價值一定會更高。」

「你的推銷技術不錯。不過我不相信你。」卡蘿說。

「為什麼？在紐約的他們急著想要這些東西呢。」他撿起帽子，關上汽車行李箱。「但他們手中擁有的東西已經夠多了。愛爾德太太，我告訴過妳，妳最好現在就回紐約去。」他把香菸在泥土中踩熄，轉動著鞋尖。

「我不會改變主意。」卡蘿說。

那偵探聳聳肩。「我並沒有站在哪一邊，但是妳愈快回到紐約，我們就愈快喊停。」

「我們現在就可以喊停。你把那些東西給我，然後你就可以繼續往前走了。」

偵探慢慢張開自己握拳的手，就像在玩猜謎遊戲，手掌裡可能空無一物。「妳願意付我五百元買這些東西嗎？」他問。

卡蘿看著他的手，然後打開肩背包拿出皮夾，再拿出支票簿。

「我比較想要現金。」他說。

「我沒有。」

他又聳聳肩。「好吧，我就拿支票。」

卡蘿寫了支票，把支票放在他車子的擋泥板上。

他彎腰看著卡蘿，特芮絲可以看見他手上拿的黑色小東西。特芮絲又往前面靠近一點，那個男人正在拼他的名字。卡蘿把支票交給他，他把兩個小盒子放在她手上。

「你收集這些資料多久了？」卡蘿問。

「放出來聽妳就知道啦。」

「我沒有跟你開玩笑！」卡蘿說話的聲音嘶啞了。

他笑著把支票折好。「別說我沒警告過妳。妳從我這裡拿到的，並不是全部，在紐約還有很多。」

卡蘿把袋子扣緊，然後轉向她的車，也沒看特芮絲。接著她再度轉身面對那個偵探。「假如他們手上已經有了他們想要的東西，那你現在就可以走了，不是嗎？你能答應我嗎？」

他的手放在車門上，看著她。「我還在工作，愛爾德太太，還在為我的公司工作。除非妳現在馬上搭飛機回家或者去其他地方。請把那張紙條給我。既然沒有妳們過去幾天在科羅拉多泉市的紀錄，我就必須告訴公司一些其他的事情，其他更刺激的東西。」

「喔，就讓他們自己創造刺激的東西。」

偵探的笑容裡面露出一點牙齒。他走回車上，鬆開煞車，把頭探出去看後面的路況，然後快速倒車，朝著公路開走。

他的引擎聲很快就消失了。卡蘿慢慢走回車上，進去車裡坐著，從擋風玻璃看出去幾碼之前突起的乾地，臉上沒什麼表情，彷彿昏倒了般。

特芮絲在她旁邊，摟著卡蘿的肩膀。她把手放在卡蘿外衣墊肩的布面上，覺得自己就是陌生人，沒辦法提供協助。

「喔，我想他只是吹牛而已。」卡蘿突然說。

卡蘿的臉鐵青，聲音裡也沒了活力。

卡蘿攤開手掌，看著那兩個小小的圓盒子。「就在這裡吧。」她下了車，特芮絲跟在她後面。卡蘿打開盒子，拿出一卷像賽璐珞的錄音帶。「很小吧？這個東西易燃，我們就燒了它吧。」

特芮絲在車蓋上擦了火柴，錄音帶燒得很快，特芮絲把錄音帶丟在地上，風立刻就把火吹熄了。卡蘿說其實不用麻煩，把這些東西都丟進河裡就好。

「幾點了？」卡蘿問。

「十一點四十分。」她回到車上，卡蘿立刻發動車子，朝著公路開去。

「我要在奧瑪哈打給艾比，然後再打給我的律師。」

特芮絲看著地圖，她們只要稍微轉向南方，下一個大城市就是奧瑪哈。卡蘿看起來很累，在她的沉默中，特芮絲感覺到她的怒氣仍未平息。車子在路上的坑洞顛簸著，特芮絲聽到啤酒罐撞擊的叮噹聲，啤酒罐在前座地板上滾動，就是那罐她們上路後第一天沒打開的啤酒。

她肚子很餓，已經好幾個小時沒吃東西了。

「我來開車吧？」

「好吧。」卡蘿疲憊地說。她放鬆了肌肉，彷彿已經投降，很快就把車慢下來。

特芮絲和她換位子，坐到方向盤後方。「要不要停下來吃點早餐？」

「我吃不下。」

「喝點東西吧。」

「到了奧瑪哈再說。」

特芮絲把時速飆到六十五哩，接著維持在七十哩左右，先開上三十號公路，然後轉向二七五號公路，朝奧瑪哈前進，路面的狀況不太好。「妳不相信他說紐約已經有竊聽錄音帶，對嗎？」

「別講了！我夠煩了！」

特芮絲緊抓住方向盤，又故意放開手，感到一股巨大的憂愁籠罩著她們，橫阻在前方。這股憂鬱才剛剛顯露出一角，現在她們兩人正朝著這股憂鬱前進。她還記得偵探的臉，還有那種她本來難以辨認、現在卻曉得是邪惡的表情。就算他說他並不站在任何一邊，但他的笑容中就可以看到惡意。她也可以感覺到他內心有一股慾望，想要把她們拆散，原因是他知道她們兩人現在已經是一對了。有件事情，她以前只能用感覺去體會，但現在她親眼看見了，也就是整個世界好像要與她們為敵；她和卡蘿所共同擁有的東西，似乎已經不是愛情、不是能讓人喜悅的東西，反而變成一種野獸了，存在兩人之間的野獸，兩個人都被這個野獸所控制。

「我在想，我給妳的那張支票。」卡蘿說。

這個問題，就像她心中的另一顆大石頭。「妳認為他們會不會跑去妳家？」特芮絲問。

「有可能，只是有可能。」

「我認為他們還沒找到那張支票，支票壓在桌布底下。」可是那封信還夾在書裡。突然間有種奇特的驕傲，使她的精神提振了一下。那封信寫得很美，她寧可讓他們找到那封信，而不是那張支票。但就訴訟事件上的證據力來說，兩者的份量相當，而且他們可以把這兩樣東西弄得看起來一樣骯髒汙穢，那封她從未寄給卡蘿的信，還有她從未兌現的支票。當然，那封信比較可能被他們發現，特芮絲還沒告訴卡蘿那封信的事，原因可能出自於純粹的怯懦，也可能是現在不適合煩擾卡蘿。她看見前面有一座橋。「有條河，」她說：「這裡怎樣？」

「夠好了。」卡蘿把那兩個小盒子交給她，燒了一半的錄音帶已經帶放回盒子裡。

特芮絲走出車子，把它們往金屬欄杆上一丟，沒再看它們一眼。她看見有個穿著工作服的年輕男子，從另一頭走上橋，她為自己對這男子無來由的敵意感到厭煩。

卡蘿在奧瑪哈找了一家飯店打電話，艾比不在家，卡蘿留話說自己會等到當晚六點，等艾比回家後再打給她。卡蘿還說，現在打給她的律師並沒有用，因為現在是他的午餐時間，他會在外面吃飯到當地時間兩點為止。卡蘿現在想要的是先梳洗一下，然後喝杯酒。

在飯店的酒吧裡，兩人喝了雞尾酒，都沒說話。卡蘿要第二杯時，特芮絲也跟著續杯。卡蘿認為特芮絲應該先吃點東西，服務生卻說酒吧裡不供應餐點。

「但是她想吃點東西啊，」卡蘿堅定地說。

「夫人，餐廳就在大廳對面，還有一間咖啡廳……」

「卡蘿，我可以等，沒關係。」特芮絲說。

「你可不可以幫我拿菜單過來？她想在這裡吃。」卡蘿邊盯著服務生看邊說。服務生遲疑了一下才說：「好的，夫人。」然後走去拿菜單。

特芮絲在吃炒蛋和香腸的時候，卡蘿喝了第三杯酒。最後，卡蘿才用絕望的語調說：「親愛的，妳願意原諒我嗎？」

這樣的語調，對特芮絲造成的傷害，遠遠超過問題本身。「我愛妳，卡蘿。」

「但妳知不知道，愛上我意味了什麼？」

「知道。」但是她心想，那時在車上感覺到的挫敗感，就像現在一樣，只是一種短暫的狀態。「我不認為現在的困境會是永遠的，我不認為它會毀掉一切。」她認真地說。

卡蘿把手從臉上移開，身子往後坐，儘管她現在看起來很疲累，特芮絲眼中的她，還是如往常一樣：只要她的眼睛打量著特芮絲，眼神就可以一下子溫柔，一下子嚴厲；雖然嘴唇微微顫抖，充滿智慧的雙唇看來還是堅強又柔和。

「妳覺得呢？」特芮絲問。她忽然意識到，這個問題就像那天在滑鐵盧的房間裡，卡蘿無言的問題一樣，是個大哉問。實際上是相同的問題。

「不，我覺得妳說得對。」卡蘿說：「妳讓我明白這個道理。」

現在已經是三點了，卡蘿去打電話，特芮絲拿了帳單在一旁坐著等待，心裡想著這些事情不知何時才會結束，也不知好消息最後會是艾比說出來的，還是卡蘿的律師說出來的。她更想著，情況會不會變得更糟。卡蘿已經打了半個小時的電話了。

「我的律師還沒聽到消息。」她說：「我也沒告訴他詳情，說不出來，必須用寫的。」

「我就猜想妳會這樣。」

「喔，妳真的這樣猜？」卡蘿當天首度露出笑容：「妳覺得我們在這裡找個房間住怎樣？我不想再往前走了。」

卡蘿吩咐餐廳把午餐送到房間裡，兩人躺下小睡一番。四點四十五分，特芮絲醒過來時，卡蘿已經出門了。特芮絲看看房間，看見卡蘿放在梳妝台上的黑色手套，她的便鞋放在搖椅旁邊。特芮絲略略顫抖著嘆了口氣，還沒從睡意中清醒過來。她打開窗戶往下看，這裡是七樓還是八樓，自己都不記得了。有輛街車緩慢駛過飯店前面，人行道上的人群朝著四面八方走動，到處都擠滿了人，她腦海裡閃過往下跳的念頭。她再看看灰色建築物形成的黯淡天際線，不禁閉上了眼睛。等她轉過身來，看見卡蘿已經回到房間裡，站在門旁邊看著她。

「妳去哪裡了？」特芮絲問。

「去寫那封該死的信。」

卡蘿走過來，把特芮絲擁入懷裡。特芮絲可以感覺到卡蘿的指甲幾乎穿透了她的夾克背後。

卡蘿打電話時，特芮絲走出房間，坐電梯到樓下大廳閒逛。她坐在大廳讀一篇《小麥栽種者報》裡有關象鼻蟲的文章，然後猜想艾比知不知道象鼻蟲的知識。她看著時鐘，等了二十五分鐘後才再度上樓。

卡蘿躺在床上抽菸。特芮絲等著她說話。

「親愛的，我必須回去紐約。」卡蘿說。

特芮絲曉得她遲早得回去。特芮絲走到床邊問：「艾比還說了什麼？」

「她去見了那個叫鮑伯．哈佛森的傢伙。」卡蘿用手肘把自己撐起來：「但他目前知道的，肯定沒有比我多。唯一可以肯定的是，麻煩會持續擴大。我回到紐約之前，還不會發生什麼事，但我必須趕回去。」

「當然。」鮑伯．哈佛森是艾比的朋友，在哈吉位於紐華克的公司上班，他並不是艾比或哈吉的密友，他只是兩方之間微弱的連結，一個可能知道哈吉正在做什麼的人，但前提是他必須能夠在哈吉的辦公室認出那個偵探，或是偷聽到電話對話的片段。特芮絲認為，他幾乎毫無價值可言。

「艾比能不能幫我們把那張支票收起來？」卡蘿在床上坐了起來，伸手拿鞋子。

「她有鑰匙嗎？」

「希望她有。不過現在她得去找管家佛羅倫斯拿鑰匙。應該沒問題。我叫艾比跟佛羅倫斯說，我要她寄點東西給我。」

「妳可不可以順便告訴她幫我拿一封信？我留了封信給妳，就夾在我房間的書裡，很抱歉我先前沒告訴妳。我不知道妳會叫艾比到妳家裡去。」

卡蘿皺起眉看她。「還有其他的東西嗎？」

「沒有。很抱歉我先前沒告訴妳。」

卡蘿嘆口氣站了起來。「喔，別擔心了，我倒懷疑他們會花工夫去我家裡找東西，不過我還是會告訴艾比那封信的事。信在那裡？」

「在《牛津英文詩歌手冊》裡面，我把書放在五斗櫃最上面。」她看著卡蘿環顧整個房間，卡蘿每一處都看了，就是不看她。

「今晚我不想再待在這裡了。」卡蘿說。

半小時後她們開車往東行，卡蘿希望當晚就開到愛荷華的迪莫伊。兩人之間沉默了一個多小時後，卡蘿突然在路邊停車，低下頭說：「該死！」

往來車輛的燈光中，特芮絲看到卡蘿眼眶底下的黑圈。「我們回頭吧，」特芮絲說：「從這裡還要開七十五哩，才會到迪莫伊。」

「妳想去亞利桑納嗎？」卡蘿問道，彷彿兩人唯一必須做的事情就是回頭。

「喔，卡蘿，為什麼要這樣說？」有種絕望的感覺襲上特芮絲的心頭，連她點菸時雙手都在顫抖。她把菸遞給卡蘿。

「因為我就是想這樣說。妳可不可以再請三個禮拜的假？」

「當然可以。」當然，當然，除了和卡蘿在一起外，還有什麼東西、什麼地方、什麼事情才算重要的呢？哈凱維要到三月才演出，哈凱維或許有可能會推薦她去別的地方工作，不過那些工作都不確定。只有卡蘿才是確定的。

「我在紐約最多只停留一個禮拜，反正離婚這件事已經確定了，這是我的律師佛瑞德今天說的。所以我們可以在亞利桑納多待個幾週，不然就是新墨西哥州。我不想把今年冬天都耗在紐約閒晃。」卡蘿把車慢下來，她的眼神現在不一樣了，她的眼睛活過來了，聲音也一樣。

「當然，我很樂意，到哪裡都行。」

「好，走吧，我們去迪莫伊。妳來開車好嗎？」

兩人交換了位置，抵達迪莫伊的時候已經接近午夜，她們挑了一家飯店入住。

「妳為什麼要跟我回去紐約？」卡蘿問她：「妳應該留著車，到土桑或聖塔菲之類的地方等我，那我就可以搭飛機回來。」

「可是這樣會離開妳。」特芮絲從她梳頭時照的鏡子轉頭過來。

卡蘿笑了。「妳是什麼意思？離開我？」

特芮絲吃了一驚，她從卡蘿臉上看見一種表情，雖然卡蘿專注地看著她，但這種表情還是讓她感到被隔絕，彷彿卡蘿用力把她推到心裡的黑暗角落，以騰出空間來容納更重要的事情。「我的意思是，現在暫時離開妳，」特芮絲說完，又轉回鏡子那邊，「不過，這可能是個不錯的主意，這樣對妳來說比較俐落。」

「我本來以為妳會想要留在這附近某個地方，不過如果妳想要在我辦離婚的那幾天在紐約做點事情，那也可以。」卡蘿的聲音一派輕鬆。

「我不想。」她害怕曼哈頓寒冷的日子，而且那幾天卡蘿會很忙，無法見面。她又想到那個偵探，如果卡蘿搭飛機，她就不會因著他的跟蹤而心神不寧。她已經開始想像：卡蘿獨自回東部，去面對她還無可預知、也無從準備的事情；她還想像自己在聖塔菲守候著電話，等待卡蘿寄來的信；但她仍難以想像自己和卡蘿相隔兩千哩之遙，會是什麼景況。「卡蘿，妳真的只回去一個禮拜嗎？」她再次用梳子梳理頭髮，把細長而柔軟的頭髮梳到一邊。她忽然發現自己體重增加了，但臉形卻消瘦下來，這讓她很高興，因為看起來更成熟。

鏡中，她看到卡蘿走到她身後，沒有答覆，卡蘿雙手環抱著她所帶來的快樂，令她無法思考，然後特芮絲突然違背本意地扭開擁抱，站在梳妝台的角落看著卡蘿，陷入一陣困惑——兩人的對話、時間和空間、兩人現在相隔的四呎距離、接下來的兩千哩距離……。她又摸了摸頭髮。「妳只回去一個禮拜左右嗎？」

「我剛剛就是那樣說的呀。」卡蘿的眼睛帶著笑意回答，但特芮絲從卡蘿的語氣中聽出一份嚴厲，與自己問題相同的嚴厲，彷彿兩人在互相挑戰。「如果妳不想留著這輛車，我可以把它開回東部。」

「這輛車可以留在我這邊。」

「還有，不用擔心那個偵探，我會打電報告訴哈吉，我已經在路上了。」

「我不擔心。」特芮絲想，卡蘿怎麼可以對這件事如此冷漠，怎麼可以一直想到其他的事情，而沒有想到兩人即將分離？她把梳子放在梳妝台上。

「特芮絲，妳以為我喜歡這樣嗎？」

特芮絲又想到那個偵探，還有離婚、敵意等等，這些都是卡蘿必須面對的事情。卡蘿用力把兩隻手掌壓入她的臉頰，讓她的嘴巴像魚一樣張開，好像是強迫特芮絲必須笑一下。特芮絲站在梳妝台旁邊看著她，看著她雙手的每一個動作，看著她的兩腳脫去長襪，再度踏進便鞋。她想，現在這時刻過後，就沒有什麼話可以說了。她們還需要用言語解釋什麼、問什麼、承諾什麼嗎？她們甚至不必看著彼此的眼睛。特芮絲看著她拿起電話預定隔天的班機，訂了一張單程票，隔天早上十一點。

「妳會去哪裡？」卡蘿問她。

「我也不知道，可能會回去蘇族瀑布。」

「南達科塔？」卡蘿對她笑了笑：「妳不喜歡聖塔菲嗎？那裡比較溫暖。」

「我要以後和妳一起去。」

「我們不是要一起去科羅拉多泉？」

「不是！」特芮絲笑了，站起來把牙刷拿到浴室。「我也可能會找個地方上班一禮拜。」

「找什麼樣的工作？」

「任何工作都好。妳知道，只是不要讓我一直想到妳。」

「我當然希望妳會想念我。不過，不要去百貨公司上班喔。」

「當然不會。」特芮絲站在浴室門旁，看著卡蘿脱掉襯裙，換上袍子。

「妳該不會煩惱錢的事吧？」

特芮絲把手伸進袍子的口袋裡，雙腳交叉站著。「就算破產也不在乎，錢用完之後我才開始擔心。」

「我明天會給妳幾百元開車用。」特芮絲經過卡蘿身邊時，卡蘿拉了拉她的鼻子。「還有，可別讓陌生人上車。」卡蘿走進浴室，轉開蓮蓬頭。

特芮絲跟進去。「我以為是我先用浴室的。」

「我正在用，但我會讓妳進來。」

「喔，謝謝。」特芮絲和卡蘿一樣脱下袍子。

「嗯？」卡蘿說。

「嗯？」特芮絲走到蓮蓬頭底下。

「野丫頭！」卡蘿也走到蓮蓬頭底下，在後面擰擰特芮絲的手臂，但特芮絲只是咯咯笑。

特芮絲想擁抱她，想親吻她，但她只是把空著的那隻手臂伸出去，在水蒸氣中將卡蘿的頭拉近她，並引發一陣可怕的打滑聲。

「別再這樣了，我們會摔倒！」卡蘿大叫：「老天爺，我們兩人沒辦法好好洗個澡嗎？」

第二十章

在蘇族瀑布市，特芮絲把車停放在一家她們之前住過的戰士飯店前。時間是晚上九點半，特芮絲想，大約一小時之前卡蘿就已經到家。等午夜時她再打個電話給卡蘿。她訂了個房間，讓服務員把她的袋子拿上去，然後出門到大街上散步。那裡有家電影院，她想起自己從來沒有和卡蘿一起看過電影。她走進電影院，即使片中有個女人聲音有點像卡蘿，和周遭女性平板的鼻音不太一樣，她還是沒有辦法入戲。她想到卡蘿，遠在幾千哩以外，想到今晚自己要獨自入眠，於是又站起來，再度回到街上漫遊。那裡有卡蘿某天早上買衛生紙和牙膏的雜貨店，還有那個卡蘿抬起頭看路名的街角：第五大道和內布拉斯加街。她在同一個雜貨店買包香菸，走回飯店坐在大廳裡抽，享受自從卡蘿離開後的第一根菸，享受早已遺忘的孤獨滋味。孤獨，只是一種身體狀態，她並不真正覺得孤獨。她看了一下報紙，又從手提袋裡拿出丹尼和菲爾的信，這些信是在科羅拉多泉市最後幾天寄到的，她看著這兩封信：

兩天前，我在帕勒摩看到理查一個人，我向他問到妳，他說他沒有寫信給妳。我猜想你們之間有點小摩擦，但我也沒有追問下去，因爲他好像沒有心情説話。妳也知道，我和他最近不是很合的來……我已經把妳推薦給一位名叫法蘭西斯．帕凱特的投資人，假如有齣法國來的戲劇在四月上演，他就會出資五萬元製作。詳細的狀況我會讓妳知道，畢竟這齣戲現在連製作人也沒有……在此代表丹尼轉達問候之意。他可能馬上就要去別的地方定居了，看起來是這樣子，所以到了今年冬天，我又要找新住處或新室友了……妳有沒有收到我寄給妳的《小雨》剪報？

祝好。

菲爾

丹尼的短信寫著：

親愛的特芮絲，

我可能會在月底到加州上班去了。我必須在現在手邊的工作（實驗室的工作）和馬里蘭州一家化學公司的職位之間做出決定。如果我能在科羅拉多泉市或其他地方跟妳見個面，我就會提早離開。我很可能會接下在加州的工作，原因是加州的工作前景較好。妳願意讓我知道妳人在哪裡嗎？其實也不重要啦。反正要去加州，路不只一條。如果妳的朋友不介意的話，我想和妳找個地方，一起過個幾天，應當會很棒。不管怎樣，我會在紐約這裡待到二月二十八日。

愛妳。

丹尼

她還沒有回信給丹尼，只要等她在城裡找到住處，她明天就會寄地址給他。至於下一個目的地，她要先跟卡蘿談談再決定。卡蘿什麼時候才能決定呢？她猜想著，不知今晚卡蘿在紐澤西遭遇到什麼情況，一想到這裡，特芮絲就覺得勇氣全失。她伸手去拿報紙，看著日期，二月十五日。從她和卡蘿離開紐約算起，已經過了二十九天。時間怎麼過得這麼快？

她從房間裡撥電話給卡蘿，然後洗澡、穿上睡衣。之後電話聲才響起。

「哈囉，」卡蘿說著，彷彿她已經等了好一會兒。「飯店叫什麼名字？」

「戰士。但我不會住在這裡。」

「妳在路上沒有載陌生人，是吧？」

特芮絲笑了起來。卡蘿緩慢的聲音流過她的身體，感覺就像卡蘿正在碰觸著她。「有什麼消息?」特芮絲問。

「今晚?沒有。房子裡很冷,佛羅倫斯要到後天才回來。艾比在這裡。妳想要向她問聲好嗎?」

「艾比沒在妳身旁?」

「沒有,她在樓上綠色的房間,門關得緊緊的。」

「我現在不太想跟她說話。」

卡蘿想知道她所有的事情,回家路上的情況怎樣,她現在穿的是黃色睡衣或藍色睡衣。

「沒有了妳,我今晚很難入睡。」

「妳除了沒錯之外,不能說點其他事情嗎?」

「沒錯。」這句話想都沒想,立刻冒出來。特芮絲感覺到眼淚馬上就要奪眶而出。

「我愛妳。」

卡蘿吹了聲口哨,然後又是沉默。「親愛的,艾比拿到支票了,但是沒有找到信。她沒接到我的電話,反正這裡沒有什麼信。」

「妳有找到書嗎?」

「我們找到書了,但是裡面沒東西。」

特芮絲猜想那封信有沒有可能是在自己的公寓裡。但她清楚記得那封信是放在書裡。「妳認為有人到妳家翻過東西嗎？」

「不太可能，很多跡象都顯示沒有。別擔心這件事好嗎？」

不久後特芮絲上了床，把燈關掉。卡蘿要她明天晚上也打電話過去。有好一陣子，卡蘿的聲音一直在她耳邊環繞不去，接下來一股憂鬱襲上心頭，她把兩隻手直直放在身體邊躺著，感覺身旁就是空洞的空間，彷彿她已經擺好姿勢，要被送進墳墓裡去。然後她就睡著了。

隔天早上，特芮絲找到一個還不錯的住處，在半山坡的一條街上，是一間很大的前廳，有一扇擺滿植物，掛著白色窗簾的凸窗。裡面有一張四根柱子架起來的床，地板上還有橢圓形的地毯。女房東說，這個房間每個禮拜要價七元，但特芮絲說她也不確定自己是否會在這裡住上一個禮拜，所以最好是以日計價。

「那還是一樣。」女房東說：「妳是哪裡來的？」

「紐約。」

「妳會一直住在這裡嗎？」

「不會。我只是在等一個朋友跟我會合。」

「男的還是女的？」

特芮絲笑了。「女的。」她說：「後面的車庫還有空位嗎？我有一輛車。」

那女人說還有兩個車位，如果住在那裡，車位就不收錢。她年紀不大，但已經有點駝背，身體虛弱。她叫伊莉莎白．古柏太太，說自己經營房間出租已經十五年，最早的三個房客當中，還有兩個人一直住在這裡。

也就在這一天，她認識了達屈．休柏和他的太太。他們兩人在公共圖書館附近開餐館。達屈是個年約四十歲的瘦小男人，有一雙奇特的藍色小眼睛，他太太艾德娜很胖，負責廚師的工作，話說的也比他少很多。幾年前達屈曾在紐約工作一陣子，他還問她一些紐約市的情況，而她剛好對這些事情一無所知，只能提到達屈從來沒聽過，或已經遺忘的地方。也不知什麼緣故，他們之間沉緩、拖泥帶水的對話，讓彼此都笑了起來。達屈問她想不想和他一家人出去看機車比賽，禮拜六在城外舉行，特芮絲回答說好。

她買了厚紙板和膠水，動手製作回紐約後，想展示給哈凱維的模型。等她十一點半出門去戰士飯店打電話給卡蘿時，這些模型已經快做完了。

卡蘿不在家，沒有人接電話。特芮絲一直等到一點都還在打電話，最後才回到古柏太太的房子。

隔天早上十點半左右，特芮絲終於找到卡蘿。卡蘿說她前一天已經和她的律師談過了，但要等到他們知道哈吉採取什麼進一步的行動，她和律師才能想出具體的對策。交談中卡蘿顯得有些不耐煩，原因是她在紐約還有一個午餐約會，又要趕著寫一封信。聽起來卡蘿好像開始擔心哈吉會採取什麼步驟，她打電話找了哈吉兩次，都沒找到。不過最讓特芮絲心煩的，是卡蘿的粗魯態度。

「妳的決定都還沒有改變吧。」特芮絲說。

「親愛的，當然沒有。我明天晚上會辦個宴會。我會想念妳的。」

特芮絲離開時，在飯店的門檻跌了一跤，感覺到第一波孤獨空洞的浪潮襲來。明天晚上要做什麼呢？到圖書館看書到晚上九點關門為止？製作另一組模型？她細數卡蘿說的宴會賓客名單，麥克斯和克萊拉．提柏特這對夫妻，住在離卡蘿家不遠的路上，他們有個溫室，特芮絲曾見過他們一次；至於卡蘿的朋友泰西，特芮絲從未見過；還有史丹利．麥克維，就是那個在她們前去中國城的那夜，先和卡蘿會面的男人。卡蘿沒有提到艾比。

卡蘿也沒有叫她明天再打電話過去。

她繼續走著，卡蘿離開前的最後一刻畫面又再度浮現，彷彿在眼前重演一次。卡蘿站在迪莫伊機場的機艙門口揮手，卡蘿身影變小、遠離，特芮絲站在飛機場的鐵絲網後面。活動舷梯已經移走，但特芮絲心想，門關上之前，還有幾秒鐘的時間。接下來卡蘿再度出現在門口，時間足以讓她穩穩站在門口一下子，找到特芮絲，然後對她拋出飛吻。卡蘿回到門口，對她意義實在是太重大了。

禮拜六，特芮絲開車帶著達屈和艾德娜去看機車比賽。之後他們邀她回家用餐，但她沒有接受。那天沒有收到卡蘿寄來的信，她期盼卡蘿至少會捎個訊息過來。禮拜天更讓她沮喪，當天下午她開著車，從大蘇族河一路往上前往戴爾急流，也沒有改變她內心的沮喪景象。

禮拜一早晨，她坐在圖書館看劇本。下午兩點左右，等到達屈的餐館中午用餐的人潮逐漸散去，她才走進去喝茶。她在點唱機選歌的同時和達屈聊起來，播放的是她以前和卡蘿一起點的歌。她告訴過達屈，那輛車屬於她正在等候的那個朋友。達屈偶爾問了幾個問題，她就告訴他卡蘿住在紐澤西，可能會搭飛機過來，還告訴達屈說，卡蘿想去新墨西哥州。

「卡蘿想？」達屈擦拭玻璃杯時轉向她。

一種奇怪的厭惡感在她心中出現，因為他說出了她的名字；她決定再也不要提到卡蘿了，不要向城裡任何人提到卡蘿。

卡蘿的信終於在禮拜二抵達，只是一則簡短的訊息，說律師佛瑞德對情勢的態度比較樂觀，看起來除了離婚外，沒什麼好擔心的，她可能在二月二十四日就離開。特芮絲讀信的時候開始微笑，她想出去找人慶祝，但又沒人可找，能做的只有散步，在戰士飯店的酒吧獨自喝酒，還有思念五天後才能見面的卡蘿。也許除了丹尼以外，她不想跟任何一個人共處。史黛拉·歐維頓呢？史黛拉能帶來歡樂氣氛，不過她也不能把她和卡蘿之間的事情告訴史黛拉。這件事她能向誰說呢？假如現在能看到史黛拉，應該也很不錯。她幾天前就想寫張卡片給史黛拉，但一直到現在還沒動筆。

那天深夜，她寫了封信給卡蘿：

妳的消息太棒了，我在戰士飯店獨飲了一杯雞尾酒慶祝。不是我作風保守，但妳知道孤獨一人時，一杯酒有三杯的效果嗎？……我愛這個小城，因爲這裡讓我想到妳。我也知道妳對這個小城沒有特別的感覺，但這不是重點。我的意思是，我好希望妳在這裡，但妳又不在這……

卡蘿的回信裡面說：

首先，先讓我這樣說：我一直不太喜歡佛羅倫斯。佛羅倫斯可能找到了妳寫給我的短信，然後用高價賣給了哈吉。哈吉之所以曉得我們（至少是我一個人）在哪裡，大概也跟她有關，我對這一點毫無疑慮。我不知道我在家裡留下了什麼，或者是她偷聽到了什麼。我以為我話不多，但是如果哈吉花了工夫賄賂她……我也確定哈吉這樣做了，那事情就很難說了。反正他們有去芝加哥機場接我。親愛的，我不知道這件事已經發展到什麼程度。我可以告訴妳大概的情況，那就是，現在沒有人告訴我進度，事情就是突然之間出現。如果有誰能夠掌握事實，那就是哈吉了。我跟他講過電話，他也不肯告訴我任何事。當然，這些都是精心設計的手段，用來恐嚇我，讓我不戰而降。如果他們當中有人以為我會的話，那就太不瞭解我了。當然，這場戰爭和琳蒂有關，親愛的，我很不願意面對爭執，而且我大概不能在二十四日離開了。

哈吉今天早上在電話上跟我講了那封信的事情，他就告訴我說我大概不能在二十四日離開了。我在想，那封信大概是他最有力的武器（就我所知，竊聽錄音機的事件只有在科羅拉多泉市出現），所以他才會讓我知道。但我也可以想像，妳這封信寫完的時候，我們兩人還沒出發旅行呢，所以哈吉能從裡面瞭解的東西也十分有限。哈吉只是在用他特有的沉默方式威脅我，希望我在琳蒂的監護權這件事上完全退讓。我才不會，最後的攤牌局面一定會出現，我只希望不要在法庭上發生。但是律師佛瑞德已經準備好了，他很棒，他是唯一一個願意直接了當跟我談的人，但很不幸地，他也是所有人裡面，對狀況的掌握最少的人。

妳問我想不想念妳，我想起妳的聲音、妳的雙手，還有妳注視著我時的眼睛。我從來沒有懷疑過妳的勇氣，妳的勇氣也爲我帶來了力量。親愛的，打電話給我好嗎？如果妳的電話是在客廳裡公用的電話，那我就不想打給妳了。最好在晚上七點左右打對方付費電話給我，妳那邊的時間是六點。

特芮絲正準備打電話給她的那天，接到一封電報：

暫勿來電。稍後解釋。親愛的。愛妳。卡蘿。

古柏太太看著她在客廳裡讀電報。「妳朋友拍的電報？」她問。

「對。」

「希望沒什麼嚴重的事。」古柏太太有盯著人家看的習慣，特芮絲特意抬起頭。

「沒有，她要來了。」特芮絲說：「她只是耽擱了一下。」

第二十一章

亞柏．甘迺迪。喜歡他的人都叫他柏特，住在後面的房間，也是古柏太太最早的房客之一。他四十五歲，在舊金山長大，但看起來比特芮絲在小城裡遇到的任何人都要像紐約人，光就這個特點，就足以讓特芮絲避免跟他碰面。他常邀特芮絲去看電影，但她只去了一次。她心情煩躁，只想自己到處逛，隨意看看，想想事情，因為天氣太冷，風太大，沒辦法在戶外素描。而且一開始吸引她的景色，現在變得沒有新意了，不能拿來當素描的主題，因為她已經看了太多次，等待了太久。特芮絲幾乎每天晚上都到圖書館報到，坐在桌旁邊看六、七本書，然後才繞路回去。

她回到居所，只是為了過一會後繼續外出閒逛，讓自己在一陣陣寒風下凍僵，或讓風帶她沿街前行。要是沒有風，她就不會繼續走。有扇窗戶流露出燈光，她看見裡面有個女孩坐在鋼琴邊；另一扇窗裡有個男人在大笑；另一扇窗裡一個女人在縫東西。她想起自己連一通電話也不能打給卡蘿，想起自己現在甚至不知道卡蘿此時此刻在做什麼。她覺得比風還要空虛。她感覺到卡蘿的信中還隱瞞了某些情節，沒有把最糟糕的事情告訴她。

在圖書館裡，她看著書裡歐洲的照片，有西西里的大理石噴泉、陽光下的希臘古文明遺跡，想像自己和卡蘿有朝一日是不是真的會到這些地方遊覽。她們還有很多事沒做，包含兩人首度橫跨大西洋的旅程，還有每個早晨，不管在哪裡，她從枕頭上一抬起頭就可以看到卡蘿的臉，知道那天屬於她們兩人，沒有任何事情會拆散她們。

還有那件美麗的東西，在街上一家她沒去過的古董店裡的陰暗窗戶邊，立即震懾她的心靈和肉眼。特芮絲盯著那件東西，感覺它消弭了心裡無名的渴望，早已遺忘的渴望。這件物品的瓷質表面上，用彩色亮釉漆著明亮的小小菱形圖案，顏色有紅、藍、深紅和綠色，輪廓則是和絲繡一樣閃亮的金色，即使覆蓋在一層薄薄灰塵之下，看起來依舊美麗。旁邊還放了一個金戒指。這是一個小小的蠟燭檯。她想，這個蠟燭檯是誰做的，又是為了誰而做？

隔天早晨她回到這家店，買下這件美麗的物品，想要送給卡蘿。理查寄來的信，也在那天早晨從科羅拉多泉市轉寄過來。特芮絲坐在街上的石凳上，把信打開。圖書館就在那條街上。理查用公司的信紙寫信：桑姆柯罐裝瓦斯公司。烹飪、熱能、製冰。理查的名字出現在最頂端，職務是傑佛遜港分公司總經理：

親愛的特芮絲：

我要感謝丹尼告訴我妳現在人在哪裡。妳或許認爲我這封信對妳來說沒有必要，也許對妳來說眞的是如此；或許妳還沒脫離我們那天在咖啡店談話時，妳所身處的迷霧。但我認爲有必要把事情講清楚，那就是：我現在的感覺和兩個禮拜之前，已經不一樣了。上次我出於衝動寫信給妳，那時就知道事情已經無可挽回了，我知道妳不會回信，也不期待妳回信。當時我已經清楚知道，我不再愛妳了。我現在對妳的最大感覺，也是我一開始就對妳懷抱的感覺，那就是厭惡。我厭惡妳，是因爲妳和那女人糾纏不清，而且因此把所有人都拋在腦後。我也相信妳和她的關係非常病態，非常可悲。我知道妳和她不會長久，我從一開始就這樣說過了。遺憾的是，這段關係結束後人家也會很討厭妳；至於人家會有多討厭妳，那就要看妳現在虛擲生命到什麼程度來決定了。妳和她的關係既幼稚又欠缺堅固的根基，就如同仰賴沒有營養的糖果或者其他東西過日子，而不吃有益生命健康的糧食一樣。

我現在常想我們放風箏那天妳問我的問題。我眞希望我當時就先採取行動，不要讓事情演變到不可挽回的地步，因爲當時我還愛妳，當時我還願意出力拯救妳。現在我不愛妳了，也不願出力救妳了。

妳的事情，大家還是跑來問我。妳要我告訴他們什麼呢？我打算把眞相告訴他們，只有這樣才能讓我擺脫這件事，我再也無法背負這件事情了。我已經把妳留在我家裡的東西寄回去妳的公寓，如今我只要稍稍想到妳，稍稍想到必須與妳聯繫一下，都會把我弄得心情低落；

一切與妳相關的東西，我碰都不想碰，更不想碰妳這個人。我現在可是出於理智才講這些話的，不過我認爲妳大概一個字也聽不懂，我覺得妳只能聽懂以下這句話：我再也不想和妳有瓜葛。

理查

她可以想見理查寫這封信時，柔軟的薄唇必定緊繃成一條直線，而且上唇也會產生細小而繃緊的摺紋。頃刻間她彷彿清楚看到了他的臉，但晃了一下他的臉龐又消失，已經模糊且遠離；而理查這封信帶來的紛紛擾擾，現在也同樣模糊而遠離了。她站起來，把信放回信封，然後繼續往前走，希望理查就這樣把自己給徹底忘記。但她只能想像理查用一種熱切、亟欲與人分享的奇特態度，到處去講她的事情；這種奇特的態度，她離開紐約之前就看過了。她想像著某天晚上理查在帕勒摩酒吧，把她的事情講給菲爾的那種畫面，也想像著他告訴凱利一家人的畫面。不管他怎麼說，她一點都不在乎。

她猜想現在大概十點鐘了，紐澤西時間是十一點，卡蘿在做什麼呢？正在聽著陌生人對她的指控嗎？正在想念自己嗎？卡蘿現在有時間想念她嗎？

那天天氣很好，冷冽無風，陽光當空照耀。她也可以開車到外面走走；已經三天沒用車了，但馬上又明白自己並不想開車。有天她收到卡蘿來信之後心情大振，開著車在前往戴爾急流鎮的筆直道路上狂飆到九十哩，不過這也好像是很遙遠的記憶了。

她回到古柏太太家的時候，另一位房客布朗先生正好站在前面走廊上，坐在太陽底下，雙腿用毯子包著，帽子下拉蓋住眼睛，好像在睡覺似的。但他還是出聲招呼：「嗨，妳好，我的姑娘！今天好嗎？」

她停下來和他聊了一下，問他關節炎的情況如何，想要學學卡蘿對法蘭西太太的客氣態度。他們聊了些事情，彼此都大笑出聲，她走回房間時仍在微笑。然後她看見了天竺葵，一切驟然終止。

她細心為天竺葵澆水，把它放在窗台，盡量讓天竺葵曬到陽光，但上面最小的葉子尖端已經變成褐色。這個盆栽，是卡蘿在迪莫伊上飛機之前替她買的，當時還有盆常春藤，也已經死了（花店的店員警告過她們，常春藤很脆弱，不過卡蘿還是買了它）。特芮絲也很懷疑天竺葵能不能活下來。可是古柏太太栽培的各式植物，依舊在窗邊生長得相當茂盛。

「我在城裡走啊走，」她寫信給卡蘿說：「只希望我自己能夠朝著一個固定的方向前進，就是往東走，最後走到妳身邊。卡蘿，妳什麼時候才能來呢？或者我該去找妳？和妳分離這麼久，我真的無法忍……」

隔天她就得到了答案，有張支票從卡蘿的信裡跑出來，飄到古柏太太的客廳地板上，支票上寫著兩百五十元。卡蘿的字跡（字母裡面長形的圈圈比較鬆散，比較飄逸，小寫的t字橫線條則充分向左右延伸）說未來兩週內她都不可能出門。那支票是讓她飛回紐約，或者把車子往東開回去的。信裡面最後一句話說：「我覺得妳搭飛機會比較好。現在就來，別再等了。」

這封信是卡蘿匆忙寫下的，可能是抓住一時半刻的空檔寫的，但當中有種冷漠的氣氛，嚇到了特芮絲。她走出去，茫然走到角落，還是把前一晚寫的封信給投入郵筒。那是一封沉甸甸的信，信封上貼了三枚航空郵票。她大有可能在十二小時之內就看到卡蘿，但這樣想也沒有帶給她太多安慰。她是否應該今天早上就離開？還是今天下午？他們會對卡蘿怎樣？她猜想，如果現在就打電話給卡蘿，卡蘿會不會生氣？如果她這麼做，會不會讓整個不利的局勢，又增添額外的危機？

她現在人在外面，找了張桌子坐下，桌面上放著咖啡和柳橙汁。之後她看了手裡另一封信，左上角她認出那種潦草的字跡，是羅比榭克太太寄來的。

親愛的特芮絲，

非常感謝妳上個月寄來的美味香腸，妳眞是個善良又甜美的女孩，我謹在此對妳表示感謝，妳人眞好，在這麼長的旅途中還會想到我。我最喜歡的就是那些漂亮的明信片，特別是從蘇族瀑布寄來的那張大明信片。南達科塔如何呢？有沒有看見山和牛仔？我從來沒有機會出門去旅行，只到過賓州。

妳眞是個幸運的女孩，年輕、漂亮又善良。我還在店裡工作，一切如常，每件事都一樣，只不過現在天氣比較冷。妳回來的時候務必來看我，讓我替妳煮一頓美味可口的晚餐，不是從熟食店買來的現成食物。再次謝謝妳寄來的香腸，我吃了好幾天，眞的是又獨特又好。誠摯祝福。妳的眞誠朋友。

露比．羅比榭克

特芮絲下了凳子，在桌上放點錢付帳，然後一路跑到戰士飯店打電話，聽筒貼著耳朵耐心等待，聽到電話在卡蘿家裡響起，但沒有人回應。電話響了二十次，還是無人接聽。她也想到要打給卡蘿的律師佛瑞德．海梅斯，後來又決定不要這麼做。她也不想打給艾比。

那天正下著下雨，特芮絲回房間躺在床上，往上望著天花板，等待下午三點鐘到來，她想等到三點再打給卡蘿。中午時分，古柏太太為她端了一盤午餐進來，特芮絲什麼東西也吃不下，也不知道該怎麼辦，古柏太太還以為她病了。

五點鐘，她還是想聯絡到卡蘿。最後電話鈴響終於停了，線路裡面出現一團混亂，有好幾個接線生同時發話，彼此詢問這通電話到底是怎麼轉接的。到最後，特芮絲終於聽見話筒另一端的卡蘿傳來第一句話：「好，媽的！」特芮絲微笑起來了，手臂也突然不痛了。

「喂？」卡蘿突然說話。

「喂？」通訊很糟糕：「我收到信了，有支票的那封信。卡蘿，到底發生了什麼事？什麼？」

卡蘿的聲音好像一直受到干擾，連續的雜訊一再重複。「特芮絲，我認為電話應該是被竊聽了……妳還好嗎？要回來嗎？我現在不能談太久。」

特芮絲不發一語，皺著眉頭。「好，我想我今天就可以離開。」然後她脫口說：「卡蘿，怎麼回事？我真的不能再忍受了，我完全不明瞭狀況！」

「特芮絲！」卡蘿硬是把特芮絲的話切斷，就像把話刪除一樣。「妳回來好嗎？這樣我才可以跟妳說話。」

特芮絲認為她聽到卡蘿不耐煩地嘆了氣。「但是我現在就想要知道狀況。等我回去時，妳能跟我見面嗎？」

「特芮絲，妳要撐住。」

她們以往是用這種方式交談的嗎？這是她們所使用的言詞嗎？「那妳能撐住嗎？」

「我也不知道。」卡蘿說。

一陣冰冷襲上特芮絲的手臂，直透入握著電話的手指中。她覺得卡蘿在恨她，因為那是她的錯，她犯了愚蠢的錯誤，讓佛羅倫斯找到那封信。可能已經有狀況發生了，所以卡蘿不能，甚至不想再見到她。「法庭的事情，開始了嗎？」

「已經結束了，我寫信告訴過妳。我現在不能再說了，再見，特芮絲。」卡蘿還在等她回話，「我現在要說再見了。」

特芮絲慢慢把聽筒放回電話上。

她在飯店大廳站著，盯著櫃檯四周模糊的人影，把卡蘿的信從口袋裡拿出再讀一次，卡蘿的聲音變得更貼近，卡蘿不耐煩地說：「妳能回來嗎？這樣我才可以跟妳詳談。」她把支票拿出來又看了一遍，上上下下看了一遍，然後把支票撕掉，將碎片放進黃銅垃圾桶裡。

等到她回去居所，再一次見到自己租來的房間時，眼淚才落了下來。雙人床的中間凹陷了一處，一疊卡蘿寄來的信放在桌上。這個地方，她連一晚都待不下去了。

她要找個飯店過夜，就算卡蘿電話裡提到的信隔天早上沒有抵達，她也會離開這個小城。

特芮絲把手提箱從衣櫃裡拖下來，放在床上打開。白色手帕折好的角從一個口袋冒出來，特芮絲把手帕拿到鼻子邊，想起在迪莫伊那天早晨卡蘿把手帕放在那裡，上面還有少許香水餘味。想起卡蘿當時開著玩笑把手帕放在那裡，她也跟著笑鬧。特芮絲把一隻手放在椅背上，另一隻手緊握成拳，漫無目標上下晃動著。她只能感覺到一片模糊，就像眼前的桌面一樣模糊，就像她皺眉凝視卡蘿寄來的那些信一樣模糊。突然間，她把手伸向靠在書桌背面書上的一封信，雖然這封信就在眼前，但她卻還沒有讀過。特芮絲把信打開，這封就是卡蘿在電話裡面說的信，信很長，有些信紙上的墨水字跡是淡藍色，有些則是黑色，有些字句已經用筆劃掉了。她讀了第一頁，然後又回頭再讀一次。

星期一

親愛的，

我甚至連開庭那天都沒有出席。今天早上他們把哈吉想用來對付我的東西先看了一遍。對，他們把我們的對話錄下來了，就是在滑鐵盧的對話。有了這種東西當證據，就算我出庭也於事無補。我應該要感到羞愧，因爲我希望妳出現在這裡；我並非爲著我自己而羞愧，而是我的孩子。今天早上的情況非常單純，我就是投降了。律師說，現在重要的是我將來想做什麼，這一點就會決定我未來還能不能看到我的孩子，因爲哈吉現在可以輕易取得她的監護權。問題就是，我會不會和妳斷絕關係。（他們還說，我也應該和其他像妳一樣的人斷絕關係！）他們沒有把話講得很明白，不過有十幾個人同時開口，場面眞的很像末日大審判。他們提醒我說我有責任，還提醒我考慮我的處境，以及我的未來。（他們究竟是把什麼樣的未來綁在我身上？六個月以後，這些人還會回頭檢視我的未來嗎？）我告訴他們，我不會和妳見面了。我在想，不曉得妳能否理解這種情形，特芮絲，由於妳還這麼年輕，從來不知道一個母親會盡其所能照顧妳。對於我的承諾，他們給我一個很棒的回報：給予我每年與自己的孩子相處幾個禮拜的權利。

幾個小時後——

艾比來了。我們談到了妳，她要我代她問候妳。艾比再度提醒了我幾件已經知道的事：妳還年輕，妳仰慕我。艾比認爲我不應該把這封信寄給妳，應該親自告訴妳才對。我們還因此而大吵一架。我告訴她，她不像我這麼瞭解妳；在某些事情上，我也認爲她不如妳那麼瞭解我，她不瞭解的就是情感的部分。親愛的，我今天眞的不太快樂，現在正在喝裸麥威士忌，我知道妳一定會告訴我說，這種酒只會讓我變得更沮喪。不過我和妳共同生活了這幾個禮拜，其實我的心裡還沒準備好處理眼前的狀況。我們相處的日子非常愉快，相信妳比我還清楚這點。雖然我們的關係，目前只是開始，但我在這封信裡想告訴妳的事情是，我們有了這個開始，接下來的事情妳可能永遠不會知道，永遠不應該知道，永遠註定不會知道了。我們兩人從來沒吵過架，向來就認爲上天下地我們一切所求所想的，就是彼此廝守在一起而已。我不知道妳愛我多深，但事情就是這樣，我們兩人相處的甜美時光，只是個開始而已。我們相處的時間這麼短暫，或許對妳產生的影響比較小；妳曾說過，不管我變得怎樣，不管我講話再粗魯，妳依然愛我。我在此也要說，我愛妳，整個妳，過去的妳，未來的妳。我講的這些話，如果那些人聽得懂，如果能改變任何事情，那我也一定會在法庭上公開這麼說的，我毫無畏懼，並不害怕這樣講。我的意思是，親愛的，我寫這封信給妳，希望妳能體諒我的所作所爲，體諒我昨天爲什麼會告訴律師說我不再跟妳見面了，體諒我爲什麼要告訴他們這些人說我不再跟妳見面了。如果我認爲妳不能體諒我，如果我認爲妳現在不想回來，那我就是低估了妳。

特芮絲停下來，然後站起身，慢慢走到寫字桌前。是的，她能理解卡蘿寄這封信給她的原因，因為卡蘿愛她的孩子，更甚於愛她。也因為這樣，那群律師才能夠打擊她，強迫她做出他們希望她做的事。特芮絲不敢想像卡蘿被迫做出決定的樣子，但這種光景就出現在卡蘿的信中。特芮絲知道，卡蘿投降了。有短短一下子的時間，她有種古怪的感覺，認為卡蘿只把自己的一小部分精神投注在她身上。也因此突然間她覺得兩人密切相處的這一個月時間，就像一個巨大的謊言，裂縫產生，世界傾覆。但接下來她又不相信事情是這樣。不過事實俱在，卡蘿已經選擇了自己的小孩。她盯著桌上理查寫來的信，感覺到她想對他說的一字一句，在內心如潮水洶湧而來，這些話她從來沒對他說過。他到底瞭解她多少？是什麼事情讓他瞭解了她？她接下來又讀起卡蘿的來信。

……又誇大，又縮小。對我而言，親吻以及男女床笫的愉悅，這兩件事情之間似乎只有程度上的差別。舉例而言，親吻並未縮小，親吻的價值也不能被任何人所斷定。我在猜想，男人是不是以「自己的行爲能否製造出小孩」爲標準，來衡量愉悅的程度呢？如果他們的行爲能製造出小孩的話，他們就有可能會認爲自己可以從中獲得更大程度的愉悅。我現在說的，畢竟是和愉悅程度有關的問題，但如果要爭辯「冰淇淋甜筒」和「足球比賽」兩者之間的差別，或者貝多芬的四重奏和《蒙娜麗莎》這件作品之間，何者能夠產生比較多的愉悅，那又有什麼意義？這個問題還不如留給哲學家討論。但是這些男人的心態是，我這個人不曉得是什麼原因，不是瘋了就是盲了（我想，這些男人的心裡還有一點遺憾，像我這麼一個美麗的女子，男人竟然得不到），有些人會把「審美標準」加入討論之中，我指的當然是把這個標準加諸在我身上。我認爲如果他們眞的想爭論這件事的話，只會引人發笑罷了。但我沒有提到，也是最重要的一點，更是沒有任何人想到的就是，兩個男人或兩個女人間的親密關係，是否有可能是絕對且完美的？這種絕對和完美，從來沒有出現在男性與女性的關係之間。有些人要的，是否就是這種絕對而完美的關係呢？而其他人只是渴望男女之間善變又不確定的感情。昨天有人說，或至少暗示我說，我現在的所作所爲會讓我墜入人類邪惡和墮落的深淵。的確，自從他們把妳從我身邊奪走後，我就已經深深沉淪了。事實上，如果我繼續這樣下去，持續受到監視，持續被人攻訐，永遠無法長時間擁有一個人，到頭來我對其他人的認識都只會停留在表面，這才是眞正的墮落。或者說墮落的本質，就是逆著自己的天性生活。

親愛的，我對妳傾吐了這一切（**卡蘿把下一行劃掉了**），妳對於妳自己未來前途的掌控，一定比我要好，我可以當妳的錯誤示範。假如妳現在受到的傷害，已經超越了妳認爲妳所能承受的程度，假如我們之間的事情使得妳（無論是現在或將來）怨恨我，那我就不應該覺得遺憾。我就是這樣跟艾比說的。正如妳說過的，我可能就是那個妳註定要相遇相愛的人，而且是唯一的那個人，妳當然可以把這一切事情都置之腦後不管。但如果妳心裡還想著我們兩人的關係，儘管現在遭逢到的失敗及挫折，我眞心知道妳那天下午說的話是對的：我們的關係，不需要弄到這樣。如果妳願意的話，我眞的想在妳回來之後跟妳聊聊。妳種的盆栽還在後院長得很好，我每天替這些植物澆水……

特芮絲再也讀不下去了。在門後，她聽到有一陣腳步聲緩緩走下樓，穿過客廳，腳步聲遠去時她打開門，站了一下子，掙扎著是否要在衝動之下直接走出這幢房子，把一切都丟下不管。然後她走過客廳，來到後面古柏太太的門前。

古柏太太應門時，特芮絲把她先前準備好的話都說出來了，也就是自己當晚就要離開。她看著古柏太太的臉，古柏太太好像沒在聽她說話，只是對自己所見到的景象予以回應。突然之間，古柏太太成了特芮絲自己的倒影，她就是不能這樣轉身就走。

「嗯，我很遺憾，貝利維小姐。要是妳的計畫出了差錯，我很遺憾。」她說，臉上只露出驚訝和好奇。

特芮絲回到房間開始打包。躺在行李箱底部的是折好、壓平的厚紙板模型，然後是她的書。一會兒之後，她聽到古柏太太慢慢接近，好像拿著什麼東西一樣。特芮絲想，要是她端來另一盤食物，自己一定會尖叫起來。古柏太太敲門。

「親愛的，要是有信寄來，我要把妳的郵件轉寄到哪裡？」古柏太太問。

「我還不知道，我會寫信告訴妳。」特芮絲挺直身體，只覺得頭昏眼花，而且想吐。

「妳今晚就要動身回紐約了，是嗎？」古柏太太把六點過後的時間全部通稱為「晚上」。

「還沒有，」特芮絲說：「我只是要趕一點路。」她已經無法忍受獨自一人了。她看著古柏太太的手，放在腰帶以下的灰色格子花紋圍裙裡，使得圍裙都鼓了起來；她看著破掉的家居軟鞋放在地板上，磨得變成紙一樣薄。這雙鞋在她還沒有來這裡之前，就已經踏在這些地板上好多年，而且在她離開之後，還會繼續走在同樣的路徑上。

「嗯，別忘了把妳的後續狀況告訴我。」古柏太太說。

「好。」

她把車開到飯店，並不是那家她一直稱之為卡蘿的飯店，而是另外一家。然後她出去散步，覺得有點煩躁，一直避免走到以前她和卡蘿走過的街道上。她想，她應該把車開到另一個小城裡，於是停了腳步，想要走回車上。可是接下來她又繼續走著，也不在意自己到底置身何處。她一直走，走到自己覺得好冷。最近的取暖地點就是圖書館。她經過達屈的餐廳，往裡面瞧了一眼，達屈也看到她了，他的頭還是一樣傾斜著，彷彿必須先往下看，才能看到窗戶外面的她。他笑了，對她揮揮手，她也不由自主地揮手，算是道別。此刻她想到自己在紐約的房間，洋裝還掛在工作室的沙發上，地毯的角捲了邊。她想，真希望現在就可以伸手出去把地毯拉平。她站在街上，往前看著逐漸變窄、看來穩固又有圓形街燈的大街。有個人沿著人行道朝她走來。特芮絲走上圖書館的階梯。

圖書館員葛拉漢小姐一如往常歡迎她，但特芮絲並沒有走進閱讀室。今晚只有兩、三個人在裡面，禿頭的男人戴著黑框眼鏡，他常坐在中間的桌子前。以往有多少次，她口袋裡放著卡蘿寄來的信，坐在這個閱讀室裡就好像卡蘿在她身邊一樣？她爬上樓梯，經過二樓的歷史和美術圖書區，往上走到她以前沒去過的三樓，那裡有一個看來滿布灰塵的大房間，牆邊有玻璃面的書櫥，還有一些油畫以及一個大理石半身像。

特芮絲在一張桌子旁邊坐下，放鬆身體，還是覺得疼痛。她趴在桌上，把頭枕在手臂上，突然覺得全身疲軟，昏昏欲睡。緊接著下一秒鐘，她把椅子推開站起來，感覺到連髮根都因為恐懼而產生刺痛。其實她一直都在假裝卡蘿還沒有離開她，假裝她回紐約時就會見到卡蘿，然後所有的情況都會和以前一樣，也必須和以前一樣。她緊張地環顧四周，彷彿在尋找某種矛盾，某種補償。她覺得自己的身體可能會自動碎成一片片的，或者會衝破房間對面的窗戶玻璃。她看著荷馬毫無生氣的半身像，塵埃略微勾勒出他因好奇而揚起的眉毛線條。她轉向門邊，這才注意到門楣上的畫像。

她本來想，這幅畫只是類似的東西，而不是原作，不是真的。可是她認出這幅畫了，深深撼動了她，愈看就愈明白這幅畫是一模一樣的那幅，只是尺寸大一點。她小的時候就看過這件作品，它就放在通往音樂室的走廊上，後來才被搬走。畫裡是個微笑的女人，身穿宮廷式的華麗服飾，手就擺在脖子下方，驕傲的頭半轉過來，彷彿畫家正好捕捉到她的動作。這麼一來，她那兩隻耳朵下方懸垂的珍珠耳環，看來也好像在晃動。她認出了那張短而堅毅的臉頰，厚實的珊瑚色雙唇對著角落微笑，細窄的眼睛像似在嘲弄他人。堅挺但不算很高的額頭，即使在畫像中看來也有點突出於活靈活現的眼睛上方，那雙眼睛可以預知萬事萬物，可以同時散發出同情關切以及嘲弄訕笑的眼神。那就是卡蘿。

她一直盯著這幅畫作，無法轉離視線，而畫裡的那張嘴正在微笑，眼睛對她投以嘲弄的目光。最後一道面紗也揭開了，顯露出嘲弄和幸災樂禍的表情，背叛已然完成，只留全然的滿足。

特芮絲顫抖著，倒抽了一口氣，跑過畫像直奔下樓。在樓下的走廊，葛拉漢小姐對她說了些什麼，好像在關切她，特芮絲只聽到自己的回答就像在喃喃自語，她還在喘氣，拚命想要呼吸新鮮空氣。她跑過葛拉漢小姐旁邊，然後就衝出圖書館。

第二十二章

在街上，她打開一家咖啡店的大門，卻聽到店裡正在播放她以前和卡蘿不管到哪裡都會點播的一首歌，於是她又把門關上，繼續往前走。音樂是活的，但世界是死的。她想，總有一天那首歌也會死去，但這世界要如何復活呢？生命的滋味又要如何回復？

她走回飯店房間，把濕毛巾蓋在眼睛上。房間很冷，所以她脫掉衣服和鞋子，就上床了。外面有個刺耳的聲音，緩和在空曠的空間，叫著：「來買《芝加哥太陽報》喔！」然後是一片靜默。她想要入睡，疲憊感正在輕輕搖晃她，令她覺得不舒服，像是醉意。外面走廊上傳出聲音，有人說到放錯一件行李。她躺在那裡，用一條沾濕、聞起來有藥水味的毛巾蓋在腫脹的眼睛上，一種無力感征服了她。外面的聲音在爭執，她感覺到自己的勇氣和意志力已經耗盡。在倉皇中，她想著外面的世界，想起丹尼還有羅比樹克太太，想起鵜鶘出版社的法蘭西斯．科特，想起奧斯朋太太，還有她紐約的公寓。她的心智拒絕繼續思索，卻也停不下來；她的理智和她現在的心一樣，拒絕放棄卡蘿。這些臉孔匯聚在一起，就像外面那些聲音。

艾莉西亞修女的臉、母親的臉也出現了。她想起在學校裡睡的最後一間房間。她想起自己一大早偷溜出宿舍，像小動物一樣狂奔過學校草坪時，見到艾莉西亞修女發狂似地跑過操場，白色的鞋子閃閃發光，就像鴨子穿梭在茂密的草叢那樣，好幾分鐘之後她才明白，艾莉西亞修女正在追逐一隻逃跑的雞。她還想起有次在母親朋友的家裡，她伸手拿一塊蛋糕，不小心把盤子打翻在地，她母親賞了她一巴掌。她又看到學校穿堂上的畫像，那幅畫有了呼吸，還有動作，就像卡蘿，對她發出譏諷，對她冷酷以待，而且跟她斷絕關係，彷彿某種邪惡又註定出現的目的已經達成。特芮絲的身體因著恐懼而緊繃起來，外面走廊上的對話仍繼續下去，傳來尖銳、驚人的聲音，宛如池塘上的結冰碎裂，落在她的耳邊。

「你這樣是什麼意思？」

「不……」

「要是你真的這樣，行李箱就應該在樓下的行李寄放處……」

「喔，我告訴過妳……」

「你害得我搞丟一個行李箱，好讓你不會丟掉工作！」

她在腦海裡為每個句子附加上意義，就像進度落後又慢吞吞的譯者，最後終於失去頭緒。

她從床上坐了起來，惡夢的結尾還留在腦中。房間幾乎全暗。她伸手摸燈的開關，在燈光下眼睛仍半閉著。她把兩毛五分錢銅板投進牆上的收音機，收音機一發出聲音，立即把音量轉大。出現的是個男人的聲音，之後開始放起快節奏、聽起來有東方風味的樂曲，也是以前在學校上音樂欣賞課聽過的曲子。她想起這首作品是〈波斯市場〉，起伏的旋律總讓她聯想到行走中的駱駝，將她帶回兒童之家的小房間，牆上懸掛著取材自威爾第歌劇的插畫。她在紐約的時候，也偶爾會去聆賞歌劇，但從來沒有和卡蘿一起去過。自從她認識卡蘿，就再也沒有聽過或想到威爾第的歌劇了。但現在音樂就像一座橋一樣逐漸出現，跨越時間，又沒有真正碰觸到任何具體的事。她從床邊桌上拿起卡蘿的木製拆信刀，她們在打包行李時，這把刀不曉得怎麼搞的就跑進她的行李箱。她觸摸著刀柄，用手指在邊緣摩擦，觸摸著這個真實物體，並沒有更加確認卡蘿的形象，而是削減；反而是兩人從未一起聆聽的樂曲，喚起了卡蘿的形象。她一面想著卡蘿，心裡還揉雜著一股扭曲的厭惡感，卡蘿就好像是沉默又平靜的遠方。

特芮絲走到洗手台用冷水洗臉。如果可以的話，她隔天就該找份工作上班了。她想要留在這個地方工作個兩個禮拜左右，不要光躲在飯店裡哭泣。她也該寫信給古柏太太，告訴她這個飯店的名字，這樣只是單純出於禮貌，縱使她不想，也必須這麼做。她在蘇族瀑布收到哈凱維的來信，內容禮貌而含蓄，她思索著自己是否應該再寫信給他。「……妳回到紐約後，我很樂意再度與妳相見，但今年我暫時不能給妳任何承諾。不過等妳回來後，倒可以考慮去見見聯合製作人奈德．柏恩斯坦先生。他或許更有資格告訴妳目前劇場設計圈的情況……」算了，不要再寫信給他了。

在樓下，她買了一張密西根湖的風景明信片，刻意在上面寫些愉快的訊息，寄給羅比榭克太太。她寫這些訊息的時候，也曉得這些訊息看起來很虛偽，等她把明信片投遞到郵筒之後，突然感受到身體精力旺盛，腳趾幾乎是在跳躍，邁步快走時血液裡充滿了青春活力，溫暖了她的臉頰。她知道和羅比榭克太太相比，她自由多了，有福氣多了，她筆下寫出的東西其實並不虛假，因為她擁有著這一切；她沒有一蹶不振，也沒有視力半盲，身體也不會到處痛。她站在一家店的櫥窗邊，很快補好口紅。一陣風吹來，她停住腳步讓自己站穩。但在這陣冷風中，她可以感覺到春天的精華，就像一顆內在溫暖又年輕的心臟。次日早上她就開始找工作，先靠著剩下來的錢過活，把賺到的錢存起來帶回紐約。當然，她也可以打電報到她開戶的銀行，提出戶頭裡剩下的錢，但她不想要這樣。她想要用兩個禮拜的時間在這一群不認識的人當中努力工作，做其他人也在做的事，站在這些人的角度來看世界。

她看見一則櫃檯接待兼文件歸檔員的徵人啟事，啟事上說應徵者不需要打字技能，有意者來電親洽。聯繫後對方認為她可以勝任，她也花了整個早上學會了歸檔的工作。然後其中一個老闆用完午餐後走進辦公室，說她想要的人最好具備基本的速記技能，特芮絲恰好不會速記，學校只教過她打字，沒教她速記，所以這份工作就吹了。

那天下午她再度看遍徵人啟事欄，然後想起距離飯店不遠的鋸木工廠外牆上貼了個招牌：「徵女性，擔任辦公室行政及存貨管理。一週四十元。」如果他們沒有要求速記，她就合乎資格了。她走到鋸木廠邊強風吹過的街道時，已經下午三點。她抬著頭，讓風把她的頭髮從臉上往後吹，想起卡蘿說過，我喜歡看妳走路的樣子，遠遠看到妳的時候，我覺得妳好像只有五吋高，就走在我的手掌上面。在風聲的呢喃中，她聽見卡蘿柔軟的聲音，卻變得緊張起來，還參雜著苦澀與恐懼。她走得更快了，跑了幾步路，彷彿這樣就可以跑離愛情、憎恨與厭惡的困境。在這樣的困境中，她的思緒慌亂起來。

鋸木場一角有個小小的木頭辦公室，她走進去，見到了尚布洛斯基先生。他是個動作很慢的禿頭男子，戴著一條金色懷錶，錶鍊橫越他的身體正面。特芮絲還沒問他應試者是否需要會速記，他就主動說這裡不需要速記的技能。他還說，今天下午和隔天就是試用期。隔天有另外兩個女孩進來應徵，尚布洛斯基先生也記下她們的名字，但是隔天還不到中午，他就告訴特芮絲說，這份工作是她的了。

「假如妳可以早上八點就開始上班的話。」尚布洛斯基先生說。

「我沒問題。」那天早上她九點才抵達，但是如果他要求，就算是早上四點她也會準時出現。

她的上班時間是八點到四點半，工作項目只有檢查伐木場送到這裡的貨品，與訂貨單是否相符，然後寫信確認。她從辦公桌邊看不到什麼木材，但空氣裡一直飄著木材的味道，彷彿鋸子才剛切開白色松木板的表面。她也可以聽到卡車開進鋸木廠時，木材跳動、摩擦的聲音。她很喜歡這份工作，喜歡尚布洛斯基先生，也喜歡跑來辦公室火爐旁暖手的伐木工人和卡車司機。有個叫史帝夫的伐木工人很有吸引力，蓄著金色的鬍渣，一直邀她到街上的餐廳吃午餐，也邀她禮拜六晚上跟他約會，但特芮絲不希望整個晚上都跟他或其他任何人在一起。

有天晚上，艾比打電話給她。

「妳到底知不知道，我打了兩次電話到南達科塔，最後才找到妳？」艾比有點生氣地說：「妳在那裡幹什麼？什麼時候才回來？」

聽見艾比的聲音，一下子把她拉近到了卡蘿身邊，就好像親耳聽到卡蘿講話一樣。艾比的聲音也讓特芮絲的喉嚨出現空洞的緊繃感，好一會兒她連話都講不出來。

「特芮絲？」

「卡蘿在妳旁邊嗎？」

「她人在維蒙特，生病了。」艾比粗啞的聲音說道，裡面沒有一絲開玩笑的意思。「她在休息。」

「是不是她病到不能打電話給我？艾比，妳怎麼不早告訴我呢？她的病情有沒有好轉，還是惡化了？」

「好轉了。妳之前為什麼不打給她問看看？」

特芮絲捏緊著話筒。對，她為什麼不打給卡蘿？因為她一直在想著一張畫像，而不是想著卡蘿。「她怎麼了？她……」

「問得好。卡蘿已經寫信告訴妳事情的經過了，對嗎？」

「對。」

「嗯，妳要她像球一樣到處彈嗎？還是要她跑遍全美國到處追妳？妳以為這是什麼？捉迷藏嗎？」

上次和艾比吃午餐時談到的話，現在回頭來再度重擊了特芮絲。在艾比眼中，整件事情都是她的錯。佛羅倫斯找到的信只是她犯下的最後一件大錯。

「妳什麼時候才回來？」艾比問。

「大概還要十天，除非卡蘿想早點用車。」

「她還不需要，十天之內她還不會回家。」

特芮絲逼著自己說：「那封信，我寫的那封信，妳知道他們是在之前，還是在之後找到的嗎？」

「在什麼之前？在什麼之後？」

「在偵探開始跟蹤我們之後。」

「他們是在偵探開始跟蹤妳們之後才發現的。」艾比嘆口氣說。

特芮絲咬著牙。艾比怎麼看她都無所謂，重要的是卡蘿怎麼想。「她在維蒙特哪裡？」

「如果我是妳，就不會打給她。」

「妳不是我，而且我想打給她。」

「別打給她，我只能告訴妳這麼多。我可以幫妳傳達訊息，這很重要。」然後是一陣冰冷的沉默。「卡蘿想知道妳需不需要錢，還有車的事。」

「我不需要錢，車子很好。」她必須再問一個問題：「琳蒂知不知道這件事？」

「她知道離婚的意思，她也想和卡蘿住在一起。不過這樣也沒辦法讓卡蘿更好過。」

很好，很好，特芮絲想這麼說。她不會打電話麻煩卡蘿，也不會寫信，只有在車子出了狀況時她才會寫。她放下話筒時，整個人在發抖，然後又立刻拿起話筒對櫃檯說：「我這裡是六一一號房，麻煩不要幫我轉接長途電話了。任何長途電話都不要幫我接進來。」

她看著床頭桌上卡蘿的拆信刀，這把刀現在就代表著卡蘿，一個有血有肉、活生生的人，有雀斑，一顆牙齒邊上缺了個口的卡蘿。她還虧欠卡蘿任何事情嗎？就好像理查說過的，是卡蘿在玩弄她嗎？她還記得卡蘿的話：「如果妳有丈夫和小孩的話，情況就有點不同了。」她對著拆信刀皺了皺眉頭，覺得很疑惑，為什麼突然之間這把刀又變成了一把單純的刀，為什麼突然之間不管她將這把刀子留下來或丟掉，對她都無所謂。

兩天後艾比寄了一封信給她，裡面有一張一百五十元的支票，艾比吩咐她別在意這張支票。艾比說她和卡蘿談過了，卡蘿希望聽到她的消息，她也把卡蘿的地址給了特芮絲。艾比信裡的口氣相當冷淡，但這張支票的心意卻不能說是如此。特芮絲知道，卡蘿並沒有要求艾比寄支票給她。

「謝謝妳的支票。」特芮絲回信：「妳人真是太好了，但我不需要，也不會用掉。妳提到我可以寫信給卡蘿，但是我認為我不能，也不應該這樣做。」

有天下午，她下班回來時，卻看見丹尼坐在飯店大廳裡，她幾乎不敢相信。那個從椅子上起身微笑，慢慢走向她的黑眼珠年輕人，真的是丹尼？她看到他蓬鬆的黑髮，翻起來的外套衣領把黑髮稍微弄亂了，又看到他左右對稱，而且嘴巴張得很開的笑容。好熟悉的景象，彷彿前一天還見過他。

「妳好，特芮絲。」他說：「驚訝嗎？」

「非常驚訝！我已經對你不抱希望了，都一、兩個禮拜沒你的消息了。」她記得他說過他會在二十八號離開紐約，而那一天正好是她抵達芝加哥的日子。

「我也差點就不對妳抱任何希望了。」丹尼笑著說：「我在紐約耽擱了一下，這樣也很幸運吧，因為我一直要打電話給妳，結果妳的房東太太把妳的地址給了我。」丹尼一直緊抓著她的手肘，兩人慢慢走向電梯。「特芮絲，妳看來氣色好極了。」

「是嗎？我真的好高興能見到你。」他們前面有台電梯開著門。「你要不要上來我房間？」

「我們去吃點東西吧。還是現在太早呢？我今天還沒吃午餐呢。」

「這樣的話當然不會嫌早。」

他們走到一個特芮絲推薦、專賣牛排的餐廳。丹尼通常不太喝酒，但這次他甚至點了杯雞尾酒。

「妳一個人在這裡嗎？」他問：「妳在蘇族瀑布的房東太太告訴我，妳是一個人離開的。」

「卡蘿最後不能出來了。」
「喔。所以妳決定在外面待久一點嗎?」
「對。」
「待到什麼時候?」
「時間差不多了,下個禮拜我就要回去。」
丹尼一面聽著,一面用他溫暖的黑眼睛盯著她的臉,沒有顯露出驚訝。「妳為什麼不乾脆往西走,不要往東回去,跑去加州多待一段時間。我在奧克蘭找到工作了,後天就會到。」
「什麼樣的工作。」
「研究工作,正是我喜歡的。我的考試結果比我料想的要好。」
「你是班上第一名嗎?」
「我也不知道,我很懷疑。不過他們評分的方式不一樣。妳還沒有回答我的問題。」
「丹尼,我想回紐約。」
「喔。」他微笑著看著她的頭髮,她的嘴唇。她突然想到丹尼從來沒看過她像現在妝化得這麼濃的樣子。「妳看起來好像一夕之間長大成熟了。」他說:「妳換了髮型是嗎?」
「有一點。」

「妳看起來不像以前那樣擔心受怕的樣子了，以前妳好嚴肅喔。」

「我很高興自己變成現在這樣。」她和他在一起時，偶爾會覺得害羞，但不知什麼緣故，和他在一起的時候覺得好親近，這種親近感裡頭存在著某種元素，是她以前和理查在一起時從來沒有感受過的。帶點懸疑未知的感覺，她很喜歡。就像加了一點點鹽吧，她想。她看著丹尼放在桌上的手，看著在拇指下突出來的強健肌肉。她想起那天在他房裡，他把手放在她肩上，真是愉快的回憶。

「小芮，妳有點想我吧？」

「當然。」

「妳有沒有想過，妳可能對我有點意思？就像妳以前和理查那樣？」他問道，聲音裡帶著某種驚訝的口氣，彷彿提出了一個絕妙的問題。

「我不知道。」她很快地說。

「妳現在沒有在想理查，對不對？」

「你一定早就知道了，我沒有在想他。」

「那妳在想誰呢？卡蘿？」

她突然感到自己有如全身赤裸一般，坐在那裡面對著他。「對，我在想卡蘿。」

「現在不會想卡蘿了吧？」

特芮絲很訝異，他竟然能夠完全不帶有任何驚訝之情，不帶有任何既定的立場來說這些話。「還在想。這件事……丹尼，我沒辦法跟人家談這件事。」她自己的聲音聽來既深沉又安靜，就像另一個人的聲音。

「要是妳和卡蘿的事情已經過去，為什麼不把這件事忘了？」

「我不知道。我不懂你是什麼意思。」

「我的意思是，妳覺得遺憾嗎？」

「不會。我會做出同樣的事嗎？會。」

「妳的意思是和其他人，還是和她？」

「和她。」特芮絲說。她的嘴角揚起，形成一個微笑。

「不過結局是徹底的失敗了。」

「對，我的意思是，我也願意再度經歷這個同樣的結局。」

「而且妳現在還沒經歷完呢。」

特芮絲一句話也沒說。

「妳還會不會跟她見面？妳介不介意我問這些問題？」

「不介意，」她說：「不會了，我不會再跟她見面了，我也不想這樣做了。」

「那其他人呢？」

「其他女人？」特芮絲搖搖頭。「不會。」

丹尼看著她，慢慢笑了。「這點很重要。或者說，這點可以讓事情變得很不重要。」

「你是什麼意思？」

「我是說，特芮絲，妳還年輕，以後還會改變，妳以後也會忘了這一切。」

她不覺得自己年輕。「理查有跟你談過嗎？」她問。

「沒有，有天晚上他好像想說什麼，但是他還沒開始，我就先打斷了他。」

她感覺到嘴邊出現苦澀的笑容，然後吸了最後一口短短的香菸，把菸熄掉。「我希望他找得到人聽他說話，他很需要聽眾。」

「他覺得他被甩了，自尊受傷，不過妳也別以為我和理查一樣。我認為人的生活該由自己負責。」

她心頭突然浮現以前卡蘿告訴她的一句話：每個成年的大人都有祕密。卡蘿說這句話的時候，還是一派輕鬆，其實她不管說什麼都是這樣。但這句話在特芮絲腦海裡烙上痕跡，無法磨滅，就像卡蘿寫在法蘭根堡百貨公司銷售單上的地址。她有股衝動想要告訴丹尼其他的事，例如圖書館的畫像，學校的畫像，還有卡蘿，她不是畫像，而是個有小孩和丈夫的女人，手上有雀斑，還有說粗口的習慣，以及在意想不到的時刻變得憂鬱的習慣。另外，她還有放縱自己意志的壞習慣。這個女人，在紐約經歷過好多在南達科塔不曾經歷的事情。她看著丹尼的眼睛，看著他下巴上的V字形凹陷。她知道到目前為止，她都還在某種魔咒之下，這種魔咒讓她除了卡蘿外，世界上什麼人都看不見。

「現在妳在想什麼？」他問。

「想你在紐約說過的話，東西利用完之後就丟掉的話。」

「她就是這樣對妳嗎？」

特芮絲微笑。「是我想這樣做。」

「那就去找一個妳永遠不想丟掉的人。」

「誰不會變老變舊？」特芮絲說。

「妳會寫信給我嗎？」

「當然。」

「三個月以後再寫信給我。」

「三個月？」突然之間她明白了他的意思：「更早不行？」

「不是這樣啦，」他定睛看著她。「三個月的時間還不錯，不是嗎？」

「對，好，就這麼說定了。」

「再答應我一件事：明天休假，跟我一起去玩，我明晚九點前都有空。」

「丹尼，我沒辦法，我要上班，而且我必須告訴老闆，我下個禮拜就不做了。」她知道自己說的理由其實不夠充分，或許丹尼也知道。他正看著她呢。明天她不想要和他在一起，這樣會把氣氛弄得太緊張，他會讓她太過想起自己，她還沒有準備好。

丹尼隔天中午到鋸木廠，兩人本來計畫一起吃午餐，結果反而一整個小時都在湖濱大道散步、聊天。那天晚上九點，丹尼搭上往西的班機。

八天後她動身回紐約。她想盡快搬離奧斯朋太太的住處，把去年秋天之後就沒見面的朋友重新找回來。當然，還會有其他人，新的朋友。今年春天她要去讀夜校，也想要完全改變自己的衣著。她的一切東西，她記得在她紐約衣櫃裡的每件衣服，看來都很孩子氣，好像是很久很久以前的衣服。在芝加哥停留時，她到處逛街，急著尋找她現在還買不起的衣服。現在她能負擔得起的，就是弄個新髮型。

第二十三章

特芮絲走進她的房間，注意到的第一件事就是地毯的角拉平了。這個房間看來真是又狹小又悲慘，不過這就是她的房間，小小的收音機還放在書架上，枕頭在工作室的沙發上，這些東西像她好久以前寫下、後來又遺忘的簽名，依舊屬於她這個人。那兩、三個掛在牆上的場景模型也是如此，只不過她現在刻意不去看。

她想，明天就打電話給艾比，把卡蘿的車子安排好。但不是今天。

今天下午她和奈德．柏恩斯坦有約，他是一齣英國戲劇的製作人，哈凱維就是替他的戲劇製作場景。她整理出三個她在旅途中做好的模型，還有《小雨》的照片給他看。就算她能在哈凱維那邊謀得一個見習工作，拿到的薪水也無法過活。反正要賺錢，並不是非得去百貨公司上班不可，還有其他的金錢來源。例如電視台的節目。

柏恩斯坦先生冷淡地看著她的作品，特芮絲說她還沒有和哈凱維先生談過，而且問柏恩斯坦先生知不知道哈凱維想要招收助手的事情。柏恩斯坦先生回答，那恐怕要由哈凱維自己決定，但據他所知，哈凱維現在不需要助理。柏恩斯坦先生也不知道還有哪個劇場場景工作室現在需要增雇人手。特芮絲想到那件售價六十元的衣服，還有存在銀行的一百元。她已經告訴奧斯朋太太說她要搬家，所以她隨時可以讓別人進來看公寓。不過特芮絲還不知道自己接下來要搬到哪裡。她起身準備離開，微笑著向柏恩斯坦先生道謝，謝謝他看了她的作品。

「那電視呢？」柏恩斯坦先生問：「妳有沒有試過走電視這條路？那裡入行比較容易。」

「我今天下午晚一點會去見杜蒙特[21]的人。」

今年一月間，唐納修先生給了她幾個名字讓她聯絡。現在柏恩斯坦先生又提供了更多名字。接著她打電話到哈凱維的工作室，哈凱維告訴她說他正要出去，但她可以把她的模型放在他的工作室裡，好讓他明天一早就可以評估。

「對了，明天五點鐘左右，聖．雷吉斯酒店會替吉妮薇．克萊奈爾辦個雞尾酒派對，歡迎妳參加。」哈凱維說。他俐落的斷句語調，讓他柔和的聲音聽起來如同數學般精確。「這樣至少明天我們確定會見面。妳能參加嗎？」

「可以，我很樂意。在聖．雷吉斯酒店的哪個廳？」

他把邀請函唸了一遍。D廳，五點到七點。「我大概六點就會到了。」

她離開電話亭時覺得非常快樂，好像哈凱維已經邀她加入合作伙伴的行列一樣。她一口氣走了十二條街前去他的工作室，把模型交給那裡的一個年輕人，哈凱維的助理常常換，年輕人已經不是她今年一月間看到的那個人了。工作室的門關上之前，她畢恭畢敬地環顧這個工作室，說不定他很快就會邀她加入，說不定她明天就會知道了。

她走進百老匯的一家雜貨店，打到紐澤西給艾比。艾比的語氣完全不同，和她上次在芝加哥聽到的不一樣。特芮絲想，卡蘿的身體一定已經好多了。不過她沒問起卡蘿的事，她打去是為了安排車子。

「如果妳方便的話，我可以去拿車。」艾比說：「但是妳為什麼不打給卡蘿問一下？我知道她很想跟妳說話。」艾比彷彿是在讓步一般。

「嗯，」特芮絲不想打給卡蘿。她到底在怕什麼？卡蘿的聲音？卡蘿自己？「我會親自把車交給她，除非她不希望我這樣做。假如是那樣，我再回電給妳。」

「什麼時候？今天下午？」

「對，等一下。」

特芮絲回到店門口站了幾分鐘，往外看著駱駝牌香菸的廣告，廣告面板上出現了一張巨大的臉，吐出如巨型甜甜圈般的煙圈。她望著低矮灰暗、外表了無生氣的計程車，像鯊魚般在午後的車流中穿梭，又看著熟悉的餐廳及酒吧招牌、遮雨棚、階梯和櫛比鱗次佇立的窗戶，望著紅褐色調的小巷道裡面那種混亂場面，就像紐約數以百計的其他街道一樣。她想起自己曾在西八十街某條小巷道上散步，步道是紅褐色砂石鋪面，是用一層一層的人性、人生、起

21 杜蒙特（DuMont），全球第一個商業電視網，一九四〇年代在美國設立。

始、結束所鋪上去的。她也記得這條街帶給她的壓迫感，還有她怎麼匆忙跑穿過那條街，直抵外面的大道。這只不過是兩、三個月前的事；而現在，同樣的街道為她注入一種緊張的興奮感，讓她想要一頭栽進去，走進有招牌、戲院遮雨棚的街道，走進行色匆匆、彼此互撞的人群中。她轉身走回電話亭。

不一會兒，她就聽到卡蘿的聲音。

「特芮絲，妳什麼時候回來的？」

剛開始聽到卡蘿的聲音時，特芮絲短暫地膽怯了一下，然後就平息下來。「昨天。」

「妳還好嗎？還是老樣子嗎？」卡蘿的聲音帶著壓抑，好像有人在她旁邊一樣，但特芮絲很肯定她是獨自一人。

「不完全是。妳呢？」

卡蘿等了一下才回答。「妳的語氣聽起來跟以前不一樣了。」

「對。」

「我可以去找妳嗎？還是妳不想要這樣？我跟妳見一次面就好。」那還是卡蘿的聲音，但那些話卻不像是她會說的，太謹慎，太不確定了。「今天下午可以嗎？車還在妳那裡？」

「今天下午我有約，沒時間。」卡蘿以前想見她時，她什麼時候拒絕過了？「妳要不要我明天把車開過去？」

「不用，我可以自己去拿車，我又不是病人。那輛車還好吧？」

「狀況很好，」特芮絲說：「連一道刮痕也沒有。」

「那妳呢？」卡蘿問。不過特芮絲沒有回答。

「我明天可以跟妳見面嗎？下午有空嗎？」

兩人約定下午四點半在五十七街麗嘉酒店的酒吧碰面，然後就掛斷了。

卡蘿遲到了十五分鐘。特芮絲坐在可以看到玻璃門的桌邊等待，玻璃門通往酒吧。她終於看到卡蘿打開門，她緊張到有一點小小的悶痛。卡蘿的穿著和兩人初次相遇的那天一模一樣：同樣的毛皮外套，同樣的黑色皮質高跟鞋，只是多了條紅色圍巾，襯托著她金黃色的頭髮。卡蘿的臉瘦下來了，一見到特芮絲就稍微變了一下臉色，帶著驚訝和一點微笑。

「妳好。」特芮絲說。

「我差點認不出妳了！」卡蘿在坐下來之前，先站在桌子旁邊看她。「妳人真好，會來看我。」

「別這樣說。」

服務生過來，卡蘿點了茶。特芮絲也僵硬地照著點了茶。

「特芮絲，妳恨我嗎？」卡蘿問她。

「不會。」特芮絲聞到卡蘿淡淡的香水味，這個熟悉又甜美的味道現在卻變得很奇怪，很陌生，並沒有激起以前它曾帶來的熱情。她把手中的火柴盒放下。「卡蘿，我怎麼能恨妳呢？」

「我以為妳會恨我，妳曾經恨過我，是嗎？」卡蘿彷彿是平鋪直敘在告訴她一件事實。

「恨妳？沒有。」並不是真的恨，她可以這樣說。但她知道卡蘿的眼睛在她臉上讀出了恨意。

「現在妳已經是大人了，頭髮和衣服都是大人。」

特芮絲細細看著她灰色的眼睛，這雙眼睛比以前更嚴肅；雖然卡蘿驕傲的頭散發出自信，但不知為何緣故，她的眼睛卻很愁苦。特芮絲再度看著卡蘿，覺得那雙眼睛深不可測，特芮絲突然感到一股失落的痛苦；卡蘿還是很美。「我學到了一些經驗。」特芮絲說。

「什麼經驗？」

「我……」特芮絲停了下來，記憶突然被蘇族瀑布小鎮那幅畫像給阻礙。

「妳知道嗎，妳起來氣色很好。」卡蘿說：「妳好像變了一個人，這是離開我的關係嗎？」

「不是。」特芮絲很快地說。她皺起眉頭看著她並不想喝的茶。卡蘿用「變了一個人」這個詞，讓她想到出生這件事，讓她感到尷尬。對，她離開卡蘿後就重生了，變了一個人了。她在圖書館看到那張畫像的時候就重生了，她那時壓抑住的哭泣，就像嬰兒生下來之後的第一聲啼哭，因為嬰兒是在違背本身意志的情況下，降臨到這世界上來。她看著卡蘿。「在蘇族瀑布小鎮的圖書館裡有張畫像，」她說。然後她把整件事情告訴了卡蘿，不帶任何情緒，直接了當地說，就好像這件事情是發生在其他人身上。

卡蘿一面聽著，眼睛一直沒有從她身上移開。卡蘿看著她的樣子，就像從遠處看一個她無法伸手拯救的人一樣。「很奇怪，」卡蘿安靜地說：「而且很可怕。」

「對。」特芮絲知道卡蘿瞭解，她也看到卡蘿眼中的同情。然後她笑了，但卡蘿沒有跟著笑，卡蘿還是盯著她看。「妳在想什麼？」特芮絲問。

卡蘿拿了根菸。「妳說呢？我在想我們在百貨公司相遇的那一天。」

特芮絲又微笑了。「妳對我走過來的時候，真的是太美妙了。妳為什麼要走到我這邊？」

卡蘿等了一下才回答。「因為一個非常無聊的理由：妳是唯一一個沒有忙得要死的女孩。我記得妳也沒有穿工作服。」

特芮絲爆笑出來，卡蘿只是微笑，但這時的卡蘿看起來突然變回了原來的那個她，就像科羅拉多泉市那個偵探事件還沒發生之前的卡蘿。突然之間，特芮絲想起手提包裡她為卡蘿所買的燭台。「我買了這個給妳，」她拿給卡蘿：「在蘇族瀑布找到的。」

特芮絲在燭台周圍包了一些衛生紙墊著。卡蘿把燭台放在桌上打開。

「我覺得很好看，」卡蘿說：「就像妳。」

「謝謝，我買的時候，也認為這個燭台像妳一樣好看。」特芮絲看著卡蘿的手，那雙手的大拇指和中指指尖靠著燭台細薄的邊緣，就像她在科羅拉多看到卡蘿的手指放在咖啡杯的盤子那樣，也像她在芝加哥所見的情景，也像她在那些已經忘了是哪裡的地方所見的情景。特芮絲閉上眼睛。

「我愛妳。」卡蘿說。

特芮絲睜開眼睛，並沒有抬頭。

「我知道妳並不愛我，是嗎？」

特芮絲有股衝動，想要否認卡蘿的話，但她能否認嗎？她現在對卡蘿的感覺已經不同了。

「卡蘿，我不知道。」

「還是一樣的感覺。」卡蘿的聲音很柔軟，充滿期待，期待得到肯定或否定的答案。

特芮絲盯著盤子上的三角形切片土司。她想到琳蒂，她一直還沒有問起她。「妳見了琳蒂嗎？」

卡蘿嘆口氣，特芮絲看到她的手從燭台上縮了回去。「有，上禮拜跟她相處了一個星期左右。我想她每年都有幾天下午可以來探望我，算是千載難逢的機會吧。我已經徹底輸了。」

「我本來以為妳是說一年裡面可以和她見面好幾個禮拜。」

「嗯，發生了一些事，哈吉和我之間的私事，他要我做出很多承諾，我不肯，他的家人也介入。我不肯依照他們所規定的愚蠢要求來過我的生活，就算他們因此不讓琳蒂見我，把我當怪物一樣不讓我靠近琳蒂，我也不在意。他們的要求，簡直就像一張不良行為的清單一樣。簡單說就是這樣。哈吉把一切統統告訴律師，凡是律師還不知道的事情，哈吉全部說了。」

「老天！」特芮絲低聲說著。她可以想像這是什麼意思。琳蒂會在某個下午前來探望卡蘿，身邊跟著虎視眈眈的家庭女教師，還沒來之前這個教師就得到警告要小心卡蘿，他們說不定已經告訴家庭女教師，別讓孩子離開她的視線。琳蒂很快就會瞭解一切來龍去脈。這樣看起來，就算琳蒂來探望卡蘿，這種親子相聚也沒有樂趣可言了。哈吉！特芮絲真不想提到他的名字。「就算是法庭的判決，也不會這麼嚴苛！」她說。

「事實上，我在法庭上也沒有答應太多東西，我在那裡也沒有做什麼承諾。」

雖然如此，特芮絲還是微笑了一下，因為她很高興卡蘿在法庭上沒有做出太多承諾。卡蘿還是那麼驕傲。

「妳知道嗎，其實那不是真正的法庭，只是像個圓桌會議。還有，妳知道他們在滑鐵盧是怎樣偷偷錄音的嗎？他們在牆上打了根釘子，搞不好我們人才剛到那裡，就已經打上去了。」

「釘子？」

「我記得有聽到鐵鎚敲牆的聲音，大概是我們剛洗好澡的時候。妳記得嗎？」

「不記得。」

卡蘿微笑了。

「一根可以收集聲音的釘子，就像竊聽錄音機一樣。他的房間就在我們隔壁。」

特芮絲不記得鐵鎚敲打的聲音，但那個激烈的動作浮上腦海：破壞，摧毀……

「都結束了，」卡蘿說：「妳知道嗎，我也幾乎不想再見到琳蒂了。如果她不想和我見面，那我也永遠不會主動去見她。我會把決定權留給她。」

「我覺得她當然想要和妳見面。」

卡蘿的眉毛揚了起來。「我們怎麼能夠預測，哈吉會對她怎樣呢？」

特芮絲沉默，把臉別過去，卻看到一個時鐘，五點三十五分。她想，假如她現在出發，應該能在六點之前抵達雞尾酒派對，她已經為此盛裝打扮：新的黑色洋裝搭上白色圍巾，新鞋以及黑色新手套。但現在這些行頭卻變得無足輕重。她突然想起艾莉西亞修女送給她的綠色羊毛手套。還在行李箱最底層嗎？還是用舊的衛生紙包著？她真想把這雙手套丟掉。

「人總會熬過這些事。」

「對。」

「哈吉和我還在賣房子，我在麥迪遜大道找了一間公寓。信不信由妳，我還找了份工作，在第四大道上的一間家具行當採購，我的血液裡面一定有木匠的傳統。」她看著特芮絲。「總之，這也是一種生活方式，我也很喜歡這樣。我新租的公寓很棒，足以住兩個人。我本來希望妳會願意過來和我一起住，可是我猜妳不太想這樣了。」

特芮絲的心跳了一下，有如卡蘿那天在店裡打電話給她的情形。她的內心裡有些東西正在回應著卡蘿，情不自禁，讓她快樂起來，而且感到很驕傲。她驕傲的是，卡蘿有勇氣做出這樣的事，說出這樣的事；也因著卡蘿總是這麼有勇氣而驕傲。她記得卡蘿的勇氣，卡蘿在那條鄉村小路上直接面對那個偵探。特芮絲嚥下口水，試著要嚥下她的心跳。卡蘿現在甚至沒有看著她，正在菸灰缸裡來回搓著菸屁股。和卡蘿一起住？曾經有一度這簡直就是不可能的事，也是全世界她最渴望的事。和她住在一起，和她分享每樣事物，無論春天或夏天，一起散步，一起讀書，一起旅行。她還記得那些憎恨卡蘿的日子，那時她曾幻想著卡蘿要求她搬去同住，而她想要悍然拒絕。

「妳願意嗎？」卡蘿看著她。

特芮絲感覺到自己正努力想保持平衡，不要倒下。往昔的那種憎恨感已經消失，現在什麼東西也不剩，只剩下決定，像一條懸在空中的細線，兩邊都沒有東西可以推著她或拉著她。一邊是卡蘿，一邊是空洞洞的問號。可是情況又已經不同了，因為她們兩個人都變了。未來要面對的世界十分陌生，就好像她當初剛剛踏入眼前經歷過的世界一樣陌生。只有當下，沒有阻礙。特芮絲想起卡蘿的香水，已經不具有任何意義了。不具有意義，如果用卡蘿的話來說，就是「一個需要填滿的空白」。

「嗯，怎樣？」卡蘿有點不耐煩地笑著說。

「不願意，」特芮絲說。「不願意，我覺得我不想這樣。」因為妳會再背叛我，那是她在蘇族瀑布時的想法，也是她想要寫下來、說出口的話。問題是卡蘿並沒有背叛她，卡蘿愛她，甚於超過了愛自己孩子的程度。也就因為如此，卡蘿當時才沒有給特芮絲進一步的承諾。卡蘿現在還在賭博，就像她那天在鄉間小路上，賭著可以從偵探那裡取得一切訊息那樣，而她也輸了。特芮絲看到卡蘿的臉色變了，看到一絲絲驚訝與震撼的跡象，很微妙，或許世界上只有她能注意到。好一陣子，特芮絲腦子一片空白，無法思考。

「那是妳的決定。」卡蘿說。

「對。」

卡蘿盯著她在桌上的打火機。「那就這樣了。」

特芮絲看著她，希望伸出手摸摸她的頭髮，用手指緊緊握住。難道卡蘿沒聽出她聲音裡的遲疑嗎？特芮絲突然想跑開，快步走出門，走到人行道上。時間已經是五點四十五分了，「我要去參加的雞尾酒派對，很重要的派對，和我的工作有關，哈凱維會出席。」她確信哈凱維會給她工作，她中午曾打電話說她將模型留在工作室。哈凱維都很喜歡。「我昨天也去談了電視台的工作。」

卡蘿抬起頭笑。「我的小小大人物啊，看起來妳會發展的不錯，妳曉不曉得，妳連聲音聽起來也不一樣了？」

「真的嗎？」特芮絲遲疑了，發現自己如坐針氈。「卡蘿，妳跟我一起去派對好不好？那是個歡迎哈凱維新戲女主角的大型派對，在一家飯店的幾個房間舉行。他們不會介意我帶人參加。」

為何這樣問起卡蘿，特芮絲自己也不知道，不知道卡蘿現在是否想參加雞尾酒派對。

卡蘿搖搖頭。「不了，謝謝，親愛的，妳自己快去吧，我等一下在愛麗謝酒店有個約。」

特芮絲拿起腿上的手套和手提包。她看著卡蘿的手，手背上布滿淡色的雀斑，婚戒已經拿掉了。然後又看著卡蘿的眼睛，感到自己可能再也不會見到卡蘿了，兩分鐘內，她們就會在人行道上分別。「車就在外面，前面左邊的地方，鑰匙在這裡。」

「我知道，我看到了。」

「妳要不要再坐一會兒？」特芮絲問她，「我會去付帳。」

「我來付帳。」卡蘿說：「如果妳真的得去那個派對，就快去吧。」

特芮絲站起來，她無法離開卡蘿，在這裡坐在桌邊的卡蘿，她們兩人的杯子還放在桌上，菸灰就落在她們前面。「那妳就別坐在這裡了，跟我一起出去。」

卡蘿往上看，臉上出現一種帶著疑問的驚訝。「好啊，」她說：「我家還有幾樣妳的東西，我應該……」

「那不重要。」特芮絲打斷她。

「還有妳的花，妳的植物。」卡蘿付了服務生拿來的帳單。「我給妳的花怎麼了？」

「死了。」

卡蘿的眼睛和她的眼睛對望了一下子，特芮絲先把頭別開。

她們在人行道上道別，就在公園大道和五十七街的轉角。特芮絲趁著綠燈跑過馬路，號誌變了之後，車輛開始在她身後轟隆駛過。等她跑到對面人行道，再度回頭觀望的時候，卡蘿的身影已經模糊在車水馬龍之中。卡蘿走得很慢，經過麗嘉酒店的大門口，再繼續往前走。特芮絲想，事情本來就應該這樣，沒有依依不捨的握手，也沒有回望的眼神。她看見卡蘿伸手碰了車門的把手，想起那罐啤酒還在前座底下，想起從林肯隧道上坡進入紐約的情景，罐子發出的叮噹聲。那個時候她還在想，車子還給卡蘿之前，要先把罐子拿出來丟掉，但她忘了。特芮絲匆忙趕往舉辦派對的飯店。

人潮從大廳的兩個入口不斷湧入，服務生推著附有小輪子、上面放著冰桶的小桌，努力想要穿越人群。到處都很嘈雜，特芮絲看不見柏恩斯坦或哈凱維。她誰也不認識，一個都不認識。只認出一張臉，是她幾個月前在某個地方聊天的男人，大概是在找工作的時候吧，不過後來對方沒有錄取她。特芮絲轉頭頭去，有個男人把一個高腳杯放在她手上。

「小姐，」他揮動著杯子說：「妳在找這個嗎?」

「謝謝，」她沒和他多談，她好像在角落看到柏恩斯坦先生，走過去的一路上看見好幾個戴著大帽子的女人。

「妳是演員嗎？」那個男人和她一起穿過擁擠的人群，邊走邊問。

「不是，我是場景設計師。」

果然是柏恩斯坦先生，特芮絲側身擠過人群，到他旁邊去。柏恩斯坦先生把他肥厚多肉又親切的手伸過來，然後從他原本坐著的暖氣旁位子起身。

「貝利維小姐！」他大叫：「克勞馥太太，化妝顧問……」

「我們別談公事了！」克勞馥太太尖聲叫道：「史蒂文斯先生，范納隆先生。」柏恩斯坦先生繼續把她介紹給別人，一直說一直說，直到她對著十幾個人點頭，並對其中一半的人說「你好」為止。

「還有艾佛，艾佛！」柏恩斯坦先生叫道。

是哈凱維，瘦小的身影配著一張瘦小的臉和一撮小鬍鬚。他對著她笑，並伸出手讓她握手。「妳好，」他說：「很高興再次看到妳。對了，我很喜歡妳的作品，看得出妳內心的焦躁。」他稍微笑了一下。

「喜歡到可以讓我插上一腳嗎？」她問。

「妳想知道嗎？」他笑著說：「對，妳可以插一腳。明天十一點左右上來我的工作室。可以嗎？」

「可以。」

「等下我們再聊，我要先去跟那些想早點離開的人打個招呼。」然後他就走開了。

特芮絲把酒杯放在桌邊，伸手拿手提包裡的香菸。事情就這樣敲定，她看著門。有個神情緊張、澄藍色大眼睛、頭髮往上攏起來的女性走進來，在四周激起一陣興奮的小騷動。她轉身問候其他人、並跟他們握手，動作非常快速又積極，特芮絲才明白那就是吉妮薇．克萊奈爾，那個擔任主角的英國女演員。她和特芮絲在劇照中看到的樣子不太一樣，必須親眼看到那張臉，才會被她吸引。

「你好，你好！」她總算開始環顧四面，對著每個人打招呼。特芮絲看到她的目光停留在自己身上一下子，心裡出現了一種震驚的感覺，有點像初次見到卡蘿時體會到的驚訝。那個女人的藍色眼睛閃過同樣充滿興趣的神情，特芮絲知道，這種神情，就是她自己初次見到卡蘿時所帶著的神情。特芮絲繼續盯著她看，她則把目光移開，轉身向著別的地方。

特芮絲看著手上的玻璃杯，臉上和指尖突然熱起來，流過她身上的不僅是血液，也不僅是萬般思緒。其他人還沒有幫她們做介紹，可是特芮絲已經知道，這個女演員很像卡蘿。她很美，不像圖書館裡的畫像。特芮絲啜飲酒時微笑起來，她喝掉一大杯酒，讓自己鎮定下來。

「夫人，要一朵花嗎？」一個服務生端著一個裝滿白色蘭花的托盤。

「謝謝你。」特芮絲拿了一朵。她試了半天，就是扣不上別針，然後有個人（大概是范納隆先生或史蒂文斯先生）走過來幫忙。「謝謝，」她說。

吉妮薇．克萊奈爾走向她，身後跟著柏恩斯坦先生。女演員向柏恩斯坦和特芮絲打招呼，好像她和他很熟一樣。

「妳見過克勞奈爾小姐嗎？」柏恩斯坦先生問特芮絲。

特芮絲看著那女人。「我叫特芮絲．貝利維。」她握住那女人伸出的手。

「妳好，妳負責場景？」

「不是，我只是場景團隊裡的一份子。」那女人鬆開手時，她還是可以感受到握手的感覺。她覺得很興奮，狂野又愚蠢的興奮。

「沒有人拿酒給我嗎？」克勞奈爾小姐問。

柏恩斯坦先生去幫她端酒，他已經不再到處向周圍的人介紹克勞奈爾小姐了。特芮絲聽到她告訴另一個人說，她才剛下飛機，行李還堆在大廳裡。她說話時，特芮絲看到她的眼神好幾次穿過幾個男人的肩膀，向自己這邊望過來。特芮絲被她細緻的後腦曲線所吸引，也被她帶點滑稽感、幾乎是隨興隆起的鼻尖所吸引。在她優美、古典的臉龐上，只有那個鼻尖帶有隨興的特色。她的嘴唇很薄，看起來好像隨時提高警覺。特芮絲有種感覺，知道吉妮薇．

克萊奈爾今晚在派對裡不會再跟她說話了。原因很簡單，因為克萊奈爾曉得特芮絲想要跟她說話。

特芮絲走到牆上的鏡子旁，看看自己的頭髮和口紅有沒有亂掉。

「特芮絲，」有個聲音靠過來說道：「喜歡香檳嗎？」

特芮絲轉身看見吉妮薇．克萊奈爾。「當然。」

「當然。嗯，等下可以到六一九號房，我的套房。這裡結束後我們會有個內部小團體的派對。」

「我很榮幸。」特芮絲說。

「所以現在先別喝太多威士忌蘇打。妳這麼漂亮的衣服，在哪兒買的？」

「邦維士百貨公司，對我來說太奢侈了。」

吉妮薇．克萊奈爾笑了。她穿著一套看起來非常昂貴的藍色羊毛套裝。「妳好年輕。不介意我問妳幾歲吧？」

「二十一。」

克萊奈爾的眼珠子的溜骨碌轉動著。「真不可思議，有人可以只停留在二十一歲嗎？」

人們都在關注這個女演員。特芮絲感到自己非常受寵若驚。這種受寵的榮幸，使得她暫時想不出來自己到底對吉妮薇．克萊奈爾懷抱著什麼感覺、將會有什麼感覺。

克勞奈爾小姐遞給她一個香菸盒。「我本來還以為妳未成年呢。」

「未成年也犯法嗎？」

女演員只是望著她，藍色的眼睛在打火機的火焰上微笑。女演員替自己點菸時，特芮絲突然明白，吉妮薇．克萊奈爾這個人只有在當下、這個雞尾酒派對上的半小時，才對自己有意義，之後永遠不會有，自己現在感覺到的這份興奮並不會持續下去，再也不會出現於另一個時間、另一個地點。這種情況告訴她什麼？第一陣煙升起時，特芮絲盯著她金色眉毛緊繃的線條，但答案不在那裡。突然之間一種悲哀、幾乎是悔恨的感覺，填滿特芮絲的心。

「妳是紐約人嗎？」克萊奈爾小姐問她。

「沒錯。」

剛抵達派對會場的賓客圍繞著吉妮薇．克萊奈爾，令特芮絲厭煩不已。特芮絲又笑了，把酒喝完，感覺到威士忌令人放鬆的暖意流遍全身。她先和一個昨天在柏恩斯坦辦公室短暫相遇的男人說話，又和另一個她完全不認識的男人閒聊。她看著會場的入口，此時的入口是個空蕩蕩的長方形，然後她想起了卡蘿。彷彿卡蘿下一刻就會出現在這裡，會再度問她一次要不要搬過去和她同住。還是說，等下會出現的是以前的卡蘿，而不是現在的這個？卡蘿現在正在愛麗謝酒店和人有約。是和誰呢？艾比？史丹利．麥克維？特芮絲把眼光從門口移開，好像擔心卡蘿會出現一樣；如果卡蘿真的出現，那她就必須再說一次：「不要。」特芮絲接過另一杯威士忌蘇打，逐漸意識到自己內心的空虛，即將被吉妮薇．克萊奈爾所填滿；只要她想要的話，以後就可以常常與吉妮薇．克萊奈爾見面，而且她不會傻到再度被愛情纏住，而是會更愛自己。

她身旁有個男人的聲音開口問道：「特芮絲，妳還記得《失去的彌賽亞》的場景是誰做的？」

「布藍契？」答案憑空而來，因為她心裡還在想著吉妮薇．克萊奈爾，並為剛才的念頭感到嫌惡、羞愧，雖然她知道大可不必。她心不在焉聆聽著與布藍契和其他人相關的對話，甚至也插了幾句話，但她的意識還是停滯在一團混亂中，好幾十條線在這團混亂中交織纏繞。其中一條是丹尼，一條是卡蘿，一條是吉妮薇．克萊奈爾，一條條向外延伸出去。而她的思緒被困在多條線的交界處。她彎腰取火點菸，感覺自己更深一步地陷入了羅網之中，然後她伸手想抓住丹尼，但那條強韌的黑線並不指向任何方向。她知道這件事，知道有種預言式的聲音在說，她無法與丹尼進一步交往。她再度抬起頭望向門口時，寂寞又襲上心頭，就像急吹而過的風，也和驟然間覆蓋住眼睛的幾滴淚珠一樣神祕。她知道這幾滴眼淚太模糊了，不會有人注意到。

「別忘了。」吉妮薇．克萊奈爾就在她身邊，拍拍她肩膀很快地說。「六一九房，我們要轉移陣地。」

吉妮．克萊奈爾轉身，然後又走回來。「妳要來嗎？哈凱維也要來。」

特芮絲搖搖頭。「謝謝，我剛才以為我可以，後來才想起來我另外還有約。」

女演員疑惑地看著她。「特芮絲，怎麼了？出了什麼事嗎？」

「沒有。」她微笑著走向門，「謝謝妳邀請我，我一定會再見到妳。」

「一定。」那女演員說。

特芮絲走進隔壁房間，從床上一堆衣物中拿回自己的外套，快步走向樓梯，經過那些在等電梯的人，其中一個就是吉妮薇．克萊奈爾。她踏下寬闊的階梯時，好像在逃跑似的，但特芮絲並不在意克萊奈爾有沒有看到。特芮絲對自己笑了笑，頭上的空氣很冷，很甜美，發出羽毛般的聲音，就像翅膀刷過耳邊，她感覺到自己飛越過了大街小巷，迎向卡蘿。或許卡蘿此時此刻也感受到，因為卡蘿以前就知道這樣的事。她穿越了另一條街，看見愛麗謝酒店的雨棚。

領班在門廳對她說話，她告訴他：「我要找人。」就逕自走到門口。

她站在門口仔細端看坐在桌邊的每個人，房裡有鋼琴在彈奏。燈光不太亮，她一開始沒有看到她，她被較遠的那道牆的陰影遮住，正面對著特芮絲。卡蘿也沒看到她。有個男人坐在她對面，特芮絲不知道那是誰。卡蘿慢慢舉起手，把兩側頭髮往後梳耙，一次一邊。特芮絲笑了，這就是卡蘿典型的動作，就是她以前所深愛，以後也會一直深愛下去的卡蘿。喔，現在愛她的方式不同了，因為她已經是個不同的人，現在就像重新與卡蘿邂逅，但遇到的還是卡蘿，不是別人。無論在千百個不同的城市，在千百個不同的房子，或是在遙遠的異邦中，她們都會攜手在一起。在天堂，在地獄，都一樣。特芮絲等待著，就在她準備走向卡蘿之際，卡蘿也看到她了。特芮絲看著她的笑容逐漸浮現，卡蘿似乎難以置信地看了她一下子，然後才忽然舉起手臂揮動，急切地向她打招呼。特芮絲從來沒見過卡蘿這樣打招呼的方式。特芮絲走向她。

後記

本書靈感來自一九四八年年底，當時我住在紐約，剛完成《火車怪客》，但《火車怪客》直到一九四九年才出版。那年的聖誕節前夕我有點沮喪，也很缺錢。為了賺錢，我到曼哈頓一家大型百貨公司擔任售貨小姐。那時正值聖誕購物潮，前後大約持續一個月。我記得我只做了兩個半星期。

那家百貨公司安排我到玩具部門的洋娃娃櫃檯。那裡販售著各式各樣的娃娃，貴的和便宜的都有，有的娃娃有真人頭髮，有的是假髮。娃娃的尺寸和衣服配件最為重要。有些小孩子身高還不及玻璃櫥櫃，猛拉著母親或父親往前看娃娃。最新款的娃娃會哭，眼睛會張會閉，有的還會用兩隻腳站著，當然也喜歡換衣服。這些娃娃陳列出來，令小孩子們目眩神迷。由於正值購物熱潮，我和四、五位年輕的售貨小姐站在長櫃檯的後方，從早上八點半到午餐休息時間都沒空坐下。然後呢？下午還是一樣。

有天早上，在噪音與交易的混亂中，走進來一個身穿皮草大衣的金髮女人。她走到娃娃櫃檯，臉上帶著不確定的表情（她該買娃娃還是其他東西？），心不在焉地把一雙手套往一隻手上拍。或許我注意到她的原因，是她獨自一人前來，也可能是因為貂皮大衣很稀少，也可能因為她一頭金髮散發出光芒。我拿給她看了兩、三個娃娃，她帶著深思熟慮的神情買下一個。我把她的名字和地址寫在收據上，這個娃娃要送貨到鄰近的州。整個交易沒什麼特別的，那個女人付完帳之後就離開了。但我腦中出現了奇怪、暈眩的感覺，幾乎要暈倒，同時精神又非常振奮，彷彿看到某種異象。

那天一如往常，我下班後回到我家，我一個人住。當晚上我構思出一個點子、一個情節、一個故事，全部都和穿著皮草大衣的優雅金髮女子有關。我用一般的書寫方法，在我那本筆記本或活頁冊上面寫下八頁文字。這就是《鹽的代價》的故事來源，原本的書名則是《卡蘿》。這個故事好像憑空從我筆下流洩而出：開始、中間、結尾。我大概只花了兩個小時的時間，或許更短一點。

隔天早上我的感覺更加奇怪，而且我發燒了。那天應該是禮拜天，原因是我記得早上搭地鐵出門看朋友。那個年代的禮拜六早上大家都得上班，整個禮拜六都處於聖誕節購物熱潮中。我記得我拉著地鐵吊帶時差點要暈倒，和我有約的朋友稍具醫學常識，我說我有噁心的感覺，而且早上洗澡時注意到腹部的皮膚長了小水泡，我朋友看了水泡一眼就說是「水痘」。不幸的是，雖然我童年時期幾乎所有該得的病都得過了，唯獨沒得過水痘。那種病對成人來說並不好過，體溫上升到華氏一百零四度好幾天。更糟的是，我的臉、身體、上臂甚至是耳朵和鼻孔，都覆蓋著、排列著膿包。不但會癢，還會破裂。我也不能在睡覺時盡情抓水泡，否則會形成疤痕和凹洞。有一個月的時間裡，我身上帶著會流血的斑點，每個人都可以在我的臉上看見斑點，看起來像是被排球或空氣手槍的子彈打到。

禮拜一，我通知百貨公司說我不能回去上班了。我一定是在上班的時候，被某個流鼻涕的小孩子把細菌傳給我。但從另一個角度來看，這次遭遇也是一本書的種子：發燒會刺激想像力。我並沒有立刻著手寫這本書，因為我喜歡把腦裡的點子醞釀好幾個禮拜才動手。還有，《火車怪客》出版後不久，立刻就賣給了導演希區考克，他要把小說拍成電影。我的出版商和經紀人都說：「再寫一本同樣類型的書，才可以進一步增進名聲……」什麼樣的名聲？《火車怪客》是由當時還叫做哈潑的出版社推出，歸類於「哈潑懸疑小說」之下，所以一夜之間我成了「懸疑」作家。但在我心中，《火車怪客》不應該歸類，它只是單純的一部小說，故事有趣。假設我寫了一本女同性戀關係的小說，那我就會被貼上女同性戀書籍作家的標籤嗎？有可能，即便我這輩子再也沒有靈感寫下一本類似的書，我還是可能被歸類為同性戀小說作家。所以我決定替這本書另取一個書名。到了一九五一年，這部作品完成了。整整有十個月的時間裡，我一直惦念著這本書，甚至不能動筆再寫其他的作品了。不過基於商業理由的考量，似乎再寫一本「懸疑」書籍才是明智之舉。

哈潑公司不肯出版《鹽的代價》，所以我必須找另一家美國出版商。真是遺憾，因為我非常不願意更換出版商。《鹽的代價》於一九五二年以精裝本的面貌問世，獲得一些嚴肅且可敬的評論，但真正的成功來自於一年後的平裝本，銷售了近一百萬冊，當然讀者的人數更遠遠超過這個數目。書迷如雪片般湧來的信，寄來給作家克萊兒．摩根，由平裝本出版社轉交。我記得連續好幾個月的時間，每個禮拜會有好幾次收到一個大信封，裡面裝著十封或十五封的讀者來信。很多信是我親手回的，但是我又沒有複寫信紙，所以也無法全部回答讀者的來函。我也從未使用過複寫信紙。

書中年輕的主人翁特芮絲，看來像一朵萎縮的紫羅蘭，但那個年代的同性戀酒吧還只是曼哈頓某處的暗門。想去這些酒吧的人會先在最接近該地點的地鐵站前一站或後一站下車，以免有人懷疑他們是同性戀者。《鹽的代價》的吸引力在於，對書中兩個主角來說，結局是快樂的，或者說她們想要共組未來。這本書還沒問世之前，美國小說中的男同性戀或女同性戀者必須為自己的離經叛道付出代價，不是割腕、跳水自殺，就是變成異性戀（書上是這麼說的），或者墜入孤獨、悲慘而且與世隔絕這種等同於地獄的沮喪境地。好多讀者來信裡面都附有這樣的訊息：「您的書是這種主題的作品裡面，第一個有快樂結局的！我們這種人，並不是一定得自殺不可，我們有很多人都過得很好。」還有其他人說：「謝謝您寫出這樣的故事，有點像我自己的故事……」另外有人說：「我今年十八歲，住在一個小鎮裡，覺得很寂寞，因為我無法跟任何人訴說……」有時我會回信建議來信的人搬到大一點的城市，才可以遇到比較多的人。就我印象所及，男人的來信和女人一樣多，我認為對我的書來說這是個好現象。結果證明我的看法正確。多年以來，一直有讀者就這本書來函，即使到現在，有個讀者每年還是會寄一、兩封信過來。這本書，是我極為獨特的創作。我的下一本書叫做《闖禍者》，希望不要因此又被貼上標籤了。喜歡貼標籤的是美國的出版商。

派翠西亞・海史密斯

一九八九年五月二十四日

解說

《鹽的代價》在美國女同志文學史上具有重量級的歷史地位。此書早在一九五〇年代就呈現出老少配的女同志愛情故事，時至今日，這部小說已經成為美國大學經常採用的教材。

《鹽的代價》作者正是偵探小說鬼才派翠西亞·海史密斯（一九二一—一九九五），但她一開始卻是用化名克萊兒·摩根（claire morgan）發表這部同性戀小說。電影〈天才雷普利〉（The Talented Mr. Ripley）就改編自海史密斯的同名小說，同系列另一部小說《雷普利遊戲》（Ripley's Game）也在電影圈投胎轉世（兩書都有中文譯本）。希區考克的名片〈火車怪客〉也是以海史密斯的小說為基礎。

讀者唯有慢讀《鹽的代價》的文字，才得以領略奧妙。說來有趣，雖然《鹽的代價》是一部愛情小說，可是這部小說最常出現的字眼卻往往是「愛情」的相反如仇恨，嫌惡，憤怒等等。女同志和「正常社會」之間固然存有緊張關係，彼此不順眼，可是女同志和女同志之間也有時恨意多於愛意，冷笑和白眼齊發。小說主要人物的心裡都擺了一副算盤，叭噠叭噠撥個不停，生怕吃虧。老實說，我並不在乎此書是不是展現了火辣辣的限制級場景，也不在乎此書最後端出政治正確的快樂大團圓還是保守壓抑的悲情結局，我覺得光是看書中的女人勾心鬥角就很過癮。

愛得這麼苦，為什麼？因為溝通有問題。人際溝通的挫敗一直是小說作者極愛的課題。愛上同性，愛在心裡口難開，固然是溝通的問題。但是，我也希望讀者注意溝通的技術面：書中人物不斷去藥妝店打公共電話（那年頭當然沒有手機），不斷寫信，也不斷發電報。愈是對於溝通不安，就愈要進行發信打電報之類的小動作；愈是花時間在這些小動作上，就會愈神經質。傳遞過程難免出錯，發信者往往欲言又止，而收信人只有一個出路：喝酒去！

一直到二十一世紀，美國對於酒的態度還是很放不開；於是這部一九五〇年代的女同志美國小說竟然一直讓角色灌酒，就格外讓人側目。有心人不妨算算書中人物花了多少錢買酒，喝什麼品牌的酒。書中人物甚至空腹也喝烈酒，和喝酒駕車。這些示範極為錯誤，卻也造就了極為難忘的角色。

既然書中人物喜歡鑽牛角尖，怎麼可以不斤斤計較談論金錢。這部小說的女性分兩種，就是有錢女人和沒錢女人。此書不斷出現的各種金額（如一個月房租多少錢，一個皮包多少錢；當時的物價，大概是二十一世紀美國物價的十分之一至二十分之一）未必無關宏旨。錢和社會階級密切相關，於是此書的角色也可以分兩種：上流階級的，以及下流階級的。書中主要角色的臉上都下了階級的烙印。

不同階級的人，不但點不同價位的酒來喝，嘴裡也說出不同的語言。此書一開始，妙齡女主角周旋在一男一女之間：年輕的男友把女主角的名字改唸成口語化的美國名字，而神祕熟女卻準確唸出女主角姓名的歐洲氣味。美國腔和歐洲腔的對比，在書中絕對不是偶然，而是作者海史密斯最愛的把戲之一。

《鹽的代價》和電影〈天才雷普利〉一樣，都一再刻畫美國和歐洲的對比。女主角的畫家男友雖然不諳歐洲腔，卻成天想要去歐洲發展。而準確唸出歐式發音的熟女，卻想要開車去美國西部見識大荒野。於是，女主角不但必須在男孩和熟女之中選擇一個對象（和前者成為異性戀伴侶，和後者成為同性戀伴侶），也必須在歐洲和美國之間選擇一個烏托邦。

為什麼此書叫《鹽的代價》？在二十二章稍微提及了鹽的妙處，不過基本上小說作者並沒有明說鹽是什麼，代價是什麼，她只讓讀者去想像。女主角在書中一開始的工作是在百貨公司賣洋娃娃（人就像玩偶一樣？），後來擔任劇場的後台景片設計師（人生如戲，甚至更等而下之，像是戲的後台景片？）。妙齡女主角在什麼時節和熟女相遇？偏偏就在最多愁善感的聖誕節。熟女的名字叫什麼叫卡蘿。聖誕節慶要聽聖誕頌歌，而頌歌一字就是「卡蘿」，這一切都不是巧合。此書作者就是偏愛採用一個又一個的象徵，而不愛明說。別忘了，海史密斯身為偵探小說家，也會跟欲望捉迷藏。

紀大偉（美國加州大學比較文學博士）

木馬文學 20

鹽的代價
The Price of Salt

作者　派翠西亞・海史密斯｜Patricia Highsmith
譯者　李延輝
社長　陳蕙慧
副社長　陳瀅如
總編輯　戴偉傑
責任編輯　林立文
行銷企劃　廖祿存
封面設計／排版　朱疋

出版　木馬文化事業股份有限公司
發行　遠足文化事業股份有限公司（讀書共和國出版集團）
地址　231 新北市新店市民權路 108 號之 4 號 8 樓
電話　02-22181417
傳真　02-8667-1891
Email　service@bookrep.com.tw
郵撥帳號　19588272 木馬文化事業有限公司
客服專線　0800221029
法律顧問　華洋法律事務所　蘇文生律師
印刷　成陽印刷股份有限公司
初版　2007 年 6 月
三版 5 刷　2023 年 8 月
ISBN　9789863592006
定價　360 元

鹽的代價 / 派翠西亞 . 海史密斯 (Patricia Highsmith) 著 ; 李延輝譯 . -- 二版 . -- 新北市 : 木馬文化出版 : 遠足文化發行 , 2016.02
面 ;　公分
譯自 : The price of salt
ISBN 978-986-359-200-6(平裝)
874.57 104026593

THE PRICE OF SALT by Patricia Highsmith.
First published in the United States in 1952 under the title The Price of Salt.
Rivised edition with an afterword by the author.